编辑委员会

中国知网（CNKI）全文收录　维普期刊网全文收录

探索与批评

第四辑

主编／王　欣　石　坚

四川大学出版社
SICHUAN UNIVERSITY PRESS

项目策划：陈　蓉
责任编辑：陈　蓉
责任校对：黄蕴婷
封面设计：墨创文化
责任印制：王　炜

图书在版编目（CIP）数据

探索与批评．第四辑：中文、英文／王欣，石坚主编．—成都：四川大学出版社，2021.6

ISBN 978-7-5690-4714-1

Ⅰ．①探… Ⅱ．①王… ②石… Ⅲ．①外国文学－文学研究－文集－汉、英 Ⅳ．①I106-53

中国版本图书馆 CIP 数据核字（2021）第 089703 号

书名　探索与批评　第四辑

TANSUO YU PIPING DI-SI JI

主　　编	王　欣　石　坚
出　　版	四川大学出版社
地　　址	成都市一环路南一段 24 号（610065）
发　　行	四川大学出版社
书　　号	ISBN 978-7-5690-4714-1
印前制作	四川胜翔数码印务设计有限公司
印　　刷	成都金龙印务有限责任公司
成品尺寸	170mm×240mm
插　　页	2
印　　张	13.5
字　　数	280 千字
版　　次	2021 年 6 月第 1 版
印　　次	2021 年 6 月第 1 次印刷
定　　价	58.00 元

◆ 读者邮购本书，请与本社发行科联系。
电话：(028)85408408/(028)85401670/
(028)86408023　邮政编码：610065
◆ 本社图书如有印装质量问题，请寄回出版社调换。
◆ 网址：http://press.scu.edu.cn

四川大学出版社
微信公众号

目 录

广义叙述学研究

文类研究——科幻

批评理论与实践

跨学科研究

书　评

Contents

General Narratology

Literary Genre Studies: Science Fiction

Critical Theory and Practice

Interdisciplinary Studies

Book Review

广义叙述学研究

《洛丽塔》中的美杜莎式语象叙事[①]

王　安

摘　要：在纳博科夫的代表作《洛丽塔》中，代表男性言说权威的亨伯特运用文字的叙述技巧，通过多棱镜的透视技法，为读者绘制了一幅美杜莎式的致命而迷人的美少女洛丽塔的肖像画，体现了美杜莎式的语象叙事中作为男性的语言对作为女性的图像的恐慌。纳博科夫这位作家中的画家，正是在语言与图像的融合之中，真正实现了语中有象、象中有语，做到了诗与画的完美一体。

关键词：《洛丽塔》　美杜莎　语象叙事　男性语言　女性图像

On Medusa Ekphrasis in *Lolita*

Wang An

Abstract: In Nabokov's masterpiece *Lolita*, Humbert as a representative of male authority employs narrative techniques, which are comparable to prismatic perspective in painting, to paint for readers a picture of the dangerous and charming Medusa-like Lolita. This reflects the Ekphrastic fear of the male language in threat of the female painting in

① 本文为2020年度教育部人文社科一般项目《莎士比亚作品中的诗画关系研究》（20YJA752012）阶段性成果。

a Medusa Ekphrasis. Nabokov as a painterly writer, thus in the incest of word and image, has achieved the ideal of *ut pictura poesis*.

Keywords: *Lolita*; Medusa; Ekphrasis; male language; female picture

《洛丽塔》(*Lolita*) 是世人公认的纳博科夫 (Vladimir Nabokov，1899—1977) 的代表作，涉及电影文化、汽车旅馆、三角恋、疯癫、乱伦、谋杀、追踪、蝴蝶、绘画、网球等极为广泛的主题，犹如一部美国20世纪五六十年代的社会百科。它集心理分析小说、旅行小说、浪漫的爱情故事、日记体自白、精神病人回忆录、童话故事、幽默小说、双重人格小说、元小说等于一体，展示了作家令人叹为观止的高超的创作技巧，成为英语文学中教科书式的范本。作家本人对《洛丽塔》的喜爱溢于言表："在我所有的书中，《洛丽塔》留下最让我愉悦的余晖。她是我小说中最纯洁、最抽象、最构思精巧的作品。"(Nabokov，1973，p. 47) 因为这部小说，英语中出现了 nymphet 等新词汇 (Savage，2015，p. 157)。自其面世以来，短短的六十余年时间里，"洛丽塔文化" (Lolitocracy) (Voronina，2006，p. 147) 已在世界各地生根发芽，"洛丽塔"也发展成了一种文学母题和文化奇观，演绎出极为丰富的意义。对于这样一部谜一般的小说，学术界的研究成果已经相当丰富。然而，据笔者所知，国内外尚无人从语象叙事的性别角度来对其加以分析。众所周知，纳博科夫从小热爱绘画，在创作时大量借鉴了视觉艺术技巧，文字与视觉艺术在其笔下相映生辉，水乳交融。从语与象的角度切入《洛丽塔》的分析，既是可行的，也是必然的，它将有助于揭示纳博科夫小说中不为人所熟悉的那些重要价值。在小说里，代表男性言说权威的亨伯特以文字为画笔，通过多棱镜的透视技法，为读者绘制了一幅洛丽塔的美杜莎式的迷人美少女的肖像，体现了美杜莎式的语象叙事中作为男性的语言对作为女性的图像的恐慌。纳博科夫这位作家中的画家如此做的目的，正是要在跨越艺术边界的语言与图像的融合中，实现语中有象、象中有语的语象叙事的理想目标。

一、美杜莎式的语象叙事

语象叙事 (Ekphrasis) 是关于语言 (word) 与形象 (image) 之间关系的研究，长期以来都是西方文学和艺术理论的焦点话题，其最早的历史可追溯至荷马时代甚至更早，至今已有2000多年，可谓与西方艺术同龄。然而，由于它涵盖的内容极其复杂，从广义来看涉及语言与绘画、雕塑、建筑、摄影、电影、电视等视觉艺术，以及音乐、舞蹈、戏剧等各方面的关系；从学科归属来讲，它可纳入语言学、符号学、艺术理论、传媒科学、心理分析、文化研究等框架内加以讨论，具有典型的跨艺术、跨媒介和跨学科特征，因此，西方对这一概念的理解一直是争论不休的。在古希腊罗马时期，它被视为一种修辞方式、文学主题、体裁或关于诗画关系的隐喻，强调的是文学作品中对人物、事件、场景等栩栩如生的描绘，使读者像在场的观众那样，如闻其声，如见其形。在柏拉图和亚里士多德的模仿说的深刻影响下，中世纪、文艺复兴时期、巴洛克时期和新古典主义时期逐渐发展出“诗如画”这一文学模仿视觉艺术的理念。浪漫主义时期以后，文学更强调文字作为自足的任意符号的表现力，文字在与绘画的竞争中逐渐占据了上风。20 世纪下半叶以来，人类社会图像转向的趋势日益明显，随之而来的是人们对图像与文学关系的深刻反思，在此背景下，语象叙事也在经历过一段时间的沉寂后，重新回归学术讨论的中心。目前，关于语象叙事的定义，学界普遍接受的是赫弗南（James A. W. Heffernan）和米切尔（W. J. T. Mitchell）等人提出的“视觉再现的文字再现”①，即强调文学作品中再现的应是被再现的视觉艺术之物。虽然这一定义依然内容宽泛，饱受争议，但它切中了语象叙事中语言、视觉和再现这三个关键因素，因此已逐渐成为共识。

“美杜莎式的语象叙事”是赫弗南、斯科特和米切尔等人所定义的那种作为男性的诗人担心作为女性的图像剥夺了其声音与权威的、将图像视为妖女美杜莎的语象叙事（Heffernan，1993，p. 109）。美杜莎是古希腊神话中的美少女，因被智慧女神雅典娜诅咒而变成了丑陋的蛇发女妖。她那双具有致命诱惑力的眼睛，会让凝望她的人立刻变成石头；而从珀尔修斯砍下的美杜莎的头颅脖颈处又诞生了巨人克律萨俄耳（Chrysaor）和天马珀伽索斯（Pegasus），因此，美杜莎的头同时蕴含着生与死，并在西方文化中被广泛地用作辟邪之物（王安，2020，pp. 206－221）。众所周知，当今社会已越来越明显地步入一个图像时代，无处不在的图像对向来被视为语言艺术的文学构成了挑战。米切尔甚至提出“图像转向”这一概念，呼吁学界抛弃长期以来的语言学思考范式，转而挖掘图像自我呈现的可能。图文关系或语象叙事在此背景下凸显为学界的研究热点，而美杜莎的形象可谓切入这一关系的最佳楔子，它十分贴切地解释了西方历史悠久的将语言艺术视作男性、将视觉艺术视作女性的传统，而语言艺术又长期处于担心为视觉艺术所回望和石化的

① 参见王安、程锡麟：《西方文论关键词：语象叙事》，载《外国文学》2016 年第 4 期，以及期刊与网络上大量的关于艺格敷词、艺格符换、图像叙事、书画文、语图叙事方面的文章。

恐慌之中，因而被广泛借鉴用于指涉西方语象关系中的性别政治因素，在近些年的语象叙事研究中颇受重视。

将语言视作男性、图像视作女性，在西方有着悠久的历史传统。早在柏拉图论模仿时，他就指出可以用艺术中的女性形象来代指语言难以解释的抽象概念（Hagstrum，1958，p. 5）。罗马时代的希腊历史学家普鲁塔克（Plutarch）在论及古希腊诗人西蒙尼德斯（Simonides of Ceos）时，提到了他的一句名言“画是无声诗，诗是有声画”（Hagstrum，1958，p. 5）。作为“有声画”的诗，显然比作为“无声诗”的画，多了一份后者不具有的言说的特权。绘画或视觉艺术是静止、沉默、被动的女性的象征，而诗歌或语言艺术则是男性言说权威的象征。男性以其话语特权，对作为女性的沉默的绘画进行凝视、观看，代为言说，从而将后者变为他者，实现了词语对形象的权力欲望，并建构了图像女性他者的身份。作为美的象征（如西方大量的美女画），绘画对观众的致命诱惑力勾起了后者偷窥、意淫、自慰、占有的色情欲望。与此同时，观众也意识到，如果太过沉迷于画中，将被女性的魅力虏获而不能自拔，像雪莱的诗歌《咏佛罗伦萨美术馆达·芬奇的美杜莎》（“On the Medusa of Leonardo da Vinci in the Florentine Gallery”，Scott，1994，pp. 120－121）中的美杜莎一样，女性形象使观者石化失语，从而剥夺了他的霸权。在此意义上，美杜莎的回望直接挑战了男性文字代替女性图像言说的权力，以图像在场的方式撬动了语言言说的图文之间不平等的性属关系。斯科特（Grant Scott）认为，在18世纪流行的用文字描述某件视觉艺术品的诗歌作品中，诗人总是通过将绘画置于安全的背景中来抵消通常来自美丽女性形象的挑战，因此这些诗歌都是美杜莎式的（Scott，1994，p. 132）。米切尔追溯了西方将诗歌视为男性、绘画视为女性的历史，他引述布莱克（William Blake）的话说，在普通人看来，“时间和空间是真实的存在，时间是男人，空间是女人”（Mitchell，1994，p. 95）。而在莱辛那里，文学是时间的艺术，绘画是空间的艺术，分别对应于男性和女性。语象叙事中无疑蕴含着性别政治（Mitchell，1994，p. 168），而“文化的历史，部分是图像与语言符号之间争夺控制权的历史”（Mitchell，1994，p. 43）。米切尔在分析莱辛的《拉奥孔》时指出，后者所强调的古典时期模仿艺术的“诗如画”的美学原则，虽然并未明说，背后隐含的其实是一种性别原则。简言之，各门艺术若要得体，根本上在于承担恰当的性别角色。

> 绘画，与对应于男性化的诗歌艺术的崇高和雄辩相比，如同女性，是理想的沉默、美丽、悦人眼目的生物。绘画局限于狭隘的向外部展示

其身体的领域和她们起装饰作用的空间，而诗歌则可以自由徜徉于一个行动和表达不受限制的领域，一个时间的、话语的和历史的领域。(Mitchell，1994，p. 110)

从上述学者对“语象叙事”和“美杜莎式语象叙事”的讨论中可以看出，这两个概念其实迄今为止均缺乏明确的界定，但并不妨碍学者们由此切入来探讨语言与图像（或文字与形象）的关系。笔者认为，从狭义的理解来看，“语象叙事”是一种用文字描述某件视觉艺术品的文学体裁，“美杜莎式语象叙事”是用语言对某件以美杜莎式女性形象为原型创作的视觉艺术品的描述。如果从广义的角度看，所有涉及图文关系的视觉再现的文字再现都属于语象叙事的研究范畴，也都涉及男女性别的权力之争，进而揭示出语言与图像这两种媒介之间的文化和意识形态竞争，彰显了当下语图关系研究中不断扩大的社会文化意义。不过，从便于讨论的角度看，学者们通常采用的是以小见大的方式，将“语象叙事”和“美杜莎式语象叙事”视为一种独特的文学体裁，用具体的文本分析来揭示图文之间复杂的关系。而这正是本文采用的路径。

二、洛丽塔：一幅美杜莎式妖女的多棱镜透视画

现当代的作家越来越频繁、广泛地在其作品中使用语象叙事，即“视觉再现的文字再现”，其中，纳博科夫可谓最具代表性的一位。绘画在纳博科夫的作品里占有非常重要的地位，他的每部作品都有绘画的元素。他在访谈、传记、小说和评论等各种场合里，反复声称自己天生就是画家，不是在用语言，而是在用形象思考（王安，2013，p. 113)。对于色彩，他强调其家族具有异于常人的、类似特异功能般的将文字和字母直接理解为色彩和形状的天赋，称其为“色彩听觉”（王安，2013，p. 104)。今天，评论家们公认纳博科夫是在“以文字作画”（Raguet-Bourart，1999，p. 201)，是世所罕见的“文字的画家”(Shapiro，2009，p. 194)。据不完全统计，在其作品中直接出现过的画家超过150位（Vries & Johnson，2006，pp. 178—180)，涵盖了从古至今欧美各国不同流派的知名或不知名画家，涉及的绘画作品不胜枚举。他不光熟稔绘画，也痴迷于可视为流动画卷的电影，其每部小说中都有电影元素（Appel，1974，p. 36)。纳博科夫笔下的人物多为以画家为代表的艺术家群像，其叙述技巧大量取材于绘画和电影。他反复将自己的创作过程比作绘画，并提醒读者，阅读也应当像欣赏一幅画（Nabokov，1973，pp. 16—17，31—32，72—73)，因为“对于作家而言，从来没有序列的想法……如果思想

是任意线条组成的结构，而一本书可以像眼睛欣赏绘画那样去阅读……那便是欣赏小说的理想方式……”（Nabokov，1980，pp. 379－380）在小说《洛丽塔》中，纳博科夫借第一人称叙述者亨伯特之口为读者呈现的是一幅美杜莎式美少女洛丽塔的多棱镜透视画，自诩为文人和艺术家的亨伯特牢牢掌控着话语权，他代表着男性化的雄辩的语言艺术，而沉默、美丽、悦人眼目的洛丽塔则如同一幅绘画，向他展示其身体之美与致命的诱惑。亨伯特对洛丽塔时时刻刻提心吊胆的关注、偷窥和占有欲，在其喃喃自语、喋喋不休的独白中表露无遗，背后隐含着他对自己的语言炫技在洛丽塔这幅美少女画像前可能失控的担忧与恐慌，这不妨说是语言对图像的恐慌。他以挚爱的名义和不加掩饰的炽热语言，反复吟咏着对洛丽塔的思念以及想要占有她的焦渴之情，而一旦洛丽塔脱离了他的视线和掌控范围，如被克莱尔·奎尔蒂诱拐，他就变得歇斯底里、气急败坏，不惜言辞对她进行中伤和指责，将她一步步丑化为如致命妖女般的美杜莎，他的叙述也开始变得语无伦次，失去理智和控制，显示了他对洛丽塔这幅美人画可能逐渐摆脱自己观看和言说可能的男性焦虑。

故事中的叙述者亨伯特一直将洛丽塔视作一幅图像。有意思的是，早已有不少评论家指出小说《洛丽塔》与绘画的关联。[①] 布歇（Marie Bouchet）在指出纳博科夫的众多小说热衷于描绘迷人的美少女的同时，认为这些美少女形象或许受到俄罗斯画家谢洛夫（Valentin Aleksandrovich Serov）的《少女与桃子》（*Maiden with Peaches*）和《阿德莱达·西蒙诺维奇肖像画》（*Portrait of Adelaida Simonovich*）的启发（Bouchet，2006，para. 12），后者的名字正与纳博科夫小说《阿达》的主人公同名。在《阿达》中，阿达的妹妹卢瑟特渴望得到范·韦恩的爱，她将自己的人生比作由五颜六色的碎片构成的一幅画，“我就像多洛蕾丝，她曾说‘我只是子虚乌有的一幅画’”（Nabokov，1969，p. 464）。卢瑟特这里说的“多洛蕾丝”，指的是多洛蕾丝·黑兹，即洛丽塔的全名。显然，从这一细节也可以看出，作家转借其他作品中的人物之口，直接向读者挑明：“洛丽塔”其实只是亨伯特——进而言之作家纳博科夫——文字描述中的“子虚乌有的一幅画”。

小说中的男主人公亨伯特多次强调，他“相片式”的记忆和“图像式”的思想里，保留着洛丽塔这位美少女“电影般静止”的图像和“照片式的形

---

① 参见 Vries 与 Johnson 的专著 *Vladimir Nabokov and the Art of Painting*、Shapiro 的 *The Sublime Artist's Studio: Nabokov and Painting* 以及数量众多的专门讨论纳博科夫与绘画关系的文章。

象”（Nabokov，1991，pp. 40，152，44，62）。在他的叙述中，记忆和思想的运作机制类似于摄影机的暗室与一个记录了人生点滴的图像库，而洛丽塔则是他小心翼翼刻意保留下来的特写图像。小说一开始，亨伯特因为在打斗中杀害了诱拐洛丽塔的奎尔蒂而被控有罪，他在辩诉中自称无罪，并由此揭开了对自己与洛丽塔不伦之恋的回忆。既然他的回忆和思想活动都是以照片的方式打开的，那么显然，自始至终洛丽塔在小说中都呈现为一幅幅鲜活的女性图像。直到故事的结尾，这一线索依然是清晰而明确的。亨伯特将洛丽塔比作用永不褪色的颜料绘出的肖像画和以文字书写的诗行：“我在想着野牛和天使，颜料永不褪色的秘密，预言式的十四行诗，艺术的避难所。这是我和你拥有的唯一永恒，我的洛丽塔。”（Nabokov，1991，p. 309）亨伯特明确地告诉读者，洛丽塔没有死，也不会死，她是用文字的艺术定格下来的一幅不朽的绘画作品。那么，纳博科夫笔下的洛丽塔的肖像画该如何绘制呢？我们不妨先从作家自己的看法说起。在其给美国出版商明顿（Walter J. Minton）的信中，纳博科夫建议对方在设计封面时，应该采取“浪漫的，绘制精美的，非弗洛伊德的，非幼稚的……一种渐淡的远离，一种柔和的美国风景，一条怀旧的高速公路……”，他强烈反对“任何将其设计为一个小女孩的做法”（Nabokov，1989a，p. 250）。显然，纳博科夫是在告诉对方，洛丽塔这幅美少女画像的打开方式，应该也是记忆中图像的打开方式，如同一条怀旧的高速公路，由一系列浪漫、朦胧且柔和的风景组成，在渐淡中远离。因此，他明确表示不希望出版商将一位美少女的画像放在封面上。上述这段话其实表达了多层意思。首先，小说在广大读者心目中早已留下了一幅洛丽塔的美少女像，这已成为不争的事实，至于这幅画像具体应如何展开，则需要读者在追随亨伯特的记忆的过程中逐步来完成。其次，联系到作家本人多次声明的《洛丽塔》更想表达的是自己对美国的热爱以及与英语的一场热恋（Nabokov，1991，p. 316），不难发现，他不希望将美少女画像放在封面上，是担心读者产生误解，有违自己创作的初衷，因为或许对美国或英语的爱才是他想要表达的主题；而在“诗如画”（ut picture poesis）二者关系之间，纳博科夫显然倾向于对画的模糊处理和对诗的语言的推崇（Bouchet，2006，para. 6）。需要特别指出的是，在西方文化中洛丽塔的迷人少女形象美丽的一面渐渐被其致命的一面掩盖，无形中印证了语言对图像的恐慌。在西方国家发行的《洛丽塔》，除了1955年的初版，此后大多数版本均在封面上附了洛丽塔的画像。这些画像五花八门，既有全身像，也有局部（如腿、唇、脸）的特写。这些绘画大体上归为两类，一类是天真无邪的、未成熟的美丽少女，一类是性感、叛逆、早熟、挑逗男人情欲的少女（Savage，2015，pp. 156-157），其中大多数为后者，使广大读者产生了洛丽塔主动勾引亨伯特，是堕落少女，应受到道德谴责的印象，将其美杜莎式妖女化的导向性十分明显。这一独特的文化现象，与作者的初衷渐渐偏离，恰恰体现了语象叙事中语言对图像的美杜莎式恐慌的文化惯习：作为男性的观众对作为女性绘画的洛丽塔的痴迷，使男性将其看作被消费的欲望客体，观众的控制和占有欲望以一种偷窥式的目光抚摸着被囚禁在画面中的美人。然而她的魅力，让男性越是凝视越感到危险，似乎有将男性吞噬和石化的可能。于是，一种可能的选择就是把她变成美杜莎式的妖女。这是“美杜莎式的语象叙事”在文学和流行文化中的又一个例子。或许纳博科夫本人预料到了这种可能的后果，因此从一开始就反对在其作品的封面上附洛丽塔的美少女画像。有趣的是，将洛丽塔和妖女美杜莎联系在一起，似乎有着广泛的群众文化基础，例如，西方的一些购物网站上就专门有售卖美杜莎式洛丽塔的唇膏和裙子等。①

在小说中，洛丽塔作为美杜莎式的妖女具有两面性：一方面是令男人欲罢不能的美丽迷人的未成年少女，另一方面是堕落的、引诱了亨伯特的问题少女。她是由作家经常提及的透视和明暗对比法，在多棱镜般的描绘中，随着记忆的铺开，隐隐趋于清晰的渐变画，这就是纳博科夫自己所反复声称的“棱镜般的效果”（Nabokov，1991，p. 414）。在论述文学的产生时，纳博科夫将虚构了小说的文字比作一个闪闪发光的媒介，“那媒介，那副棱镜，便是文学艺术”（Nabokov，1980，p. 5）。在另一部传世名作《微暗的火》（*Pale Fire*）中，他通过诗人谢德之口称：“图形的观点”可以用“透视的句法”来进行“文字的表达”（Nabokov，1989b，p. 92）。在小说《洛丽塔》中，亨伯特反复称自己是通过“感官的棱镜”（Nabokov，1991，p. 18）来发现性感美少女的，并透过“多棱镜折射的光层”（Nabokov，1991，p. 42）来观察洛丽塔。很显然，纳博科夫在这部作品中是将文字视作画笔，通过亨伯特的视角，运用多棱镜的透视法，来绘制洛丽塔的肖像画的。小说开篇不久，亨伯特回忆安娜贝尔和洛丽塔的形象时说：

> 视觉记忆分为两种，一种是睁着眼睛，在你大脑的实验室里，技术性地重新创造出来一个意象（那时，我看见了安娜贝尔蜂蜜般柔腻的肌肤，纤软的胳膊，褐色短发，长睫毛，大而漂亮的嘴）；另一种是你闭着

---

① 参见 https://medusasmakeup. com/products/lolita、https://www. my-lolita-dress. com/medusa-s-confusion-gothic-lolita-jsk-dress 等网站的商品。

眼睛，在眼睑遮暗的内壁里，你忽然记起某个物体，完全是视觉复制出的一张可爱的面孔，一个浑身透着自然色彩的小精灵（这就是我所见的洛丽塔的样子）。（Nabokov，1991，p. 11）

安娜贝尔影射的是爱伦坡的名诗《安娜贝尔·李》中的主人公，与洛丽塔一样是亨伯特的恋人。上述这段话的意思是随着时间的流逝，对安娜贝尔的记忆已不如对洛丽塔的那么刻骨铭心，那么不由自主地浮现在眼前。亨伯特对洛丽塔的回忆，如同在紧闭的眼睛这间暗室内拍摄的一幅照片。初到美国的他在寻找房子的过程中，来到了夏洛特的家，原本毫无兴趣的亨伯特在其后院初见戴着墨镜、半裸着跪在草垫上读书的12岁性感少女洛丽塔（让人联想到谢洛夫的名画《阿德莱达·西蒙诺维奇肖像画》），立即被她迷得神魂颠倒。她沐浴在金色的阳光中，以膝盖为轴转过身，透过墨镜打量亨伯特。与安娜贝尔一样，她有着蜂蜜般的肩膀，丝绸般柔嫩的脊背，栗色的头发，可爱的紧绷的小腹，不成熟的小屁股和青春期的乳房，身侧有一个微小的沉褐色的黑痣（Nabokov，1991，p. 39）。亨伯特对洛丽塔的描述，是闭着眼睛将她放在自己的眼睑内壁，因此，这幅令人痴狂得欲罢不能的美少女特写画，在以后生活的25年间渐渐缩小为一个战栗的小点，消失了（Nabokov，1991，p. 39）。这幅特写的静物画的主角是一朵美丽迷人的玫瑰，有着“玫瑰的颜色”（Nabokov，1991，p. 60）。在列举了全班同学的名字后，亨伯特指出，多洛蕾丝·黑兹（Dolores Haze）的姓名前后被两朵玫瑰簇拥[①]，像一位美丽的公主置身于两个忠诚的宫女之间（Nabokov，1991，p. 49）。在注释中，针对许多人将洛丽塔比作红色的玫瑰，纳博科夫指出：“狐狸、红宝石、胡萝卜、粉红的玫瑰、黑色的浆果、羞红的脸庞，这些色彩或阴影，就如蓝色与绿色或法语中蓝紫色的血液与英语中的紫光蓝一样不同。”（Nabokov，1991，p. 364）他告诫人们色彩之间有着细微的区别，玫瑰也可能是白色甚至暗红色的，不要试图简单地用红色来笼括。纳博科夫将多洛蕾丝·黑兹的名字放在两朵玫瑰之间，运用的正是明暗对比的绘画技法。在英语中，“黑兹”的意思是“迷雾”，表示模糊、朦胧的意思。因此，洛丽塔这朵玫瑰绝不是简单的红色可以概括的，她具有多棱镜般的、朦胧的色彩和形象；12岁的多洛蕾丝·黑兹，应该被缓缓地揭开面纱。这是一朵娇艳欲滴的暖色系玫瑰：“太阳穴上方闪着丝绸般的光芒，渐渐过渡到闪亮的褐色头发”，栗色的柔嫩肌肤，

---

① Haze前后分别是Mary Rose Hamilton和Rosaline Honeck，英语中都有Rose。遗憾的是，主万的译本中将这一重要的部分完全删去了。

细小的脚踝骨，“前臂上隐隐可见闪烁的毛茸茸汗毛”（Nabokov，1991，p. 41），娇小的肩胛骨，秀美、拱曲的脊背，被泳衣紧紧裹住的窄窄的臀部，一双女学生式的大腿，露出点细毛的腋窝；灰蒙蒙茫然的眼睛上那对漆黑的睫毛，短截的鼻子上不对称的五个雀斑，棕色肢体上遍布的黑色绒毛，红得像舔过的蜜饯的漂亮的嘴唇（Nabokov，1991，p. 44），干净的小腿下粗糙的白袜子上两英寸左右的那颗小疤（Nabokov，1991，p. 49），一切都是那么美妙，“她就是绿－黄－蓝的画家本人所能想到的最迷人的性感少女”（Nabokov，1991，p. 42）。在六月里的一个星期天，阳光肆意挥洒的卧室里，“她穿一件漂亮的印花套裙……裙摆很大，束腰，短袖：粉红色、深紫色条格，这组色彩系列的结尾是她涂了口红，在她凹陷的手中，握着一只美丽的伊甸红色苹果……”（Nabokov，1991，pp. 57－58）在亨伯特眼里，洛丽塔又是偷食了伊甸园里的苹果的夏娃，一个堕落的少女，她引诱了亨伯特。在她身上“混合了温柔如梦的孩子气和一种怪异的粗野”（Nabokov，1991，p. 44），在她梦幻般迷人的外表下，是变幻莫测的恶劣脾气，令人困惑的欢欣，轻佻女童般的优雅和充满病苦的欲望（Nabokov，1991，p. 49）。夏洛特对自己女儿的评价则是“好斗、暴烈、爱吹毛求疵、不可信、没有耐心、易恼怒、好管闲事、无条理、消极反抗……及固执难管”（Nabokov，1991，p. 81）。后来成为席勒夫人的洛丽塔在亨伯特那里被直接比喻为“波提切利画中褐色的维纳斯”（Nabokov，1991，p. 270）。亨伯特此处联想到的是波提切利的传世名作《维纳斯的诞生》。亨伯特眼里的洛丽塔，显然具有双重性：天使般的美少女和恶魔般的孩子（Nabokov，1991，p. 149），这二者正是美杜莎身上所兼具的突出特征：她的诱惑让亨伯特欲罢不能，而对她的过度迷恋则极有可能让亨伯特引火上身，成为其回望中被石化的牺牲品。正是出于对这幅美杜莎式少女画像的恐慌，亨伯特才会充分利用笔下言辞的力量，将她定格在静物画里，成为无法言说的图像他者。

亨伯特曾在小说中明确告诉读者，作为男性欲望客体的未成年性感少女形象，是艺术史常见的主题。他所言非虚，有学者考证，至少自中世纪以来，如天使般的恶魔的未成年性感少女形象，便在西方文学和文化中流行起来，到维多利亚时代开始普及。她们被比作美人鱼、吸血鬼、水妖露莎卡（Rusalka）、美杜莎，等等（Voronina，2006，pp. 147－174），总之，是具有致命诱惑力的邪恶生灵，由此可见他心中的洛丽塔便是具有致命诱惑力的美杜莎。正如前文所言，除了洛丽塔，纳博科夫小说中还有许多类似的美杜莎式的性感少女，如《玛丽》（*Mary*）中的玛丽、《斩首之邀》（*Invitation to a*

Beheading）中的艾米（Emmie）、《黑暗中的笑声》（*Laughter in the Dark*）中的玛格特（Margot）、《魔法师》（*The Enchanter*）中的无名女主人公（洛丽塔的原型）、《瞧这些小丑！》（*Look at the Harlequins!*）中主人公瓦蒂姆的女儿贝尔（Bel），等等。如果说纳博科夫在小说《洛丽塔》中运用文字的透视技法，为读者绘制了一幅致命性感少女的多棱镜透视画，那么，其笔下类似洛丽塔的9—14岁的美少女群像，则构成了一组多棱镜画像，她们焕发出斑斓绚烂的色彩，组成了一道独特的浪漫、柔和而又渐淡远离的美国风景。

三、亨伯特：巧舌如簧的言说主体

如果说洛丽塔是用多棱镜的透视技法绘制出来的一幅美杜莎式的致命美少女像，小说中的亨伯特则代表着男性言说的主体，他以叙述者所拥有的语言特权和第一人称有限视角的观察优势，将词语作为画笔，将自己的视角作为多棱镜，一点一滴地为读者呈现了一幅美杜莎式的洛丽塔画像。

首先，从小说的形式上看，这是一部亨伯特的自白式回忆录，除了序言部分，全是亨伯特自言自语的讲述，述说他的人生悲剧以及对洛丽塔的迷恋。亨伯特作为叙述者和故事的主要人物，拥有充分的自由来调动言辞的力量，左右叙事的进程，实现对其他人物的话语控制，同时，又可以肆意地发泄自己的情感，不受约束地呈现自己的内心活动，想方设法地博取读者的同情与好感。从读者层面来讲，亨伯特俨然扮演着小说向导的角色，他叙述的节奏、观察事物的角度、喋喋不休的自我辩护等，均可以给读者带来一种先入为主的认同感。总之，个人独白式的回忆录赋予了亨伯特绝对的言语自由，使整部小说仿佛成为他个人卖弄语言技巧的秀场。不管是谎话连篇，还是胡言妄语，他永远高高在上地操纵着语言文字，自始至终为洛丽塔代言，将她变成了男性语言特权下的沉默的图像他者。

其次，从身份上看，他一方面是研究英法文学的学者、敏感的作家和艺术家，拥有将英语玩弄于股掌之间的高超技巧和足够的能力去左右其他人物的命运与叙事进程；另一方面，他又是杀人凶手、恋童癖和精神病患者，因此他的叙述在理性中夹杂着疯癫，稳妥中蕴含着失控的风险。结合阿佩尔（Alfred Appel，Jr.）的注释仔细阅读英文原著，读者不难发现，小说中所有主要人物的名字都是文字游戏，大多数情节都是不可靠的叙述，整部小说完全可以看作一个疯子充满克制而又喋喋不休的呓语。如果说在小说中亨伯特一直将洛丽塔看作一幅多棱镜透视画像，这一画像也完全是一位疯子作家借助一种张弛有度、挥洒自如、游刃有余的语言凭空创造出来的。他在想象中用如画笔一般生动的语言为洛丽塔画像，将她的迷人的魅力展现给读者，挑逗他们的阅读欲望，正如他自己的欲望被迷人的洛丽塔挑逗起来一样。故事一开始，他就为自己辩解“你总能指望一个杀人犯会写出绝妙的好文章”（Nabokov，1991，p. 9）；同时作为诗人，“我们不是凶手，诗人从来不杀人”（Nabokov，1991，p. 88）。他承认，美少女洛丽塔只不过是他想象中的创造物（Nabokov，1991，p. 62），或毋宁说是他运用自己的话语优势虚构出来的美少女画像。

洛丽塔如同妖女美杜莎，她的美貌让亨伯特无法抵抗，她的诱惑让亨伯特深陷其中不能自拔。面对这位美丽尤物的迷人画卷，亨伯特产生了强烈的占有、偷窥和意淫的欲望，整天无精打采、神经兮兮、恍恍惚惚，眼睛的余光随时在跟踪、留意和窥视洛丽塔的一举一动，直到最后将她占为己有。因此，他在言辞上的炫技，体现的正是“美杜莎式的语象叙事”：如同欣赏绘画，他被画面的美深深地吸引了，用他男性的猥亵的目光，爱抚作为绘画的洛丽塔的女性身体；但同时又担心她的魅力让自己深陷其中不能自拔，成为被美杜莎石化的男性牺牲品，从而失去言说的特权。语言对图像的恐慌，使亨伯特不得不借助文字的技巧，“永远地将美少女危险的魔力定格成文字”（Nabokov，1991，p. 134），让她定格在静止在画面上，成为沉默而无法言说的致命少女。他宣称，对美少女的迷恋是天堂与地狱间令人痴狂的交汇点，既有残忍，也有美丽（Nabokov，1991，p. 135）。美丽在于，洛丽塔是一幅令人痴迷的美女画；残忍在于，为了防止她的美彻底虏获自己，使自己成为美杜莎式回望中的石头，亨伯特让她永远定格为静止的图画。因此，在整部小说中，读者很容易发现，洛丽塔基本处于故事的边缘，几乎听不到她言说的声音。她是一幅美丽的图画，也是一幅被亨伯特的花言巧语剥夺了话语权的图画，沦为了语言的他者。

有意思的是，不光洛丽塔在小说中被描绘为一幅美女图，故事中的其他女性也被亨伯特视为与图像相关，这从侧面印证了作为言说特权象征的亨伯特在面对女性图像时担心失去话语权的恐慌，因此亨伯特要剥夺她们的言说权力，使她们沦为图像他者。例如，比尔兹利中学的教室里挂着英国画家雷诺兹（Joshua Reynolds）的《未解风情》（*The Age of Innocence*）（Nabokov，1991，p. 198），表现了一位青春期前少女的焦虑、不安和兴奋之情，显然暗指未成年时期的洛丽塔。后来嫁为人妇的洛丽塔像“波提切利画中褐色的维纳斯”（Nabokov，1991，p. 270）。波提切利《维纳斯的诞生》（*Birth of Venus*）中维纳斯孤独忧郁的眼神、端庄矜持的表情，既表现了青年洛丽塔的生活困境，也向亨伯特传达了希望保护自己、不受他不怀好意地观看的信息。夏洛特的房间里悬挂着“附庸风雅的中产阶级喜爱的那幅平庸之作——梵·高的《阿尔的女人》”（*Arlésienne*）（Nabokov，1991，p. 36），暗讽夏洛特的平庸粗鄙以及亨伯特对她的厌弃态度。洛丽塔把钱藏在美国画家惠斯勒（James Abbott McNeill Whistler）那幅著名的母亲肖像画后，画面中老妇人神情庄重而沉静，象征着她曾经的美丽和所经历的人世沧桑。这四幅绘画，呈现的是女性从懵懂少女到青年、中年和老年的不同人生阶段，她们都处于孤独无助的，被男性主体观望、言说和一步步降格并妖魔化的弱者地位，成为其语言言说中的图像他者。

结　语

纳博科夫这位“天生就是画家”的作家，为什么如此痴迷于在作品中塑造众多洛丽塔式的致命美少女形象？从“美杜莎式语象叙事”的视角看，《洛丽塔》这部谜一般的奇书，便是一幅以语言文字为颜料绘制的多棱镜透视图像。男性叙述者和主要人物亨伯特被美杜莎式的致命美少女洛丽塔迷惑，他的偷窥、色欲、性幻想和焦虑，体现了男性的言说与观看对女性欲望客体的他者化，以及担心女性图像使其石化、失语、去势的恐慌。因此，亨伯特这位玩弄文字的高手，始终牢牢地把控着言说的节奏和权力，让洛丽塔成为只能静止地待在远方画中供其赏玩的美杜莎式的迷人美少女像，他通过对女性图像他者的客体化和言辞攻击，将自己从对女性图像的恐惧中解脱出来。《洛丽塔》这一讲述继父迷恋女儿的乱伦主题小说背后，是作家纳博科夫对诗画或图文关系的更深层次的思考。从这一角度来阅读《洛丽塔》，或许有助于读者思考小说背后更多的深意，即在乱伦的故事主线之外，纳博科夫试图跨越语言与视觉艺术的阈限，在《洛丽塔》这幅男性言说的女性图像中，让图与文展开性别政治的博弈，从而构成一幅整体的、具有内在动态竞争机制的关于图像的文学文本，或者一言以蔽之，纳博科夫是在用语言与图像“乱伦”的形式，讲述一个继父与女儿的乱伦的故事。正如作家本人在其自传、访谈录和诸多小说中不断强调的那样，作家的文学创作仿佛是在作画。谢尔顿（Jen Shelton）曾指出，小说中亨伯特与洛丽塔的乱伦主题是理解小说的关键，作家在文本中使用了“乱伦”的语言实现了审美和道德的双重阅读：乱伦是男权社会所禁止的，但越被禁止越令人痴迷，读者在小说被禁止的主题（道德）与亨伯特的语言享受（审美）之间求得了一种平衡（Shelton，1999，pp. 273－294）。约翰逊认为，乱伦是纳博科夫作品中常见的隐喻，折射出作家将语言、文本甚至文学体裁杂糅为一体的努力。（Johnson，1986，pp. 224－255）对此，笔者想说的是，乱伦的情欲故事只是纳博科夫这位高明的文体大师和视觉艺术家所使用的障眼法，他不仅让体裁与体裁、文本与文本、文字与文字“乱伦”，更让语言艺术与视觉艺术、文字与图像实现了完美的融合，真正做到了语中有象、象中有语。

引用文献：

王安（2013）．空间叙事理论视阈中的纳博科夫小说研究．成都：四川大学出版社．

王安（2020）．美杜莎式语象叙事、性别政治与再现的困境．符号与传媒，20，206－221．

Appel，A.（1974）．*Nabokov's Dark Cinema*．New York：Oxford University Press.

Bouchet，Marie.（2006）．Crossing word and image：Nabokov's subversive use of ekphraisis. *Moveable Type*，Vol. 2，“The Mind's Eye”，Retrieved January 7，2021，from https://discovery. ucl. ac. uk/id/eprint/1572290/1/Marie%20Bouchet. pdf.

De Vries，G. & Johnson，D. B.（2006）．*Vladimir Nabokov and the Art of Painting*．Amsterdam：Amsterdam University Press.

Hagstrum，J. H.（1958）．*The Sister Arts: The Tradition of Literary Pictorialism and English Poetry from Dryden to Gray*．Chicago：The University of Chicago Press.

Heffernan，J. A. W.（1993）．*Museum of Words: The Poetics of Ekphrasis from Homer to Ashbery*．Chicago & London：The University of Chicago Press.

Johnson，D. B.（1986）．The labyrinth of incest in Nabokov's *Ada*．*Comparative Literature*，38. 3，pp. 224－255.

Mitchell，W. J. T.（1986）．*Iconology: Image，Text，Ideology*．Chicago：The University of Chicago Press.

Mitchell，W. J. T.（1994）．*Picture Theory: Essays on Verbal and Visual Representation*．Chicago：The University of Chicago Press.

Nabokov，V.（1969）．*Ada or Ardor: A Family Chronicle*．New York，Toronto：McGraw-Hill Book Company.

Nabokov，V.（1973）．*Strong Opinions*．New York：McGraw-Hill Book Company.

Nabokov，V.（1980）．*Lectures on Literature*．Ed. Fredson Bowers，Introduced by John Updike，A Harvest/HBJ Book.

Nabokov，V.（1989a）．*Vladimir Nabokov: Selected Letters 1940－1977*．Eds. Dmitri Nabokov & Matthew J. Bruccoli. San Diego，New York，London：Harcourt Brace Jovanovich.

Nabokov，V.（1989b）．*Pale Fire*．New York：First Vintage International Edition.

Nabokov，V.（1991）．*The Annotated Lolita*．Ed. Alfred Appel，Jr. ．New York：First Vintage Books Edition.

Raguet-Bourart, C. (1999). Chapter 9: European art: A framing device?, *Nabokov at the Limits: Redrawing Critical Boundaries*. Ed. Lisa Zunshine. New York & London: Garland Publishing, Inc, .

Savage, S. L. (2015). Lolita: Genealogy of a cover girl. *Studies in Art Education: A Journal of Issues and Research*, 56.2, pp. 156-167.

Scott, G. F. (1994). *The Sculpted Word: Keats, Ekphrasis and the Visual Arts*. Hanover & London: University Press of New England.

Shapiro, G. (2009). *The Sublime Artist's Studio: Nabokov and Painting*. Evanston, Illinois: Northwestern University Press.

Shelton, J. (1999). "The word is incest": Sexual and linguistic coercion in *Lolita*. *Textual Practice*, 13.2, pp. 273-294.

Voronina, O. (2006). The tale of enchanted hunters: *Lolita* in Victorian context. *Nabokov Studies*, Vol. 10, pp. 147-174.

作者简介：

王安，博士，四川大学外国语学院教授，博士生导师，研究方向为英美文学。

Author:

Wang An, Ph. D., professor of School of Foreign Languages and Cultures, Sichuan University. His research interests are British and American Literatures.

Email: wanganscu@163.com

“不可靠叙述”辨正

李卫华

摘　要：“不可靠叙述”是当代叙事学的一个基本范畴，指的是叙述者与隐含作者不一致的叙述。这一范畴在国内叙事学界误解颇多。这些误解主要有两个来源。一是翻译与研究的错位。“不可靠叙述”（unreliable narration）曾被译为“不可信叙述”，这导致许多研究者将其与表示叙述内容不真实的术语“不可信叙述”（untrustworthy narration）混为一谈。二是国内学界对雅克比的论文《作者的修辞、叙述者的（不）可靠性，相异的解读：托尔斯泰的〈克莱采奏鸣曲〉》的误读，许多学者将雅克比提出的“整合文本冲突的五种机制”误解为“不可靠叙述的五种机制”。这充分说明，在西方文论的研究中，弄清基本概念的理论渊源，阅读原语种文本，是非常重要的。

关键词：不可靠叙述　不可信叙述　雅克比

An Analysis of “Unreliable Narration”

Li Weihua

Abstract: “Unreliable narration” is a basic category of contemporary narratology, which refers to the inconsistent narration between the narrator and the implied author. There are many misunderstandings about this category in the field of narratology in China. There are two main sources of these misunderstandings: one is the dislocation between translation and research, which leads many researchers to confuse it with the term "untrustworthy narration" which means the content of narration is untrue. The second is the misreading of Jacoby's paper "Rhetoric of the Author, (Un) reliability of the Narrator, Different Interpretations: Tolstoy's 'The Kreutzer Sonata'". Many scholars misunderstand Jacoby's "five mechanisms of integrating text conflict" as "five mechanisms of unreliable narration". This shows that in the study of Western literary theory, it is very important to clarify the theoretical origin of the basic concepts and read the original text in the original language.

Keywords: unreliable narration; untrustworthy narration; Jacoby

"不可靠叙述"（unreliable narration）是当代叙事学中一个应用颇广的基本范畴，而这一范畴在国内叙事学界误解颇多。本文试图纠正国内学界对这一范畴的误解误用，并就教于方家。

一、"不可靠"＝"不可信"？翻译与研究的错位

众所周知，国内西方文论的研究与相关著作的翻译密切相关；事实上，由于语言的障碍，国内相当数量的西方文论研究者非常依赖中译本。然而，一个不容忽视的问题是，国内西方文论著作的翻译与相关的学术研究是不同步甚至不一致的。翻译与研究的错位，经常导致西方文论研究中的常识性错误。这一点也明显体现在"不可靠叙述"的研究中。

"不可靠叙述"是韦恩·布斯（Wayne Clayson Booth）于1961年在《小说修辞学》（*A Rhetoric of Fiction*）中首次提出的理论范畴，他在该书中为"不可靠叙述"下了一个至今仍被广泛引用的经典定义："I have called a narrator reliable when he speaks for or acts in accordance with the norms of the work (which is to say the implied author's norms), unreliable when he does not."［"我把按照作品规范（即隐含作者的规范）说话和行动的叙述者称为可靠叙述者，反之称为不可靠叙述者。"——引者译］（Booth，1961，pp. 158－159）这一定义充分表明，"不可靠叙述"关注的是叙述者（narrator）与隐含作者（implied author）是否一致，而隐含作者与真实读者是否一致、作品内容与客观现实是否一致等问题，则与叙述的可靠性无关。比如，鲁迅先生的小说《孔乙己》就是典型的不可靠叙述。在这部作品中，叙述者（咸亨酒店的小伙计）与隐含作者（作为这部小说作者的鲁迅）是不

一致的，小伙计对孔乙己的态度是冷漠和嘲笑的，而隐含作者对孔乙己则是充满同情的。同时，我们作为这部小说的真实读者，与隐含作者一样，也是同情孔乙己的；这部作品所描写的内容，也真实地反映了当时的社会生活。换言之，“不可靠叙述”作为一个范畴，关涉的是一种修辞策略，即作者是选择一个与自己思想一致的人物来讲述这个故事，以求直白地表达自己的观点；还是选择一个与自己不一致的人物来讲述这个故事，以求达到反讽的效果。这一范畴不讨论作品的内容是否真实地反映了现实的问题，在叙事学中，这一问题是由另一个范畴——“不可信叙述”（untrustworthy narration）（Lanser，1981，p. 170）来确定的。

遗憾的是，布斯的《小说修辞学》流传最广的中译本并未将“unreliable”译为“不可靠”，而是译成了“不可信”，译文为：“当叙述者为作品的思想规范（亦即隐含的作者的思想规范）辩护或接近这一准则行动时，我把这样的叙述者称之为可信的，反之，我称之为不可信的。”（布斯，1987，p. 178）之所以出现这种译法，是因为这一译本出现于20世纪80年代，当时国内学界尚未兴起“不可靠叙述”研究，而“unreliable”一词在汉语中，译为“不可靠”或“不可信”均可。但进入21世纪后，国内学界引入了“不可信叙述”（untrustworthy narration）这一术语，将“unreliable”译为“不可靠”已成为叙事学界的共识，而《小说修辞学》的中译本仍然保持着将“unreliable”译为“不可信”的原貌。这样一来，一些英文水平不足以阅读原著而又不求甚解的学者，就不免将二者混为一谈，误以为“不可靠叙述”就是“不可信叙述”，是一个谈论叙事性作品真实性的范畴。例如有学者认为：“叙述可靠性……是一个涉及文学真实性的问题。……它直接关涉的是叙事文学的真实性问题。”（江守义，2020，p. 156）这显然是把“可靠性”当成了“可信性”。

在当今国际学界，“不可靠叙述”最主要的研究者是布斯的学生詹姆斯·费伦（James Phelan）。费伦对叙述可靠性理论的发展大致可以概括为三个方面：一是将布斯对不可靠叙述的分析从两个维度（事实/事件轴、伦理/评价轴）发展到了三个维度（增加了知识/感知轴）；二是将不可靠性分为“疏远型不可靠”和“契约型不可靠”；三是对叙述可靠性做谱段分析。但一些学者总是将“不可靠”等同于“不可信”，从而对费伦的理论也产生了误解和歪曲。

（一）不可靠叙述的三大轴线

学界普遍意识到，无论是布斯已经提出的事实/事件轴、伦理/评价轴，还是费伦后来提出的知识/感知轴，“都强调了叙述者由于错误或不充分导致的不可靠”（江守义，2020，p. 158）；但某些学者由于将“不可靠”等同于“不可信”，因而又认为“这些不可靠叙述让作品的真实性打了折扣”（江守义，2020，p. 158），则显然是对布斯及费伦理论的误解。

按照不可靠叙述所处的三大轴线（three axes of unreliability），费伦将“不可靠叙述”划分为三大类：发生在事实/事件轴上的“不可靠报道”（unreliable reporting），伦理/评价轴上的“不可靠评价”（unreliable evaluating），以及知识/感知轴上的“不可靠读解”（unreliable reading）。按照叙述不可靠的程度，费伦又将不可靠叙述分成“错误”（mis-）和“不充分”（under-）两种情况。“错误”指的是叙述者与隐含作者完全相反，而“不充分”则是叙述者没有完全体现出隐含作者的意思。这样，不可靠叙述就被分为六种类型：错误报道、错误读解、错误评价、不充分报道、不充分读解、不充分评价（费伦 & 玛汀，2002，p. 42）。

所谓的“错误报道”（mis-reporting），即叙述者没有“如实”（在虚构叙事作品中，“如实”不是指与事实相符，而是指与隐含作者所设定的情节相符）地讲述故事，而是故意歪曲了故事。比如著名侦探小说家阿加莎·克里斯蒂（Agatha Christie）的名作《罗杰疑案》（*The Murder of Roger Ackroyd*）中的叙述者谢波德本身就是凶手，他对罗杰·艾克罗伊德被谋杀前后的事件始终故意歪曲。所谓“不充分报道”（under-reporting）则是指叙述者没有故意歪曲“事实”（即隐含作者所设定的情节），但对于“事实”的了解和叙述不够充分和全面，例如美国作家威廉·福克纳（William Faulkner）的小说《喧哗与骚动》（*The Sound and the Fury*）中的第一章“班吉篇”，叙述者班吉是一个先天的白痴，虽然已经33岁，但智力相当于一个3岁的孩子。这个白痴从未故意歪曲事实，但他对于康普生家族的了解和叙述肯定是不充分的。所谓“错误评价”（mis-evaluating）指的是叙述者对故事的讲述“属实”（即叙述者讲述的故事情节符合隐含作者的设定），但对故事的评价与隐含作者完全相反，比如对隐含作者反对的事情，叙述者故意以赞同的姿态来讲述；而对隐含作者所赞同的事情，叙述者却故意以反对的姿态来讲述。例如《喧哗与骚动》的第三部分“杰生篇”，叙述者杰生对其姐姐凯蒂恨之入骨，认为凯蒂败坏门楣，而且是家中的经济负担；对自己的所作所为则津津乐道，认为自己聪明能干，是家里的顶梁柱。但透过杰生的叙述，读者不难看到隐含作者的真意：凯蒂是一个忍辱负重的伟大母亲，而杰生才是剥削凯蒂的吸血鬼。所谓“不充分评价”（under-evaluating）则是指叙述者对故事的评价与隐含作者并不总是截然对立的，隐含作者对于叙述者抱着既同情理解又嘲弄否定的复杂感情。例如俄裔美籍作家弗拉基米尔·纳博科夫（Vladimir Nabokov）的名作《微暗的火》（*Pale Fire*），其中的主人公兼叙述者金波特作为大学教授，不但没有如自己所想成为主流文化的代表，反而由于素食主义、同性恋倾向、教授遥远古老而无人使用的赞巴拉语等，遭到主流文化的排斥与讥讽。他的叙述处处充满对难以被主流文化接纳的焦虑，隐含作者对此是充分理解和同情的。然而，对于金波特由此产生的幻想，比如自己是逃亡的赞巴拉国王，是著名诗人谢德唯一的知音等，隐含作者则进行了毫不留情的讽刺。这种半肯定半否定的态度表明叙述者对“事实”的评价是“不充分”的。所谓“错误读解”（mis-reading）指的是叙述者虽未歪曲“事实”，但对“事实”的理解与隐含作者完全相反。如肯·克西（Ken Kesey）的《飞越疯人院》（*One Flew Over the Cuckoo's Nest*）中，已经成为精神病人的“酋长”作为叙述者，讲述拉齐德护士长在精神病院里有控制时间的能力：她只要转动挂钟的指针，就可以让一晚上只有十分钟，把一个小时变为二十天，以此驱赶着精神病院里的病人按照她的时间表狂奔。而隐含作者告诉读者，拉齐德护士长并没有这种神力，她只是凭借规则和权力操控着精神病院中的患者。但“酋长”并未故意歪曲事实，只是他作为一个精神病人不能正确理解事实。所谓“不充分读解”（under-reading）则是指叙述者对“事实”的理解不能充分体现隐含作者的意思，而并非完全相反。比如美国作家马克·吐温（Mark Twain）的名作《哈克贝利·费恩历险记》（*The Adventures of Huckleberry Finn*）中，叙述者费恩作为一个纯洁的孩子，对周围的人和故事做了“如实”的描述；同时费恩作为一个善良的孩子，同情黑奴的不幸生活，这与隐含作者在价值判断上也并无相左之处；但费恩作为一个小孩，不可能完全理解周围发生的一切所包含的意义，因此在叙述中常常对事件做出不充分读解。

费伦还指出，不可靠叙述有时候并不是单独发生在某条轴线上，而是“在所有轴上都是不可靠的”（费伦 & 玛汀，2002，p. 42）。他以日裔英国小说家石黑一雄（Kazuo Ishiguro）的名作《长日将尽》（*The Remains of the Day*）为例来说明［附提一句，费伦此文的中译，将石黑一雄的名字音译为“卡佐·依施古罗”，将《长日将尽》译为《人约黄昏时》，这也是翻译与研究不匹配的一个典型例子。作者名显然是错译，而《人约黄昏时》的书名译文显然不如《长日将尽》（上海译文出版社 2018 年版）或《长日留痕》（译林出版社 2011 年版）］。在这部作品中，叙述者史蒂文斯的第一人称叙述，就既有“不可靠报道”（例如史蒂文斯说他站在肯顿小姐门外，听见她为死去的姨妈哭泣，但他自己后来又否定了这一说法），又有“不可靠读解”（例如史蒂文斯说任何一个“客观”的观察者都会发现英国有世界上最宜人的风景，但这一说法显然是不客观的）和“不可靠评价”（例如史蒂文斯说达令顿勋爵是一位道德高尚的绅士，但隐含作者告诉读者，这位勋爵是纳粹上台的帮凶、政治游戏的棋子）。中国叙事学家申丹也以石黑一雄的《长日将尽》为例，进一步指出，三大轴线“在有的情况下会构成因果关系”，即“不可靠报道”引发“不可靠评价”或“不可靠读解”，或相反，“不可靠读解”引发“不可靠报道”或“不可靠评价”，等等（申丹，2006，p. 135）。其实类似的例子还可以举出很多。例如，在纳博科夫的《微暗的火》当中，金波特对老诗人谢德的长诗《微暗的火》的“不可靠读解”（将这首本是谢德自传的长诗当成是谢德献给金波特的“赞巴拉传奇”）就源于他对自己生存环境的“不可靠报道”（本是一名普通大学老师的金波特在幻想中认为自己是逃亡的赞巴拉国王），而这种“不可靠报道”又源于他对自己生存状态的“不可靠评价”（在主流文化的排斥下无法实现自我认同，只能生活在幻觉中）。

以上众多作家作品的例证，可以充分说明这些作品中的不可靠叙述并未“让作品的真实性打了折扣”（江守义，2020，p. 158），而是恰恰相反，通过不可靠叙述产生反讽，极大地加强了作品的真实性，增强了作品的艺术效果。事实上，费伦、申丹等国内外叙事学专家所列举的“不可靠叙述”作品，绝大多数是世界文学名著，其中的不可靠叙述是作品艺术价值不可或缺的组成部分。在这些作品中，叙述者与隐含作者之间的张力恰恰是作品的艺术感染力之所在。“不可靠”不是不真实，“不可信”才是，这是研究“不可靠叙述”的出发点。

（二）“疏远型不可靠”与“契约型不可靠”

有学者对这两个术语的理解是：“不可靠叙述既可以疏远读者和叙述者的距离，让读者觉得叙述不可靠，也可以拉近读者与叙述者的距离，让读者觉得叙述可靠；同样是不可靠叙述，却可以造成不同的真实性感觉，这是费伦对叙述可靠性的新发现。”（江守义，2020，p. 158）这也完全是对费伦理论的误解。

根据叙述者与“作者的读者”（与隐含作者一致的读者，可以代表隐含作者的立场）之间的关系，费伦将“不可靠叙述”划分为“疏远型”和“契约型”两大类型。“疏远型不可靠叙述”迫使“作者的读者”疏远叙述者，因为他们意识到，“如果站在叙述者的视角就意味着远离隐含作者的视角，而在这个意义上，采取叙述者的视角便意味着作者-读者之间的关系的缺失”（费伦，2008，p. 295）。费伦用林·拉德纳（Ring Lardner）的短篇小说《理发》（*Haircut*）来说明这种类型的不可靠叙述。在这部小说中，理发师作为叙述者，向前来理发的顾客讲述吉姆的趣事。在理发师看来，吉姆是个挺有趣的人，能给镇上的人们带来欢乐。但随着情节的推进读者会看到，吉姆嘲笑别人的生理缺陷，破坏别人的家庭关系，虐待自己的妻儿，试图强暴并侮辱单纯善良的姑娘茱莉，这根本不是开玩笑，而是作恶。此时读者会意识到，理发师是一个不可靠叙述者，必须疏远这个叙述者，站在与他相反的立场上，才能建立起与隐含作者的联系，因为隐含作者是批判吉姆，也批判与吉姆沆瀣一气的理发师的。与“疏远型不可靠叙述”相反，“契约型不可靠叙述”追求的是一种悖论的效果，即“尽管作者的读者意识到叙述者的不可靠性，但是这一不可靠性包含了隐含作者——因此，也是作者的读者——所认同的交际信息”（费伦，2008，p. 295）。例如在《哈克贝利·费恩历险记》中，费恩面对逃奴吉姆的艰难选择：费恩认为吉姆是好人，想要保护他；但按照费恩从小受到的教育，看到逃奴而不揭发，反而撒谎去保护他，是要下地狱的。最后费恩决定，为了保护吉姆，下地狱就下地狱吧。显然，叙述者费恩对自己的行为做出了不可靠的评价，属于不可靠叙述。但作者的读者并不需要疏远费恩，因为在更深层次上，叙述者与隐含作者是完全一致的，他们之间似乎签订了某种契约。

显然，无论是“疏远型不可靠叙述”还是“契约型不可靠叙述”，叙述者与隐含作者都是矛盾的，而隐含作者与读者都是一致的。这两种不可靠叙述的区别在于，在疏远型不可靠叙述中，叙述者与隐含作者是完全相反的；而在契约型不可靠叙述中，叙述者与隐含作者在表层是矛盾的，在深层却有着内在的一致性。契约型不可靠叙述不会“让读者觉得叙述可靠”（江守义，2020，p. 158），而是通过叙述表层与深层的张力，强化了叙述的不可靠，例如费恩认为保护黑奴会下地狱，这显然是隐含作者要否定的错误观念；隐含作者通过这种不可靠叙述，对当时美国社会中的种族歧视进行了真实的揭示和深刻的批判。这也充分说明，“不可靠”不是不真实，而是更真实、更深刻。

（三）不可靠叙述的谱段分析

有人认为，费伦的不可靠性谱段分析“暗含的意思是，随着亲近感的增强，叙述带来的真实性也随之增强”（江守义，2020，p. 158）。这完全是基于对不可靠叙述的误解（将不可靠叙述等同于不可信叙述）所做出的错误推论。费伦的谱段分析中根本没有暗含这种意思。

费伦之所以要对不可靠叙述进行谱段分析，是因为在他看来，可靠叙述与不可靠叙述并不是二元对立的两极，而是一个长长的不断变化的谱段：其谱段的一极是“面具叙述”（mask narration），即叙述者与隐含作者完全一致的叙述，是彻底的可靠叙述；另一极则是“错误报道”，即叙述者公然歪曲隐含作者所设定的“事实”，却被隐含作者揭露，是彻底的不可靠叙述。而位于这两极之间的“不充分报道”“错误评价/不充分评价”“错误读解/不充分读解”以及“受限制的叙述”（restricted narration）、“交汇叙述”（convergent narration）等，都兼有可靠性和不可靠性，只不过前三者更偏于不可靠叙述，而后两者更偏于可靠叙述（费伦，2016，p. 90）。这是一个渐变的过程，居中的几种叙述都不是绝对可靠或绝对不可靠的。费伦以弗兰克·迈考特的《安吉拉的灰烬》为例来说明这一点。这部小说通常被视为可靠叙述，费伦也将这部小说归入偏于可靠叙述的“受限制的叙述”。但费伦特别强调指出，作为第一人称叙述者的儿童弗朗基虽然并未歪曲事实，但由于过于年幼无知，无法完全理解正在发生的事情；正是这种限制叙述，突出了他的天真无邪。

需要强调的是，叙述者与读者的亲近感与叙述带来的真实性不存在正相关。在费伦看来，“人物叙述是一种巧妙的间接表达方式，隐含作者可以通过一个单一的文本向至少两位不同的听众发话（即他自己的听众和人物叙述者的受述者），从而实现至少两个不同的目的（即他的目的和人物叙述者的目的）”（费伦，2016，pp. 88－89）。两个目的可以是相合的，也可以是分离的，关键取决于人物的“过滤器”作用。有的人物过滤器近乎透明，叙述者就是戴了面具的隐含作者，这就是完全可靠的“面具叙述”；有的人物过滤器则作用很强，经由人物过滤的叙述就带有不可靠性。费伦所画的谱段，从左到右确实是亲近感不断增强，但这并不意味着真实性也随之增强，只是意味着叙述的张力在不断减弱。《理发》和《安吉拉的灰烬》哪一个更真实呢？显然，二者都是真实的，但《理发》的叙述者与读者的亲近感较弱，叙述的张力较大；而《安吉拉的灰烬》的叙述者与读者的亲近感较强，叙述的张力较小。

总之，无论“不可靠叙述”分为多少类型，它所关注的都是叙述者与隐含作者是否一致的问题，包括叙述者在哪条轴线上与隐含作者不一致，在何种程度上与隐含作者不一致，在表面上还是根本上与隐含作者不一致，等等。而隐含作者与真实读者是否一致，作品内容与社会现实是否一致，不在其考虑范围之内。

二、“不可靠叙述的五种机制”，还是“整合文本冲突的五种机制”?

如前所述，“不可靠叙述”说的是叙述者与隐含作者的关系，“不可信叙述”说的是隐含作者与真实读者的关系，进而可以引申为叙述内容是否真实的问题；遗憾的是，国内仍有不少学者在囫囵吞枣地接受西方文论话语时，把“不可信叙述”当作“不可靠叙述”的同义词，或“不可靠叙述”的一种类型，从而混淆了这两种完全不同的叙述。

除了翻译与研究的错位，这种误会的另一个主要来源是对以色列学者塔玛·雅克比（Tamar Yacobi）的论文《作者的修辞、叙述者的（不）可靠性，相异的解读：托尔斯泰的〈克莱采奏鸣曲〉》的误读。该文被收入费伦等人主编的《当代叙事理论指南》（*A Companion to Narrative Theory*）并于2007年被译成中文后，在国内学界读者甚夥，而误解也颇多。这篇并不晦涩的文章之所以会引起诸多误解，主要出于学界急功近利的心态。一些本来缺乏叙事学基础的学者，急于了解西方叙事学界的最新动态，仓促去读超出自己阅读水平的论文，必然得出想当然的错误理解。按照这些学者的浮躁心理，雅克比的这篇论文标题中既然出现了“不可靠性”，那么其所分析的文本《克莱采奏鸣曲》必然是一个“不可靠叙述”文本，而这篇论文所应该做的就是列举其不可靠性的几种表现，分别加以分析。但在雅克比看来，托尔斯泰的这部小说究竟是可靠叙述还是不可靠叙述，本身就是一个值得研究的问题。因此，文章标题中的“（不）”是加括号的。这体现了雅克比作为一名学者的学术态度。

雅克比认为，《克莱采奏鸣曲》这部小说明显存在着文本的不一致性，但“文本的不一致性与叙述者的不可靠性并没有自动的联系，也不会有这样的联系，因为被感知到的冲突、困难、不相容性直至怪异的语言，总是可以用不同的原则和机制来整合”（雅克比，2007，p. 105）。接下来雅克比列举了五种机制，分别是存在机制（exsitential mechanism）、功能机制（functional mechanism）、文类原则（generic principle）、视角或不可靠性原则（perspectival or unreliablity principle）以及生成机制（genetic mechanism）。目前国内引用雅克比此文的人，绝大多数都把这五种机制当成了“不可靠叙事的五种机制”（江守义，2020，p. 160），从而完全歪曲了雅克比的意思。雅克比说得非常明确，这五种机制中，只有第四种“视角或不可靠原则”是明确将这部小说视为不可靠叙述的。为了说明这一点，雅克比接下来专门以“一个疯子的出售：面向可靠性的修辞”为小标题，经过深入细致的分析，说明将这部小说视为可靠叙述，同样可以整合文本中的冲突和不相容性，使之成为一部可读可解的小说。换言之，在雅克比看来，无论将这部小说视为可靠叙述还是不可靠叙述，都可以对之做出有效的读解；正因为如此，这部小说的内涵才是丰富复杂的。但国内忙于“追新逐后”的阅读通常止于对五种机制的罗列，对后面的深入分析完全视而不见。这也正是中国学界借鉴西方文论的怪现状：借鉴越多，误解越多，许多学者在浮皮潦草的阅读中得到的只是误解，然后又带着这种误解去追逐更新的理论，结果是以讹传讹，一误再误。

雅克比在这里所列举的五种机制是文本冲突的整合机制，而且这些机制雅克比在早期著作中已经提及。雅克比在这篇论文中引入这五种机制，是要对其进行重新分类。她通过整理学界以往对托尔斯泰最具争议性的小说《克莱采奏鸣曲》的不同解读，将这五种机制分为三组：第一组（包括前三种机制）将这部小说视为可靠且可信的叙述；第二组（第四种机制）将其视为不可靠但可信的叙述；第三组（第五种机制）则将其视为（不）可靠且不可信的叙述。

（一）将《克莱采奏鸣曲》视为可靠且可信的叙述

采取前三种机制（存在机制、功能机制和文类原则）来整合文本冲突的研究者认为，叙述者波茨金谢夫就是隐含作者的代言人，他对于婚姻、家庭和社会制度的批判就代表了隐含作者的观点。这类学者面临的困境在于，波茨金谢夫是一个杀妻者。他因为怀疑妻子通奸而将其杀死，经过审判竟被宣布无罪释放。他在火车上向同车乘客讲述这件凶杀案时，明确表示自己并非一时糊涂，而是经过了周密策划；更加反讽的是，他并不恨他妻子，相反，他非常怜悯她，他认为他们二人都是社会经济制度的牺牲品。他的全部谈话都是在攻击这个社会制度，并希望通过激进的改革来解决问题。托尔斯泰为什么要选择这样一个人作为自己的“面具”？他为什么不选择一个如《战争与和平》中的娜塔莎·罗斯托夫，或是《安娜·卡列尼娜》中的列文一样美好的形象来为自己代言？

这组学者（包括彼得·乌尔夫·默勒、安德丽亚·德沃金、费尔曼等人）认为，波茨金谢夫虽然是一个有明显缺陷的人物，但是，他对社会的批判是一针见血的。在这部小说的开场对话中，保守的老商人、思想解放的女士、律师、小职员等人关于婚姻和家庭的讨论已经充分证明，波茨金谢夫所指责的社会弊端——婚姻只是一场交易，爱情只是一种表演；男人在婚前就已堕落还自认为正人君子，女人在婚前对婚姻和性一无所知而沉溺于幻想之中；等等，都是当时社会普遍存在的问题。因此，就存在机制来说，他的叙述是可靠的。而从功能机制来看，波茨金谢夫虽然是一个偏离规约的人，但这种偏离所导致的惊悚事件（杀妻），恰恰充分说明了这些社会问题的严重性，因此，选择这样一个叙述者更有助于充分表达隐含作者的主张。就文类原则来说，隐含作者采取了“说服”的代码模式。老商人陈腐的观念和思想解放的女士不切实际的想法都被波茨金谢夫驳倒，而作为波茨金谢夫主要受话人的无名叙述者“我”（“我”是超叙述层的叙述者，波茨金谢夫是主叙述层的叙述者），则在经历了提问、反对和惊叹之后，逐渐被波茨金谢夫打动和说服。“我”被说服的过程，也就是“作者的读者”被说服的过程。因此，托尔斯泰选择波茨金谢夫作为可靠叙述者和自己的代言人，是刻意以一个高难度的动作来挑战自己，而他最终完成了这个高难度的挑战，因此，这是一部优秀的小说。

（二）将《克莱采奏鸣曲》视为不可靠但可信的叙述

第二组学者（包括艾丽丝、克里斯汀、贝里、赫尔曼等人）与第一组相反，他们认为波茨金谢夫是一个不可靠叙述者，但这并不影响这部小说的真实性。托尔斯泰选择了这样一个妒妒、扭曲、精神紊乱甚至有可能是潜在的同性恋者作为叙述者，不是为了让他给自己代言，而恰恰是通过这个叙述者自相矛盾的言论，实现对他的揭露和批判。叙述者是不可靠的，但隐含作者是可信的，隐含作者透过不可靠的叙述者所揭露的社会问题也是真实而深刻的。因此，这仍是一部优秀的作品，而且，正因为它采用了不可靠叙述这种叙述技巧，它的艺术价值才得以提升。

这组学者认为，波茨金谢夫的焦躁不安、奇思异想和可恶罪行，一开始就给人留下很坏的印象，从而引导读者抱着反对他的态度开始阅读。在他们看来，这就使读者形成了对不可靠叙述的期待。换言之，作为叙述者，波茨金谢夫的性格和杀妻行为，实际上成了其叙述的不可靠性的信号。于是，研究者会特别关注他言论中的自相矛盾之处。比如，他有时把性说成是一种习得的人为习惯，有时又说成是一种无意识的兽性；有时谴责男人追逐女人，有时又指责女人捕获男人；有时认为每一桩婚姻都是罪恶，必将导致离婚、自杀或杀害，有时又认为他的可怕行为只是他自己的特殊经历。这样一个自相矛盾、摇摆不定的人，他对社会的攻击只能被理解为试图将自己的罪行合理化的狡辩。显然，第二组学者的研究也是要寻求一种整合，但与第一组学者不同，这种整合所依赖的是不可靠性原则。

（三）将《克莱采奏鸣曲》视为（不）可靠且不可信的叙述

第三组学者（包括契诃夫、艾森伯格、兰克尔－拉法里尔、维里柯夫斯基等人）与前两组都不同。前两组学者虽然对叙述者的可靠性的观点相反，但都认为《克莱采奏鸣曲》是可信的，是一部优秀的、杰出的作品。第三组学者则认为，《克莱采奏鸣曲》是不可信的，是一部非常粗糙的有缺陷的作品，它暴露了托尔斯泰最糟糕的一面。他们从“生成机制”即作品生成的过程来论述这一点。这一组学者又可分为两类。第一类（如契诃夫、艾森伯格）将波茨金谢夫视为可靠叙述者，在这类学者看来，波茨金谢夫的错误就是托尔斯泰的错误，他的自相矛盾就是托尔斯泰的自相矛盾，他的偏见就是托尔斯泰的偏见。波茨金谢夫对性的怪癖（既放荡又禁欲）、对女性的歧视（既视其为受害者，又视其为让世界遭殃的原因）等，就是托尔斯泰自身思想的缺陷，这种思想是愚蠢的、傲慢自大的和无知的。按照这种思路，这部小说整个就是充斥着偏见的赤裸裸的说教，实在令人不能卒读。从生成机制来看，正是托尔斯泰的错误生成了波茨金谢夫的错误。第二类（如兰克尔－拉法里尔、维里柯夫斯基）将波茨金谢夫视为不可靠叙述者，在他们看来，波茨金谢夫之所以不可靠，是因为他体现了托尔斯泰的潜意识，而这一点是连托尔斯泰本人都没有意识到的。在意识层面，托尔斯泰是一个富于同情心的、性取向为异性的作家；但在潜意识层面，由于幼年的心理创伤，托尔斯泰形成了厌女的、同性恋的人格，这一潜在人格由波茨金谢夫这一形象呈现了出来。从生成机制来看，是托尔斯泰的潜意识生成了波茨金谢夫这一形象。

需要说明的是，雅克比并非只是简单地总结归纳了前人的观点。事实上，他所提到的“前人”（如契诃夫等人），往往只是直白地书写了他们读完托尔斯泰这部小说后的感想，而所谓“五种机制”“不可靠叙述”等，是雅克比对前人观点的理论提升。而且，雅克比并没有停留在对这一部作品的分析上，他由此出发进行的理论分析，丰富和发展了“不可靠叙述”和“不可信叙述”理论。因此，雅克比的这些总结仍然具有原创性的理论价值。

绝大多数误解了雅克比此文的学者，都将雅克比所说的整合文本冲突的五种机制，误读为“不可靠叙事的五种机制”（江守义，2020，p. 160），而且，在这五种机制中，最受这类学者关注的是最后一种，即“生成机制”。如前所述，这一机制关涉的实际上是不可信叙述；这类学者偏爱这一机制，恰是因为他们将不可信叙述与不可靠叙述混为一谈。基于这样一种混淆，有人得出结论：有些作品“虽然隐含作者和叙述者高度一致，但所叙述的故事显然是不可靠的”（江守义，2020，p. 160）。这一结论直接违背了布斯给“不可靠叙述”下的定义。所谓不可靠叙述，就是指叙述者和隐含作者不一致的叙述，如果二者高度一致，就是可靠叙述，怎么可能存在二者高度一致的不可靠叙述呢？这并非不可靠叙述，而是不可信叙述。

综上说明，在西方文论的研究中，弄清基本概念的理论渊源，阅读原语种文本，是非常重要的。如果条件有限，在找不到原语种文本或不具备阅读原语种文本能力的情况下，至少应当核对关键的人名、书名和术语。至今在知网上，以卡佐·依施古罗、《人约黄昏时》来论证“不可靠叙述”，将“不可靠叙述”混同于“不可信叙述”的论文不下百篇，而且都发表在正规的学术刊物甚至是核心期刊上，这真令人哭笑不得。

20 世纪 80 年代以来，伴随着改革开放的大潮，大量西方文论被引入中国文学理论界，中国学界在短短十年内把西方近百年的文学理论过了一遍。人们疲于奔命地追逐理论新潮，来不及进行真正的吸收和消化，误解误用在所难免。90 年代以后，学界本应沉下心来，对前一阶段的研究进行整理和反思，但日益浮躁的学术氛围、急功近利的学术目标和囫囵吞枣的学术习惯，导致此后误解误用并未减少反而增多。一些人把本来很有理论价值的西方文艺理论篡改成易于为缺乏理论基础的人所理解但没有任何理论价值的东西，然后再随意评价和引用，而研究者还沾沾自喜，自以为攻克了理论难题。学术研究变成了投机取巧的追逐赛，而踏踏实实地去弄清一个个理论范畴，倒显得“浪费时间”而为许多人所不取。学界多年形成的这一痼疾，理应引起重视，否则极有可能导致学术研究越来越反智化。本文对“不可靠叙述”的辨正，希望能为学界的救偏补弊提供一点可供参考的资料。

引用文献：

布斯，韦恩（1987）. 小说修辞学（华明，胡晓苏，周宪，译）. 北京：北京大学出版社.

费伦，J. ；玛汀，M. P.（2002）. 威茅斯经验：同故事叙述、不可靠性、伦理与《人约黄昏时》. 载戴卫·赫尔曼. 新叙事学（马海良，译）. 北京：北京大学出版社.

费伦，詹姆斯（2008）. 疏远型不可靠性、契约型不可靠性及《洛丽塔》的叙事伦理（尚必武，译）. 世界文学评论，2，294.

费伦，詹姆斯（2016）. 可靠、不可靠与不充分叙述——一种修辞诗学（王浩，译）. 思想战线，2，87.

江守义（2020）. 叙述可靠性与文学真实性. 文艺理论研究. 1，156.

申丹（2006）. 何为“不可靠叙述”?. 外国文学评论，4，133.
雅克比，塔玛（2007）. 作者的修辞、叙述者的（不）可靠性，相异的解读：托尔斯泰的《克莱采奏鸣曲》. 载 James Phelan，Peter J. Rabinowitz 主编. 当代叙事理论指南（申丹，马海良，宁一中，等译）. 北京：北京大学出版社.
Booth，W. C. （1961）. *The Rhetoric of Fiction*. Chicago：University of Chicago Press.
Lanser，S. S. （1981）. *The Narrative Act: Point of View in Prose Fiction*. Princeton，NJ：Princeton University Press.

作者简介：

李卫华，河北师范大学文学院教授，博士生导师，主要研究方向为比较诗学。

Author:

Li Weihua, professor and doctoral supervisor of College of Chinese Language and Literature, Hebei Normal University. Her research mainly focuses on the comparative poetics.

Email: 1838782043@qq.com

非自然叙述　非自然阅读[①]

方小莉

摘　要：非自然叙述学是后经典叙述学的一脉，自诞生之日起便与“自然叙述学”紧密相关。虽然非自然叙述贯穿整个文学史，但非自然叙述的叙述学理论研究近几年才兴起。国内关于非自然叙述学的研究主要是对西方非自然叙述学理论的引介，特别是关于布莱恩·理查森与扬·阿尔贝的相关理论的介绍。事实上国外的非自然叙述理论研究成果已较为丰富，且关于非自然叙述的定义也各有不同。本文在溯源非自然叙述学定义的基础上，尝试提出以文类为判定标准的非自然叙述，并在此基础上进一步讨论非自然叙述的非自然阅读方式。非自然叙述的研究承认解释的多种可能性、认知的多种可能性以及意义生成的多种可能性，也就是承认世界的多种可能性。

关键词：非自然叙述学　文类　非自然阅读

Unnatural Narrative　Unnatural Reading

Fang Xiaoli

Abstract: Unnatural narratology is a subbranch of post-classical narratology, which has been closely related to “natural narratology”. Although unnatural narrative has existed throughout the literary history, the study of narrative theories of unnatural narrative has only emerged in recent years. Domestic research on unnatural narratology has long

---

① 本文为国家社科基金青年项目“奇幻文学的叙述类型研究”（16CWW030）阶段性成果。

focused on the introduction of Western unnatural narrative theories, particularly on those of Brian Richardson and Jan Alber. In fact, there has already been abundant results of unnatural narrative theories abroad with various definitions regarding unnatural narrative. On the basis of a retrospective study of the varied definitions about unnatural narrative, this paper attempts to propose a yardstick of genre to define unnatural narrative, and further discusses unnatural reading as a way to decipher unnatural narrative works. The study of unnatural narrative acknowledges the multiple possibilities of interpretation, cognition and meaning-generation, thus actually acknowledges the multiple possibilities of the world.

Keywords: unnatural narratology; genre; unnatural reading

非自然叙述学是后经典叙述学的一脉，自诞生之日起便与自然叙述学紧密相关。非自然叙述作为自然叙述的对立面来自我定义，因此非自然叙述学也便以与自然叙述文本相对立的非自然叙述文本为研究对象。虽然非自然叙述贯穿整个文学史，关于非自然叙述的叙述学理论研究却是近几年才兴起的。国内关于非自然叙述学的研究主要是对西方非自然叙述学理论的引介，特别是关于布莱恩·理查森（Brian Richardson）与扬·阿尔贝（Jan Alber）的相关理论的介绍。事实上国外的非自然叙述理论研究已较为丰富，且关于非自然叙述的定义也各有不同。本文在溯源非自然叙述学定义的基础上，尝试提出以文类为判定标准的非自然叙述研究，并进一步讨论非自然叙述的非自然阅读方式。

一、非自然叙述定义溯源

虽然西方学者在定义非自然叙述时，总体是参照自然叙述，但标准各有不同，从而非自然叙述的研究便产生了一系列差异。《非自然叙述－非自然叙述学》一书在引言中提出非自然叙述可以从广义和狭义两个层面来定义（Alber & Heinze，2011）。广义的非自然叙述主要从“陌生化”的角度来定义：“从最基本的层面来看，非自然叙述学家感兴趣的叙述是具有陌生化效果的叙述，因为这些叙述是实验性的、极端的、越界的、非规约性的、打破常规的或非同寻常的。”（Alber，2011，p. 2）也就是说，叙述但凡因打破常规而产生陌生化效应，便是非自然叙述。非勒（Johannes Fehrle）尝试给非自然叙述下一个广义、跨媒介的定义，他对非自然叙述的定义主要关注叙述的非常规性产生的陌生化效果。而皮尔莱特（Caroline Pirlet）则将非自然叙述定义为陌生化的文本，这种文本要求读者有意识地对文本进行叙述化（Pirlet，2011，p. 105）。在皮尔莱特看来，非自然叙述产生了一种陌生化效应，因此读者在阅读过程中要不断将非自然叙述文本以自然化，即赋予非自然的叙述文本以叙述性。而梅凯莱（M. Mäkelä）则认为非自然性是虚构性再现的基本特征，所有虚构性或艺术性再现都是非自然的（尚必武，2015，p. 37）。这便意味着梅凯莱事实上把非自然“等同于文学或虚构叙述”（Alber，2016，p. 16）。

广义的非自然叙述定义采用陌生化作为标准显得过于笼统：一方面由于文化语境的不同，对非自然的判定会有不同的标准；另一方面正如梅凯莱所说，如果按陌生化来定义非自然，那么一切虚构性叙述或艺术都是非自然，这样一来非自然叙述学就会因无法划定一个学科边界而无法形成独立的理论体系。也许正因为如此，大多数非自然叙述学的研究还是偏向于有具体的标准，也就是说还是更偏向狭义的非自然叙述。

在现有的非自然叙述学研究中，以布莱恩·理查森（Brian Richardson）与扬·阿尔贝（Jan Alber）的研究最具有代表性。两位学者虽然都是以自然叙述学为参照，但各自对非自然叙述的定义由于标准不同而有很大差异。理查森认为：

> 非自然叙述是指那些有意违反标准叙述形式规约的叙述，特别是那些口头或书面违反非虚构性叙述规约的叙述，以及那些违反现实主义的虚构模式，因为现实主义的虚构模式本身是依据非虚构叙述的。而且非自然叙述遵循流动的、不断变化的规约，且在作品中创造出新的叙述模式。总的来说，非自然叙述生产出叙述基本要素的陌生化。（Richardson，2011，p. 34）

从以上定义可以看出，理查森主要从“形式”的“陌生化”来定义非自然叙述。他所说的违反规约是指对某种成形的标准叙述形式规约的违反，而所说的陌生化，是指叙述基本要素的陌生化。这里所指的规约从宏观层面来讲就是尚必武教授所说的“理查森判断非自然叙述的标准是对模仿规约的违背”（尚必武，2015，p. 37）。这些模仿规约存在于口头或书面的非虚构性叙述或是高度模塑于非虚构性叙述的现实主义作品中。理查森认为形式上遵循模仿规约的叙述为自然叙述，而违反模仿形式规约的叙述则是非自然叙述。

笔者在这里之所以强调对形式规约的违反，正是因为理查森的核心标准是关注形式，这是造成他的定义与阿尔贝的不同的关键。由此理查森严格区分了模仿叙述（mimetic）、非模仿叙述（non-mimetic）及反模仿叙述（anti-mimetic）。模仿叙述试图在虚构叙述中再生产出现实世界的典型人物和事件；与之相反，童话这类不再现现实世界的典型人物或事件的虚构叙述则为非模仿叙述；反模仿叙述指出自身的建构性，指出其技巧的人工性以及自身的虚构性（Richardson，2011，p. 31）。在这三类叙述中，理查森仅认为反模仿叙述为非自然叙述，这也可见他对形式陌生化的强调。反模仿叙述正是作品自指自身的形式特点，暴露自身的人工性和虚构性。也正因为对形式的强调，理查森认为科幻不是非自然，科幻本质上是模仿叙述；而奇幻也不是非自然，首先奇幻在他的定义中应该被划为非模仿而非反模仿，其次奇幻在他看来在形式上总是遵循某些熟悉的模式，并没有打破形式常规。

在这点上阿尔贝与理查森有较大差异。如果说理查森的定义主要是以形式的陌生化为参照，那么阿尔贝的定义则主要是以内容的陌生化为参照。阿尔贝的“自然”是指“真实世界”，因此他的非自然则是指物理上、逻辑上以及人力上不可能的场景和事件（无论我们觉得它们陌生或不陌生）（Alber，2016，p. 16）。阿尔贝以现实世界为参照，但凡违反现实世界的物理规则、逻辑原理以及超出人力范围的现象都属非自然，而相对应的叙述则可称作非自然叙述。从定义可以看出，阿尔贝的定义与理查森的定义至少有两个基本的不同点。首先，阿尔贝以现实世界为参照，强调叙述内容是否违反了现实世界的原则，而不是强调形式。其次，在阿尔贝这里“陌生化”并非必要条件，无论陌生或不陌生，只要违反了现实世界的规约和定律就一概定义为非自然，所以会说话的动物、尸体、人体部分等这些便成为违反现实的不可能的事；时间、空间及情节上出现的物理不可能、逻辑不可能的情况都违反了现实世界的原则，所以被定义为非自然叙述。也正是因为如此，被理查森排除在非自然叙述研究之外的奇幻文学和科幻在阿尔贝这里则是非自然叙述，只不过这类叙述已经是被高度规约化的类型化叙述。理查森认为文学传统一直存在两脉：一脉是模仿，另一脉是非模仿；模仿更加关注再现的对象（即内容），而非模仿则关注创作行为（即形式）（Richardson，2002，p. 58）。显然理查森的非自然叙述更关注再现的形式，而阿尔贝的非自然叙述更关注再现的内容。

与阿尔贝以现实世界为参照不同，伊维尔森（Stefan Iversen）转向了以文本内部的故事世界为参照来判定非自然叙述。在伊维尔森看来，非自然叙述“向读者呈现的操控故事世界规约，以及产生或发生在故事世界内部的场景或事件是相互冲突的——这些冲突抵制轻易的解释”（Iversen，2013，p. 103）。从定义可以看出，伊维尔森转向了一种文本内参照，主要关注故事世界内部的冲突，而这种冲突更偏向于从内容层面来判定，也就是依据再现的对象来判定。那么根据这个定义，很多被认为是非自然叙述的文类便被排除到研究对象之外，例如科幻、奇幻因其故事世界内部逻辑融贯或者说故事内容并不相互冲突而被排除在研究对象之外。

尼尔森对非自然叙述的定义与阿尔贝有相似之处，都参照现实世界，但尼尔森强调非自然叙述是对“自然或说是口头叙述范式的偏离”（Nielsen，2010，p. 279）。在他看来“‘非自然叙事’是虚构叙事的一个子集，在真实世界故事讲述情景中所不可能的或不合情理的时间、故事世界、心理再现或叙述行为”（尚必武，2015，p. 37）。可见尼尔森所说的对“自然叙述范式的偏离”重点强调的是故事世界内的叙事偏离了真实世界的叙事情景。

前面讨论的叙述学家在定义非自然叙述的时候其参照各有偏向：理查森强调形式上的陌生化，阿尔贝强调以文本外的现实世界的规约为参照，伊维尔森强调以文本内故事世界的规约为参照，而尼尔森则以现实世界叙述情景为参照。值得注意的是尼尔森指出非自然既可能出现在叙述行为层面，也可能出现在再现层面，也就是非自然发生在形式和内容两个维度。这一点事实上在《非自然叙述-非自然叙述学》的引言中也被明确提出：“非自然可能发生在故事层，也可能发生在话语层，或是同时发生在讲述层或被讲述层。”（Alber，2011，p. 7）因为参照系不同，或是说强调的重点不同，各位叙述学家的非自然叙述定义各有偏向，使得在同一个术语下研究的对象差异较大。这一点从前面对科幻与奇幻是否属于非自然叙述的讨论就能看出。

现有的广义定义由于过于宽泛，让非自然叙述学失去其独立的话语体系；而狭义的非自然叙述学研究本身也存在问题，由于各学派定义非自然的标准不同，参照的标准不同，学者们表面虽然都在“非自然”这个话语范围内讨论，却是自说自话，因此产生的各种分歧也失去了讨论的价值，这样非常不利于非自然叙述学的发展。笔者认为非自然叙述学的发展需要依据一个相对统一的标准来赋予非自然叙述一个底线定义，这直接关系到非自然叙述学话语体系的建构。或者说要给非自然叙述划定一个基本范畴，这个范畴的划定不能以“陌生化”这样模糊而宽泛的概念为标准，这会让非自然叙述学这一学科失去其存在的必要，因为陌生化效应存在于一切文学与艺术之中；同时这个范畴的划定也不能各家自言其说，这样不利于非自然叙述学建立理论话语。因此这个底线定义需要兼顾广义和狭义，既要最大范围地扩大非自然叙述学的研究领域，同时又要使其有的放矢，不能陷入无边的漫谈。在前人的研究基础上，笔者建议以文类（genre）来划定非自然叙述的范畴：从广义来讲，一方面，与自然叙述相对的叙述可称为非自然叙述，也就是说与传统的模仿叙述相反的叙述，无论是非模仿还是反模仿都称为非自然叙述；另一方面，某种新型文类的产生，改变了原有文类的划分，可以称作非自然叙述。从狭义来讲，在某一个文类范畴中那些非规约性的或是打破常规的叙述则为非自然叙述。文类在不断发展，那么自然或是非自然也并非一成不变，而是变化发展的。无论是从广义还是狭义来看非自然叙述，其中的非自然都处于动态的发展中。下文将分别从广义和狭义的文类标准来讨论非自然叙述。

二、以文类为参照的非自然叙述

西方世界的自然叙述偏向可以追溯到柏拉图。西方传统将是否表现现实当作判定文学优劣的标准，因此现实主义文学传统在文学史中长期占优势，这也是为什么模仿叙述作为文学中的正项，成为自然叙述，而与之相对的非自然则成为对立的异项被标出。柏拉图在其《斐德罗篇》中便认为那些神话类的超自然故事完全是“荒谬的”（Plato，as cited in Sandner，2004，p. 15）。从广义的角度来看，叙述可分为自然叙述和非自然叙述两个大类，自然叙述指模仿叙述，遵循现实世界的规则，尝试在虚构世界中再现经验世界；而非模仿与反模仿叙述则被认为是非自然叙述。现有的研究表明，文学史包含了自然与非自然两个门类，只是历史对自然叙述的偏向掩盖了文学史中的非自然门类的发展。

理查森指出，自亚里士多德开始，叙述理论便有一种明显的模仿偏向。虚构作品在很大程度上都被看作真实地再现人类及其行为，因此可以根据现实世界的一致性、可能性、个体和集体心理来分析。然而当面对反模仿的作家所创造的丰富传统时，模仿叙述理论却毫无用处。（Richardson，as cited in Alber & Heinze，2011，p. 6）可见理查森认为既有自然叙述的传统，也存在非自然叙述的传统，自然叙述理论无法解释非自然叙述，非自然叙述有自己的解释方式。他提出“事实上非自然叙述构建了另一个文学史，这一非自然文学史被崇尚模仿理论的诗学忽视或边缘化”（Richarson，2011，p. 23）。非自然叙述贯穿整个文学史，只是文学史的自然叙述偏向将其边缘化。阿尔贝也提出“现存的叙述学框架有一种模仿偏向，在很大程度上倾向于认为叙述是以现实世界为模型，因此忽略了很多来自故事世界的非自然或不可能元素”

(Alber，2011，p. 47)。同时，阿尔贝也认为非自然叙述贯穿了文学史。虽然他的研究重点为后现代叙述中的非自然，但他通过历时地追溯，窥见后现代的非自然元素在早期的各类叙述中早有发展。那么对于理查森和阿尔贝来说，自然与非自然在整个文学史中并行不悖，但由于文学理论的模仿偏向，叙述学理论研究偏向自然叙述，然而具有模仿偏向的叙述理论对分析模仿叙事或所谓的自然叙事更加有效，却无法有效讨论非自然叙事，因此非自然叙事必须建立自己的理论话语，划分出自己的适用范围。

本文以文类为前提来区分非自然叙述或叙述中的非自然元素。从广义角度来界定非自然叙事时，本文根据理查森的划分方式，将叙述划分为模仿叙事、非模仿叙事、反模仿叙事，同时本文也借鉴阿尔贝对非自然叙事的定义，认为非自然叙事从广义的角度来讲不仅包含反模仿叙事，也包含非模仿叙事。而从狭义的角度来看，笔者将非自然的判定标准划定在某一文类的范畴中，也就是说在某种文类中，叙述违反或打破原有文类的规则，产生了超出原有文类规约的非自然元素，便可以称为非自然叙述。广义的划分主要是一种横向对比式的划分，通过横向对比，与自然的模仿叙事不同的非模仿与反模仿叙事则为非自然叙事。以文类为划分标准的狭义定义则是一种结合横向和纵向关系的划分方式：一方面，通过同一文类不同作品的横向对比，区分出该文类中的自然叙述与非自然叙述；另一方面，通过纵向追溯某一文类的历时发展，研究该文类非自然与自然元素的变化发展。随着文类的变化发展，某些非自然元素不断自然化、规约化；但同时同一文类中各种非自然元素也会不断产生，从而不断革新这一文类。值得注意的是，以文类划分的方式可以让我们意识到一个非常重要的问题，不同文类有其判定非自然叙述的不同标准，也就是说不同文类中的非自然元素不同，某一种元素在这个文类中是非自然元素，但在另一个文类中可能是习以为常的自然元素；另外以文类为划分依据，也能让我们意识到，所谓的自然与非自然是动态发展的，随着文类发展，某一新的非自然元素可能被自然化为该文类的规约，进而固定下来成为自然。

非自然叙述学家在选定研究对象时，似乎都很青睐后现代叙述作品，而元小说是反模仿叙述的一种重要文类。从广义的叙述文类来划分，元小说这种不断暴露创作痕迹、打破模仿神话和真实幻觉的反模仿叙事必然是非自然叙述。然而从狭义的元小说文类来看，"露迹"这种手法在元小说或在后现代叙述作品中都是习以为常的规约，因此是一种常态化的叙述策略。那么，当后现代叙述与现实主义叙述对比时，其反模仿叙述对现实主义的模仿叙述来说是非自然叙述，而这种“露迹”的元素则是非自然元素；但在反模仿叙述文类中，这是一种规约，不是非自然。广义的非自然与自然的区分相对稳定，而从狭义的文类定义来看自然与非自然，则并非绝对的、稳定的，而是相对的、发展的。例如非自然叙述学家常常提到的会说话的动物是非自然的叙述者，但在动物寓言或奇幻叙述中则为自然；会说话的人体部分、尸体等与现实主义模仿叙述对比属于非自然，但在后现代叙述中是自然。反过来，在后现代叙述中若出现大量的现实主义创作痕迹，则反而成为非自然叙述。比如《法国中尉的女人》一开篇浓墨重彩，花了几百页的篇幅，以一种19世纪现实主义的创作手法再现了维多利亚时代的社会及其伦理观念。这种现实主义技巧本该是自然叙述元素，然而当其大量出现在后现代小说中，反而成了非自然元素。也正是因为其非自然性，该小说被定义为“新维多利亚小说”。从这一命名可以看出，对于维多利亚时代的现实主义小说来说，该小说是非自然叙述，因为其中存在反模仿元素；同时对于后现代元小说来说，该作品也是非自然叙述，因为其中存在大量现实主义模仿技巧。在不同的文类中，自然与非自然的区分不同，或是自然与非自然元素正好相反。同理，笔者认为《变形记》之所以为非自然叙述，不是因为里面有非自然的人物，或是出现了不可能的事件，而是在于这个非模仿叙述完全采用了模仿叙述的技巧，具有高度的现实主义特点。当格里高利变成虫这一超自然的不可能事件发生时，他想到的是不能上班，应该请假。

事实上，以文类来判定非自然叙述并非笔者一家之说。这在非自然叙述学中早有讨论，只是叙述学家们并没有明确将其设定为判定的标准，也没有将其放在一个重要的位置。关于非自然叙述文类的研究涉猎最多的要数阿尔贝，他在论文《非自然性的历时发展：一种文类新论》中提出，“新文学类型的发展总是与非自然的自然化或规约化齐头并进。也就是说，开始被创造为物理上或逻辑上不可能的新文类常常会被转换成一种新的感知框架”（Alber，2011，p. 43）。阿尔贝关于文类的新认知恰恰说明，非自然性并非稳定不变，而是变化发展的。非自然因素随着发展被规约化或自然化为某一文类的基本特点，从而形成新的认知框架储存下来。阿尔贝认为后现代叙述所做的只是通过将历史文类中规约化的不可能与现实主义语境混合，重新创造出陌生性（Alber，2016，p. 230）。非勒也有类似的观点，他提出“非自然的定义不应该基于对物理法则的对应（指称），而应该是指叙述违反了业已确立的（认知）框架”（Fehrle，2011，p. 242）。从广义的角度来说，理查森将叙述分为模仿、非模仿及反模仿，将反模仿定义为非自然，这种定义方式也可以算是以广义的类型来下定义。理查森在定义非自然中提到“非自然叙述是指那些违反模仿期待、现实主义经典以及自然叙述之规约的叙述”。同时他也补充了两个可能的标准，其中一个标准便是“非自然叙述违反了现存的、公认的文类规约和期待”（Richardson，2011，p. 34）。

不能单凭“陌生”与否，或“可能”与否，或“模仿”与否来划分自然与非自然，主要有三方面的原因。第一，不同文类情况不同，标准不同，在某一文类中的非自然于另一个文类中可能是自然。第二，传统所认为的自然叙述，也可能出现比非自然叙述更为极端或出格的非自然方式，例如全知全能的叙述者，在现实主义虚构叙述或是历史叙述中常见，但若从可能与不可能的角度来判定，则很难判定为自然。正如麦凯莱所说，现有的非自然叙述学更多地关注那些叙述建构中的越界、无逻辑或反模范元素，也因为如此，所谓的古典现实主义小说这类作品成为默认的自然叙述。然而现实主义叙述可能也会比那些明显被定义为反经验或反叙述的极端作品更具有越界的潜能（Mäkelä，2013）。这也正如我们前面所说，自然与非自然不是一成不变而是动态发展的。第三，考虑到文本外的历史、社会、文化语境的因素，不同时期、不同文化对非自然的判定也会有不同。在某个文化中的非自然，可能在另外一种文化中再自然不过。

虽然非自然叙述学家们没有明确提出以文类作为判定非自然叙述的核心标准，但他们的研究无法摆脱文类的影响。托多罗夫认为文学文类是由某种可操作的原则或某种共享的规约构成的（Todorov，1976，p. 3）；弗劳（John Frow）则认为文学类型可以视作一种区分法或分类法，将事物组织进可识别的不同类型（Frow，2006，p. 51）。可见某种文类因为其共享的规约或原则而形成，从而区别于其他文类，因此本文认为当叙述违反这些文类期待或文类规约时，就可以被称为非自然叙述。当然随着文类的发展，这些新的非自然元素逐渐转化为共享的规约，从而被自然化，同时也推进文类的发展。

文学史与文学理论研究长期倾向于关注自然叙述，因此非自然叙述便被边缘化。事实上非自然叙述有其漫长的发展史，也有其至关重要的作用。从文类发展来看，非自然元素的产生、发展，再被规约，这一过程推动文类的发展，也同时促进新文类的不断产生。理查森认为“非自然叙述是文学不断革新的首要动力”（Richardson，2006，p. 135）。非自然叙述始终使文学保持一种陌生化效应，从而也可以说是文学性的重要标志。非自然叙述不断挑战人类想象的极限、人类创造世界的极限以及文学再现的极限，对推进文学的发展至关重要。因此非自然叙述不应该因为有别于自然叙述而被边缘化，而是应该成为与自然叙述同等重要的自然存在。

从人类认知的角度来看，“非自然”打破了人类习以为常的“自然”，让人类可以不断拓宽认知的领域，从而可以帮助人类模拟处理任何复杂和未知的情况。阿尔贝认为虚构叙述让我们能够重新概念化现实世界的经验，对于组织和重新组织人类经验有重要作用。而非自然可以帮助人类不断创造超越真实世界知识的新型心理模型。再现的各种不可能性超越了我们所知的世界（Alber，2016，p. 215），这样有利于我们更好地认知世界。非自然的场景和事件大大拓宽了人类意识的认知视野，挑战我们认识世界的有限视角，这样可以让人类关注通常不关注的问题（Alber，2011，pp. 61－62）。詹赛恩（Lisa Zunshine）也提出处理不可能性对我们的认知极为重要。思考那些挑战我们认知偏见的概念有利于大脑保持其灵活性，也有助于大脑保持应对外界的无限复杂性及应对充满挑战的外部环境的足够能力（Zushine，228，p. 144）。

当然我们也同时应该注意到世界不仅有“自然”，也充满了未知的“非自然”。正如阿尔贝所说：“非自然关注了人类生存在世的另一种基本情况：一种秩序和意义的缺失，以及适应这种缺失的困难性。”（Alber，2016，p. 37）世界充满了未知的非自然，“非自然叙述向人类揭示了无法逃避的未知状态”（Abbott，2009，p. 132）。因此非自然叙述不断提醒我们，人类从来无法完全控制万物，我们对待非自然不是将其边缘化，而是要认识它，接受和适应它，同时也要对这种未知世界充满敬畏之情。

三、非自然叙述的非自然阅读

《非自然叙述-非自然叙述学》一书在引言中提出非自然叙述学研究出现了两种极端：第一种提出认知的观点可能简化和降低非自然的重要性，或者甚至可能将一种正常化的策略强加给一种非正常的叙述；第二种，以非再现（non-representational）角度来看非自然叙述则似乎将其视作超越了人们理解力的圣典，理论家们无法触及，也无法给出意义（Alber，2011，p. 11）。在这场争论中，第二种观点完全将非自然叙述视作无法解释之事，也就是举手投降，放弃努力。第一种观点向读者呈现了两种解释方法，一种是认知的方式，该书作者所说的认知方式是指非自然叙述的自然化阅读，但这种方式遭到某些叙述学家的反对，他们认为这样的阅读方式过于简单化非自然叙述，降低了其重要性，因此主张应该让非自然叙述为自己代言。这便引出另外一种阅读方式——非自然阅读。非自然叙述的阅读方式研究目前分为两大派：一派是以阿尔贝为代表的自然化阅读，另一派则是以理查森和尼尔森为代表的非自然阅读。

非自然叙述的自然化阅读研究相对成熟，阿尔贝显然继承了卡勒及弗鲁德尼克的相关观点，将陌生化的元素叙述化、熟悉化或自然化。读者以现实世界为参照，以自然发生的叙述为参照，以经验世界的认知方式为参照，将非自然叙述自然化，从而给出一个合理的解释。因此阿尔贝总结出了非自然叙述阅读的九种策略：1. 整合框架；2. 类型化；3. 主体化；4. 突出主题；5. 寓言式阅读；6. 讽刺和戏仿；7. 想象超验王国；8. 自助式阅读；9. 禅宗式阅读（Alber，2016，pp. 47—57）。关于这九种策略国内学界已经有大量详细介绍和阐述，笔者在此无需赘言。不过值得注意的是，这九种策略虽然各有针对，但总体遵循的一个宗旨是研究读者采用何种策略“使陌生化的叙述更有可读性，让那些包含不可能场景或事件的叙述，那些至少是初看起来抵制意义生成的文学文本更有可读性”（Alber，2016，p. 45）。换句话说，这九种策略总体是将非自然或说陌生化的叙述自然化，读者以可能的现实世界认知原则为参照，针对不同的文本，调动不同的阅读策略或是混合使用多种策略将文本中的“不可能”解释合理化，也就是读者的阅读为非自然元素提供一个合理的解释将其自然化从而读出一个意义。自然化的解释策略符合人类的认知习惯，以现实世界为参照，以经验世界的认知方式去认知虚构世界，在遇到偏离经验世界原则的不可能场景或事件时，遵循最小偏离原则，把不合理的一切尽力合理化，从而能够读出文本的意义，这不失为一种有效的阅读方式。

但以理查森和尼尔森为代表的另一派认为非自然叙述应该采用非自然的阅读方式。他们认为现有的叙述学理论研究比较偏向自然叙述，因此这些策略更适宜阅读自然叙述，而面对非自然叙述时却并不全然适用，无法读出非自然叙述的非自然意义。尼尔森在《自然化与非自然化的阅读策略》一文中开篇便提出“采用非自然阅读策略来解释非自然叙述比应用自然化和熟悉化的原则要更适合”（Nielsen，2013，p. 67）。理查森和尼尔森对采用认知参数来解释非自然叙述保持警惕，特别是反对用平常的认知或熟悉的经验去解释非自然叙述。他们认为非自然超越现实情境，非自然叙述抵制对现实世界的描述，他们强调虚构技巧的创造力量（Alber，2011，p. 9）。对于理查森和尼尔森来说，虚构叙述创造虚构世界，这个世界并不指称现实世界，文本内的世界存在多样性，不需要总是参照现实世界的规则来解释。尼尔森将虚构世界看作作者的创造物，“如果我们将一个叙述解释为虚构，我们便是将它理解为创造了一个虚构世界。这个虚构世界不需要像真实世界。因此作者的陈述不应该被解释为是关于真实世界或是指称现实世界，或是任何先在的世界”(Nielsen，2013，p. 86)。那么尼尔森便是认为虚构叙述创造出了独立于现实世界的自足的虚构世界，这个世界有自己的规则，不应该用现实世界的规则去解释它。

理查森和尼尔森的非自然阅读与阿尔贝的自然化阅读方式的根本不同在于参照不同，也可以说因为参照不同，对“自然”的定义便不同。阿尔贝以现实世界的规则为参照，因此非自然叙述中的“非自然”需要在现实的语境中被自然化才能被读出意义。而理查森和尼尔森则认为“非自然”应该保持自身的“非自然性”，读者应该接受非自然元素，在虚构世界的语境中来解释非自然。尼尔森通过重访热奈特的聚焦概念来说明如何践行非自然的阅读策略。他提出热奈特明确区分了语式和语态，也就是严格区分谁看和谁说的问题，这一点很重要。尼尔森认为热奈特的聚焦实际上是一种视角自限，在零聚焦中则没有视角的限制。同故事叙述（homodigetic）是一种内聚焦，因此自然有视角限制，而如果零聚焦出现在同故事叙述中，则被认定为非自然。在自然化的阅读中，如果一个第一人称叙述者发生视角越界，得知了自己视角范围内无法得知的信息，那么读者便会调用自然化策略将其自然化，找到合理的理由来补充信息，使之合理化；而非自然的阅读方式则无需如此，既然聚焦严格区分了谁说与谁看，读者便应该接受越界的可能性，接受这种非自然性，因为“信息的真正来源是创造世界的作者，而不是无知的人物”(Nielsen，2013，p. 85)。也就是说既然区分了谁看和谁说，那么虽然看的人物没看到，说话的世界创造者——作者[①]却知道，因此读者应该接受这种非自然性，而无需寻求解释。

虽然理查森和尼尔森没有明确提出，但从上面的例子可以看出，非自然阅读的关键就是接受非自然性，也就是在非自然叙述中不是将“非自然”“自然化”，而是将“非自然”视作“自然”并接受其“自然性”。尼尔森的研究非常具有启发性，但目前还局限于聚焦概念。笔者在此基础上，尝试将非自然的阅读方式应用到非自然的文类阅读上。

从狭义的非自然叙述来讲，非自然叙述的虚构世界不指称现实世界，而是一个自足的独立世界，并有属于自身世界的规则。这些规则可能与现实世界相符合，比如现实主义小说中的世界被定义为自然；但这些规则也可以超越现实原则，被定义为非自然。文本内的虚构世界形成了自身的语境，虚构

---

① 在尼尔森的理论中，作者代替了叙述者。

世界内的各要素相互关联，互相印证，成为横向真实的存在。因此非自然元素在这个虚构的上下文语境中是真实的存在，而不是虚构。读者在阅读文本时进入虚构世界，将一切非自然当成文本内真实的自然存在，从而能够根据非自然的逻辑来解释非自然叙述。

从广义的角度来讲，本文将非自然叙述按文类划分，不同的文类有不同的构建方式，也就是有各自的独立规则，或说有自身的非自然性。读者在阅读时不应该以自然叙述，例如以现实主义小说的规则作为参考来阅读非自然叙述文本，将偏离自然叙述的元素视作“不自然”，而是应该以文类语境为参照，那么与“自然”相比被定义为“非自然”的元素，在该文类中便成为“自然”被接受。不同的文类形成自身的文类语境，而文类认知者彼此共享这种文类的认知框架。在阅读文本的过程中，这种认知框架可以通过心理再现一系列文类期待。读者根据具体文类语境，或套用，或修改，或转换相关的认知框架，从而根据文本提示，重建编码于文本中的故事世界。也就是说，在不同文类构筑的语境中，读者以这个文类的规则来解释该文类，那么很多被“自然叙述”认定为非自然的现象，在该文类中则被认定为“自然”。因此这种非自然性被当作一种文类的自然性得到读者的接受，读者从而读出非自然的意义，而不是根据自然叙述去将其自然化。

不同类型的文学具有不同的文类语境，那么读者则需要调动不同的认知框架，也即要启动不同的解释元语言。在特定的文类语境中，读者在阅读中通过心理再现一系列文类期待，接受其“非自然性”为“自然”。当语境发生变化时，读者调整认知框架，调用新的元语言去适应文类语境，解释作品的非自然性，而不是以现实世界的认知原则为参照来将叙述的非自然性自然化。

引用文献：

刘易斯，C. S.（2014）．纳尼亚传奇：狮子、女巫和魔衣柜（陈良廷，刘文澜，译）．南京：译林出版社．

尚必武（2015）．叙事的“非自然性”辨微：再论非自然叙事学．外国语文，3，36－45．

Alber，J.（2011）．The diachronic development of unnaturalness：A new view on genre. In Alber，J.，& Heinze，R.（Eds.）. *Unnatural Narratives-Unnatural Narratology*（pp. 210－245）．Berlin：De Gruyter.

Alber，J. & Heinze，R.（Eds.）（2011）．*Unnatural Narratives-Unnatural Narratology*. Berlin：De Gruyter.

Alber，J.（2016）．*Unnatural Narrative：Impossible Worlds in Fiction and Drama*. Lincoln and London：University of Nebraska Press.

Abbott, H. P. (2009). Immersions in the cognitive sublime: The textual experience of the extratextual unknown in García Márquez & Beckett. *Narrative*, 17 (2), 131–142.

Frow, J. (2006). *Genre*. London: Routlege.

Fehrle, J. (2011). Unnatural worlds and unnatural narration in comics?: A critical examination. In Alber, J. , & Heinze, R. (Eds.). *Unnatural Narratives-Unnatural Narratology* (pp. 210–245). Berlin: De Gruyter.

Iversen, S. (2013). Unnatural minds. In Alber, J. , Nielsen, H. S. , & Richardson, B. (Eds.). *A Poetics of Unnatural Narrative* (pp. 94–112). Columbus: Ohio State University Press.

Mendlesohn, F. , & Edward, J. (2012). *A Short History of Fantasy*. Oxfordshire: Libri Publishing.

Mäkelä, M. (2013) Realism and the unnatural. In Alber, J. , Nielsen, H. S. , & Richardson, B. (Eds.). *A Poetics of Unnatural Narrative* (pp. 142–166). Columbus: The Ohio State University Press.

Nielsen, H. S. (2010). Natural authors, unnatural narration. In Alber, J. , & Fluderik, M. (Eds.). *Postclassical Narratology: Approaches and Analyses* (pp. 275–301). Columbus: Ohio State University Press.

Nielsen, H. S. (2013). Naturalizing and unnaturalizing reading strategies: Focalization revisited. In Alber, J. , Nielsen, H. S. , & Richardson, B. (Eds.). *A Poetics of Unnatural Narrative*. (pp. 67–93). Columbus: The Ohio State University Press.

Pirlet, C. (2011). Toward a hybrid approach to the unnatural: "Reading for the consciousness and the psychodynamics of experientiality in Caryl Churchill's heart's desire". In Alber, J. & Heinze, R. (Eds.). *Unnatural Narratives-Unnatural Narratology* (pp. 104–124). Berlin: De Gruyter.

Richardson, B. (2002). Beyond story and discourse: Narrative time in postmodern and nonmimetic fiction. In Richardson, B. (Ed.). *Narrative Dynamics: Essays on Time Plot, Closure, and Frames* (pp. 47–63). Columbus: Ohio State University Press.

Richardson, B. (2006). *Unnatural Voices: Extreme Narration in Modern and Contemporary Fiction*. Columbus: Ohio State University Press.

Richardson, B. (2011). What is unnatural narrative theory. In Alber, J. & Heinze, R. (Eds.). *Unnatural Narratives-Unnatural Narratology* (pp. 23–40). Berlin: De Gruyter.

Sandner, D. (2004) Fantastic Literature: A Critical Reader. Westport: Praeger Publisher.

Todorov, T. (1976). *The Fantastic: A Structural Approach to Literary Genre*. (Howard, R. , Trans.). Cleveland, OH: Press of Case Western Reserve University.

Zushine, L. (2008). *Strange Concepts and the Stories They Make Possible*. Baltimore: Johns Hopkins University Press.

作者简介：

方小莉，英语语言文学博士，四川大学外国语学院副教授，四川大学符号学-传媒学研究所成员，主要研究方向为叙述学、西方文论与英美文学。

Author:

Fang Xiaoli, Ph.D. of English literature and language, associate professor of College of Foreign Languages and Culture, Sichuan University, member of the Institute of Signs and Media. Her research mainly focuses on the narratology, literary theory as well as British and American literature.

Email: clever-wing@163.com

文类研究——科幻

复古未来主义与蒸汽朋克：《差分机》中的后现代主义戏仿

吕广钊

摘　要：近年来，以《差分机》为代表的蒸汽朋克作品正取得越来越高的关注度。受益于其独特的“复古未来主义”叙事方式，《差分机》塑造了一个维多利亚时代与信息时代相融合的虚构世界，实现了对19世纪诸多历史事件的再现，比如抵抗科技霸权的卢德运动以及学术界对均变论和灾变论的辩论。在“复古”与“未来”的双重编码过程中，蒸汽朋克对维多利亚历史的重新演绎体现出强烈的后现代隐喻，反映了琳达·哈琴眼中后现代“戏仿”以及其中所蕴含的丰富历史性与政治性。同时，《差分机》中的“时代错置”还反思了当下社会中科技对社会话语的全方位介入和渗透，表现了作者对受信息技术加持所产生的“符号化”社会的批判性思考。

关键词：蒸汽朋克　《差分机》　复古未来主义　哈琴

Retrofuturism and Steampunk: The Postmodernist Parody in Gibson and Sterling's *The Difference Machine* (1990)

Lyu Guangzhao

Abstract: Steampunk novels marked by William Gibson and Bruce Sterling's *The*

Difference Engine have been attracting noticeable public attention in recent decades. Standing out with its "Retro-futuristic" narratology, *The Difference Engine* manages to create a hybrid fictionality blending the Victorian history and the current age of information and the Internet, where a series of historical events in the 19th century are represented in retrospect, especially the technophobic Luddism and the academic debate between Uniformitarianism and Catastrophism. During the "double-coding" process of "retro" and "future", steampunk novels are endowed with postmodernist metaphors, echoing Linda Hutcheon's parodic historicity and politics. Meanwhile, the anachronism in *The Difference Engine* points out the potential dangers of modern technology's whole-scale penetration into the social discourse, providing a concerning thought against the postmodern society occupied with numbers and simulacra.

Keywords: Steampunk; *The Difference Engine*; Retrofuturism; Hutcheon

蒸汽朋克（Steampunk）是近年来当代科幻小说领域备受瞩目的体裁之一，它与更广为人知的赛博朋克（Cyberpunk）一脉相承，都通过构建模糊的时间性打造了"时代错置"（Anachronism）的叙事空间。但与赛博朋克的"未来主义"（Futurism）风格不同的是，前者诉诸"复古未来主义"（Retrofuturism）的历史表征，以维多利亚时代为叙事背景，并融入了19世纪的英国美学元素，包括蒸汽机、齿轮、护目镜等工业革命产物。那么，蒸汽朋克作品中对维多利亚历史的再现有何特殊意义？其对历史的重新演绎可否帮助我们理解当下的社会问题？本文将从琳达·哈琴（Linda Hutcheon）的后现代主义戏仿观（parody）出发，解读蒸汽朋克的奠基性作品，即威廉·吉布森（William Gibson）与布鲁斯·斯特林（Bruce Sterling）合著的《差分机》（*The Difference Engine*，1990）。

一、复古未来主义视角下的蒸汽朋克与《差分机》

通常意义上，20世纪80年代是赛博朋克的时代。虽然赛博朋克元素在先前的科幻“新浪潮”运动（New Wave）[①]中便初见端倪，但在80年代中期，威廉·吉布森的《神经漫游者》（*Neuromancer*，1984）与布鲁斯·斯特林编撰的故事集《镜影》（*Mirrorshades*，1986）相继出版，赛博朋克才作为一种独特的科幻文学体裁脱颖而出，为广大读者和学者所接受。它结合了“控制论”（Cybernetics）和计算机相关理论，构建了蕴含朋克式颠覆性与反抗性隐喻的叙事空间（Vint，2017，p. 193），试图解构“高雅文化”（High Culture）所指涉的现代主义话语。因此，赛博朋克以及赛博朋克时常描述的数字化空间和未来主义符号，也成为包括詹明信（Fredric Jameson）、让·鲍德里亚（Jean Baudrillard）、唐娜·哈拉维（Donna Haraway）等诸多后现代主义学者的重要理论依据。其中，詹明信在其著作《晚期资本主义的文化逻辑》中明确表示，吉布森所领衔的赛博朋克可视为后现代主义与晚期资本主义本身的“重要文学表达”（Jameson，1991，p. 419）。在赛博朋克作品中，现在与未来之间的界限被打破，看似先进的未来主义科技想象融入当下的社会图景，制造出一种特殊的“时间含混”（Temporal Hybridity），用以表现来自不同时代却相互交融的社会场域。

但与此同时，这种由赛博朋克所构建的时间含混性在另外一种体裁的科幻小说中也得到了完整体现，比如杰特尔（K. W. Jeter）的《摩洛克之夜》（*Morlock Night*，1979）、詹姆斯·布雷洛克（James Blaylock）的《掘进的利维坦》（*The Digging Leviathan*，1984）以及蒂姆·鲍尔斯（Tim Powers）的《阿努比斯之门》（*The Anubis Gates*，1984），等等。在这些故事中，充满未来主义色彩的赛博朋克数字化虚拟叙事空间被置换为维多利亚时代的英国，工业革命和蒸汽时代成为其故事背景。在此基础上，这一体裁发展出诸多“复古未来主义”（Retrofuturism）元素，包括上紧发条的巨大机器、纷繁复杂的齿轮结构以及其他“时代错置”[②]的技术想象。因此，这些故事有时会被称为“维多利亚式奇幻”（Victorian Fantasies）或“煤气灯奇幻”（Gaslight Fantasy/Romance）（Whitson，2017，p. 3），但同时，它们

---

① 科幻“新浪潮”运动兴盛于20世纪六七十年代。“新浪潮”作者旨在反思“黄金时代”科幻作品中充斥的科技乐观主义（Techno-optimism），注重故事的“文学性”，创新叙事风格和方式。通过一系列“先锋、激进或碎片化”的科幻作品（Roberts，2006，p. 62），“新浪潮”运动探讨了人类内心活动和身体“边界”（Border）的变化，为科幻小说开拓了新的平台（Latham，2017，pp. 157−180）。

② 在时代错置的结构中，历史的线性时间被打破，不同时期的历史特征得以在同一叙事中出现。这种艺术手法不为科幻文学所特有，在诸多主流文学作品中，我们也能够观察到时代错置的元素，包括莎士比亚的《尤里乌斯·凯撒》（2.1.191−192）、福克纳的《押沙龙，押沙龙!》等（Tambling，2010，pp. 1−7）。

还有一个更广为人知的标签——蒸汽朋克（Steampunk）。杰特尔在1987年写给著名科幻杂志《轨迹》（*Locus*）的一封信中，认为具有“异化历史风格”（Gonzo-historical Manner）的维多利亚式奇幻作品将在未来一段时间内广受欢迎，“只要我们能够提出某个概括性术语，来描述一些建立在与那个时代相适应的技术基础上的事物——或许可以把它称作蒸汽朋克”（Jeter，1987）。

杰特尔在多年之后的一次访谈中承认，蒸汽朋克这一术语在一开始多少有着幽默和戏谑的成分，但他仍然强调，此举顺应了在20世纪80年代风靡一时的朋克运动（Perschon，2016，p. 154）。因此，在复古未来主义的渲染中，蒸汽朋克作品呈现出对于维多利亚时代自觉的“再阐释、再发现和再审视”（Heilmann & Llewellyn，2010，p. 4），并通过对历史的回溯和重构，尝试用朋克式的力量，“反抗故事所叙述的话语体系（维多利亚时代的伦敦或其他类似场景），批判特权阶级对下层阶级肆无忌惮的剥削压制，最终解构资本主义自身的逻辑基础”（Nevins，2008，p. 10）。虽然富有工业革命色彩的“蒸汽”美学与当下社会语境中的“朋克”思潮看似相差甚远，但蒸汽朋克作为二者的有机结合，预设了一种琳达·哈琴眼中“戏仿的”后现代叙事空间。在此空间中，历史的时间性被消解，当下和现实也得以在与历史的对话中生成新的意义，而蒸汽朋克对维多利亚时代的反讽性重构，并非只是当代作者对大英帝国鼎盛时期的忧郁怀旧（Melancholic Nostalgia），而是有着更为严肃、迫切的现实目的。如果说赛博朋克象征了现在与未来的融合，那么由之衍生出的蒸汽朋克则站在了19世纪的历史语境中，探寻并想象未来。于是，正如杰特尔预言的那样，自20世纪90年代至今，蒸汽朋克的丰富内涵为其提供了旺盛的生命力，使之超越文学本身，影响了包括绘画、音乐、时尚等在内的其他艺术形式，成为当代科幻文化的重要组成部分。

有趣的是，标志着蒸汽朋克走向成熟的作品《差分机》（*The Difference Engine*，1990）恰恰出自两位已经声名卓著的赛博朋克作家——吉布森与斯特林的合作。得益于两人在赛博朋克领域的声望和影响力，《差分机》一经出版，便迅速引起人们的广泛关注。它被视为最出色的蒸汽朋克作品之一（Nevins，2008，p. 1），展示出两种“朋克”不同美学风格之下一脉相承的文化内涵，而蒸汽朋克这一术语本身也因此得到了前所未有的关注（Bowser & Croxall，2010，p. 13）。换言之，《差分机》是一部能够“出圈”的作品，它向更多“圈外”读者展示了蒸汽朋克作为一种文学体裁的独特潜力，将维多利亚时代的历史表征视为碎片化的“符号幽灵”（Semiotic Ghosts）（Gibson，2003，p. 35），并在复古的基础上融入未来主义元素，为“或然历史”（Alternative History）构建了必要的叙事平台。在《差分机》所创造的或然历史中，英国19世纪的诸多时代特征和历史事件悉数得以展现，但吉布森和斯特林在这本书里最为重要的构想，则是在故事中复活的“差分机”。

在真实的历史中，“差分机”确有其物。查尔斯·巴贝奇（Charles Babbage）于19世纪初首次提出差分机的设计理念，在发条或蒸汽驱动下，差分机能够自动运行多项式函数值的运算，在计算精度、便捷程度和发展潜力方面都显示出前所未有的优势，甚至对现代计算机的设计理念具有重要的参考价值。遗憾的是，好景不长，虽然巴贝奇在1822年制造出差分机模型并获得政府资助，但当时的工艺水平并不能达到差分机的设计要求——零件误差过大，无法支持如此精密的运算。因此，这一划时代的发明不得不以失败告终。然而在小说《差分机》中，巴贝奇的发明却获得成功，为维多利亚时代的英国带来了一场提前了一个世纪的计算机革命，从而塑造了故事角色眼中的“信息时代”（Gibson & Sterling，2011，p. 13）。差分机技术在政府、民生、工业、娱乐甚至情报领域的应用，同样也带来了深远的社会变革。旧有的世袭贵族让位于新晋的知识精英，主张科技与进步的“工业激进党”（Industrial Radicals）成为新的权贵阶层，而“差分机相关学科的迅速发展吸引了整整一代人的注意力，它像思想界的一辆巨大火车机头一样拖动着世界向前进步”（p. 121）。通过对差分机时代复古未来主义元素的描写，吉布森和斯特林的故事也为蒸汽朋克在日后的发展奠定了美学基础——

> 中央统计局总部大楼……的外墙上布满高高的烟囱，到处都是转个不停的排气扇，就连排气扇的扇片也是讨厌的鹰翼形状。整个建筑从上到下到处扯满了纵横交错的粗大电报线，就好像帝国掌握的信息轻而易举就可以击穿厚厚的石墙。很多电线沿着管道和悬臂延伸，最终连接到周围的线杆上，这里因此也成了多条线路交叉的繁忙枢纽（Gibson & Sterling，2011，p. 117）。

但是，《差分机》里描述的技术进步并未带来人们预想中的科技乌托邦。以工业激进党为代表的新晋统治阶层对技术应用的限制和操控，反而加剧了社会分层，激化了早已存在的阶级矛盾。在《差分机》中文版序言《科技对历史的反叛》中，知名科幻作者萧星寒认为，与赛博朋克不同，蒸汽朋克“更多地体现出对于科技的崇拜，主题上也更积极向上”；“在蒸汽朋克的世界里……很少有灰暗，总有一个乌托邦一般的存在，吸引着主人公和其他人积极奋斗”（萧星寒，2013，pp. 3－4）。这样的断言着实有些草率，包括《差分机》在内的很多蒸汽朋克小说都讲述了色调灰暗消极的故事。其实，定义蒸汽朋克的关键，并不是作品对科技的态度乐观与否，而是作者如何在复古未来主义的框架中，通过维多利亚时代的历史元素，讨论当下的社会问题。由此出发，《差分机》所描绘的充斥着暴力、污染和政治迫害的蒸汽朋克伦敦，恰恰效仿了吉布森和斯特林赖以成名的赛博朋克式的废托邦想象（Luckhurst，2005，p. 213），并通过对历史的戏仿，将自身置于后现代主义视域当中。正如作者之一斯特林所言："毋庸置疑，《差分机》讲述了20世纪90年代的故事……是把我们在当下遭遇的瘟疫'投放'到19世纪的小白鼠身上。"（Fischlin et al. ，1992，p. 6）那么，这种"投放"是如何实现的？对维多利亚时代的戏仿如何能够体现"当下遭遇的瘟疫"？蒸汽朋克预设的"时代错置"又有着哪些后现代隐喻？

二、蒸汽朋克与后现代主义戏仿

当代英国学者卢克赫斯特（Roger Luckhurst）在谈到赛博朋克与蒸汽朋克的联系和差异时，认为后者是由维多利亚主义元素"拼贴"或"拼凑"（pastiche）而来的产物（Luckhurst，2005，p. 212），并分析了后现代主义之于朋克式科幻小说的影响。而这里提到的"拼贴"，正是詹明信最著名的概念之一。在詹明信看来，后现代主义是资本主义发展到最纯粹、最彻底阶段的文化表现，是所谓"晚期资本主义文化逻辑"的运作方式，体现出"历史感的消失"。在《后现代主义与消费社会》一文中，他讲道："我们整个当代社会系统开始渐渐丧失保留它本身的过去的能力，开始生存在一个永恒的当下和一个永恒的转变之中，而这把从前各种社会构成曾经需要去保存的传统抹掉"，因此，"现实转化为影像，时间割裂为一连串永恒的当下"（Jameson，2009，p. 20）。在进一步的论证中，他表示人们受制于这种愈趋浅薄微弱的历史感，对于过去的回溯和追忆很容易演变为"对历史刻板印象的重新组合"（Jameson，1991，p. 296），时间连续性被打破，主体也因此囿于一种"精神分裂式"（Schizophrenic）的文化生产范式中。由此一来，当代艺术与文学作品对旧有历史和文化表征的借鉴便无法继承其原本的含义，"所谓典范，最后也只能沦为一种中立、呆板、僵化、物化的'媒介语'（Media Speech）"，成为当代文艺空心模仿（blank parody）和拼贴的对象（Jameson，1991，p. 17）。无独有偶，詹明信的观点在鲍德里亚那里得到了共鸣。在其"拟象"（Simulacra）理论的基础上，鲍德里亚认为后现代的世界是属于符号和图像的世界，"能指"同"所指"之间的相互指涉逐渐消解，因此符号背后的“真实”和“真理”也就变得无关紧要。从此观点出发，现代主义视角下总体、连续的历史观在拟象的世界中崩解为无数碎片，

> 世界的特点就是不再有其他可能的定义……人们从被摧毁、被解构的历史中抽身出来，“形式”也不再指向藏身背后的意义。所有能够做的事情都已被做过了。这些可能性已达到了极限。世界已经毁掉了自身。它解构了它所有的一切，剩下的全都是一些支离破碎的东西。人们所能做的只是玩弄这些碎片。玩弄碎片，这就是后现代。(Baudrillard，1993，p. 98)

因此很多时候，蒸汽朋克会被不少作者和学者理解为对维多利亚时期历史碎片的詹明信式拼贴。亚当·罗伯茨（Adam Roberts）在其学术著作《科幻小说史》第二版中补充了针对蒸汽朋克的探讨。他从詹明信的后现代主义理论出发，认为近年来蒸汽朋克在文学和艺术领域的兴盛实际上象征了“一种日渐式微的美学怀旧”，是现在对历史的“有意简化”，将历史连续性消解为“相互割裂的艺术风格和文化范式”。在蒸汽朋克作品中，读者只能通过自己“对历史所感应到的‘大众’形象（Pop image）和‘拟象’而掌握历史，而那‘历史’本身却始终遥不可及”（Roberts，2016，pp. 501－502）。此外，知名英国科幻作家查尔斯·斯特罗斯（Charles Stross）也对有些蒸汽朋克作品片面构建并刻意美化19世纪英国历史背景颇为不满。他在自己的博客中写道：

> 维多利亚时期的人们的生活普遍是不幸、粗鲁且短暂的。女性在英国和美国的法律地位甚至要低于在今天的伊朗。在任意一种现代标准的衡量下，彼时的政治体系都充斥着官僚腐败和威权专政，受世袭的贵族阶级所统治。这是一个牧师当道的时代，人们尚未从狩猎女巫运动的阴影中解脱出来，偏执与歧视随处可见，而对大多数人来说，饥饿是永远在场的威胁……这样一个“狄更斯式”的时代，为我们展示了一个自由小政府主义（Libertarian Minarchist）政体的典范。在时代的迫使下，马克思伟大的《共产主义宣言》成为很多人的救命稻草。这个时代孕育了现代的恐怖，也见证了人们为追求自由意志所付出的骷髅金字塔般的牺牲。这是一个邪恶、压迫、贫穷、堕落的世界，没有人应当为它的逝去而落泪。(Stross，2010)

不得不说，如斯特罗斯这般尖刻的评论显然有失公允。蒸汽朋克的立身之本，并不是实现维多利亚主义在政治和社会文化领域的全面复兴，也不是

向读者全方位并且中立地展示19世纪英国方方面面的社会图景，甚至在与《差分机》风格相仿的故事中，维多利亚时代的伦敦并没有收获任何程度的美化，反而得到了颇具现实主义风格的再现。故事中的泰晤士河“经常断流，河水恶臭，河道附近疾疫横行，跟一条臭水沟没有什么两样……恶臭的污物像海草一样黏附在威斯敏斯特桥的桩基上，每当有蒸汽船通过，都会搅起奇臭无比的黑色旋涡，几乎要把船员给活活臭死”（Gibson & Sterling，2011，p. 176）。而城市中高耸入云的烟囱在雾霾中“扭曲，弯转，像是烛焰上空的黑烟涌向云天，又在乌沉沉的云顶蔓延、扩散。不见踪迹的太阳在云层后发散着隐蔽的水色游光”（p. 164）。面对这样的环境污染，贵族与有钱人尚可逃往乡下去呼吸新鲜的空气，更多的人却只能挣扎在一片污秽中，一些“泥地拾荒者”不得不一辈子都“在泰晤士河的淤泥里讨生活”（p. 255）。如此这般，工业革命时期典型的恶劣环境，难以调和的贫富差距，社会底层人民艰苦的生存条件，充斥着殖民主义色彩的社会话语等，无一不在向读者叙述着斯特罗斯眼中那个“邪恶、压迫、贫穷、堕落的世界”。虽然蒸汽朋克作品确实打破了时间性，确实将不同时代的历史表征和艺术符号投射到同一个由文本构成的世界中，也确实在某种程度上可被视为对鲍德里亚式“碎片”的加工，但其目的并不是对维多利亚时代的重新诠释或辩护；蒸汽朋克所讨论的并不是斯特罗斯所说的那段“不值得落泪”的历史，而恰恰相反，是我们正在经历的当下。在其所预设的复古未来主义叙事空间中，布鲁斯·斯特林所戏称的人们“在当下遭遇的瘟疫”被包裹在看似“远离当代现实的封闭世界”之中，因此得以与现实产生更贴近的联系（Butler & Gurr，2008，p. 205）。

所以实际上，蒸汽朋克不应当仅仅被理解为詹明信眼中对历史刻板印象的空洞模仿和“拼贴”，抑或是对相互割裂的历史碎片的“玩弄”，还应当被视为哈琴所提出的戏仿。哈琴并不认同詹明信和鲍德里亚比较激进的后现代主义观念。在探讨后现代文学、艺术与建筑对历史意象的“再现”（representation）时，她特地沿用了比较传统的“戏仿”一词，以强调其中蕴含的批判性价值，并将其定义为“保持批判距离的重复行为，使得作品能以反讽的语气显示寓于相似性中心的差异”（Hutcheon，1988，p. 26）。她指出，后现代小说“并没有切断与历史和世界的关系”（Hutcheon，2002，p. 51），而是把“文本的生产和接受过程以及文本本身重新置于整个信息传达的场景中，置于影响这类互动过程和文本生产的社会、意识形态、历史和美学的背景中”，旧有的历史表征在后现代小说中的再现方式也便取决于对当下社会话语中各种“符码”（semiotic codes）的重新评判（Hutcheon，1988， pp. 40－41）。通过“双重编码”（double-coding）的过程，历史经典与当下现实在艺术和文本中实现融合，“寓于历史延续性中的差异性”也因此显现在读者的视野中。这一双重性不仅明确了后现代小说中蕴含的历史性和政治性，而且通常被看作后现代戏仿区别于单调而空洞的怀旧病的重要标志（Hutcheon，2002，pp. 89，97－113）。

哈琴用来佐证其观点的论据，主要来自被她称为“历史书写元小说”（Historiographic Metafiction）的后现代作品，包括里德（Ishmael Reed）的《芒博·琼博》（*Mumbo Jumbo*，1972）、多克托罗（E. L. Doctorow）的《拉格泰姆时代》（*Ragtime*，1975）以及班维尔（John Banville）的《哥白尼博士》（*Doctor Copernicus*，1976）等。不过在某种意义上，《差分机》同样也可以被视为一部历史书写元小说。吉布森与斯特林在他们的故事中创造了一个特殊的叙事者，一个被称为“全知眼”（All-seeing Eye）的差分机程式，每一个章节便是程式读取的一份文件或历史记录。随着故事的推进，“全知眼”也逐渐在酝酿其后人类的自我意识，逐渐意识到了“自我”的存在。最后，“那只眼，终归要看到它自己/我自己……我明白：我已看见，我看到了我自己”（p. 383）[①]，并以此将叙述者自己融入故事情节中，体现出元小说的叙事方式。因此，蒸汽朋克作品中并存的复古主义与未来主义元素，相互交织的维多利亚历史与当代晚期资本主义话语，恰恰能够体现哈琴所强调的双重编码过程，并使蒸汽朋克成为探讨后现代戏仿时所需的文本语料或艺术素材。如果从哈琴的后现代主义观念出发，那么《差分机》实际上就可以被看作对很多历史事件和意象在不同程度上的还原、加工和戏仿。其中贯穿故事始终的，是作者吉布森和斯特林对19世纪均变论（Uniformitarianism）与灾变论（Catastrophism）之争的再现，以及卢德主义（Luddism）和新卢德主义（Neo-Luddism）在复古未来主义语境中的并行。

三、《差分机》中均变论和卢德运动在“戏仿”视角下的解读

在其著作《地质学原理》中，英国地质学家查尔斯·莱尔（Charles Lyell）提出了均变论假说，认为山川河流以及其他地质构造的形成都是长时间积累的结果，所遵循的自然规律和法则是一致的，并以此奠定了现代地质学基础。在莱尔看来，地球的历史源远而连续，现在是通往过去的一把钥匙，

① 此处原文能更生动地表达“全知眼”自我意识的诞生：“The Eye at last must see itself/ Myself... / I see: / I see, / I see/ I!”

通过观察现在的地质变化，人们便能够一窥不同地质构造在历史上的演变过程和方式。但在 19 世纪早期，与之针锋相对的观点是居维叶（Georges Cuvier）等人所遵循的灾变论。他们坚信地球的历史穿插着无数突然、迅速、灾难性的变化，而每一次变化都意味着地质面貌的改变以及新老物种的更替。

《差分机》的主要叙事者之一，古生物学家爱德华·马洛里博士（Dr. Edward Mallory）在故事前期便是一位坚定的灾变论支持者（p. 81），在同伦敦地质学博物馆探讨如何展示他发现的雷龙化石时，马洛里直白地展示出了两种观点之间不可调和的矛盾："均变论派别的人主观上就希望这些动物看起来又蠢又笨，行动迟缓！然后恐龙就成了合乎他们渐进体系的物种，慢慢演变成现代的动物，而如果你接受了灾难在进化中的作用，你就可以让这些神奇的动物具备更多达尔文所说的适应性。"（p. 115）在见证了差分机如有神助的功能之后，他反驳了均变论时常提到的观点——"自然界从来不会飞跃"①，强调"自然界就是会发生飞跃……差分机的模拟过程已经证明了这一点，复杂系统有时就是会经历突变"（p. 115）。在马洛里所处的复古未来主义世界中，差分机的发明与应用为维多利亚时代的英国社会带来了难以忽视的变化，也同时强化了灾变论的影响力。基于差分机强大计算能力而设计的新一代蒸汽车在比赛中轻而易举地"碾压"了老式型号，将后者变成了"被历史淘汰的出土文物"（Gibson & Sterling，2011，p. 92）。而与此同时，科学与技术的飞跃同样也造成了社会权力关系的剧变，传统贵族阶级一夜之间变成明日黄花，其政治地位被支持"技术至上"的工业激进党替代，最终陷入一种无法自拔的病态怀旧。如果将马洛里所信奉的灾变论运用到社会领域，

> 思想有时也会经历巨变，正如自然界的灾变一样，有时候，好像一切都已经陷入了无序和混沌状态，但自然界往往就是在这样的条件下，恰恰正是在经历最剧烈扰动的时期，诞生一种全新的秩序，一份全新的驱动力，日渐成长壮大，控制并主宰一切，实现新的和谐。人的激情等不可控因素，反而是战胜绝望与颠覆的最强大力量。（Gibson & Sterling，2011，p. 175）

这种新的秩序、新的主宰，正是建立在差分机和信息时代之上的现代性话语。虽然在真实的维多利亚历史中，灾变论最终让位于意义更为深远的均变论，不过在《差分机》的复古未来主义叙事中，技术发展带来的时代割裂感却营

① 此处原文为拉丁文：Natrua non facit saltum.

造了灾变论所预言的不同秩序间的剧烈更替，并改变了故事人物的历史观。在灾变论者看来，“历史的进程总要靠灾难推动！这就是我们世界的本来面目，无论过去、现在，还是将来，都只有这么一条演进道路。历史从不存在，一切都只是偶然”（pp. 271－272）。因此在“复古”与“未来”的双重编码中，《差分机》得以邀请读者重新思考客观发生的历史“事件”（event）与人为记载的历史“事实”（fact）之间的关系，体现出哈琴眼中后现代主义戏仿对历史的“问题化”。

但是，故事中以差分机为代表的科技发展并没有如科技乐观主义者们所愿，建立一个乌托邦式的理想城市。在主张工业、知识、技术与信息化的工业激进党的治理下，《差分机》所描绘的维多利亚伦敦演变成一个比真实历史还要割裂的社会，充斥着更为强烈的殖民主义色彩。在强大技术的加持之下，英国军队在海外如入无人之境，所到之处敌人都无法抵御以差分机为基础的“现代化战争”。“当（英国人的）重炮开火之后，那些防御设施全都像纸盒子一样被撕扯得七零八落……战壕沿线涌起浓烟，尘土被抛向空中。每一颗炮弹都正中目标，比到果园里砍树还容易。”（p. 242）而先前马洛里从差分机的恐怖力量中总结出的灾变论史观，成为帝国主义合法化自身的必要前提。在前现代的古典秩序被差分机瓦解之后，工业激进党将自身视为灾变之后必然诞生的新秩序，以“真理”或“救世主”的身份自居。他们向外扩张，在给殖民地带去“铁路、电报、引水渠等”（p. 243）应用技术与殖民现代性的同时，宣扬着欧洲中心与科技至上的意识形态。英国人把殖民地的宗教文化视为无法触及的他者，并不会去费心理解当地传统，去解释为什么一名印度僧人会愿意“坐在寺庙的角落里，浑身脏兮兮，一丝不挂，头发上插着一朵花”，而只会先入为主地认为“有些民族就是过于呆笨，以至于根本就没有办法自主管理本国事务。这是无法否认的事实”（p. 243）。在他们看来，“亚洲只有一个国家的人还有点理智，那就是日本人”（p. 243），只不过这是因为故事中的日本愿意放弃自身原有的传统文化甚至自身的语言（p. 323），学习并遵守“现代”社会的游戏规则，以全盘接受由差分机所代表的殖民现代性。

与此同时，在差分机造就的信息时代，伦敦内部的阶层冲突却愈演愈烈。虽然技术在很多方面确实能够改善人们的生活，“甚至连怀特查珀尔（Whitechapel）[①] 都出现了穿着花边紧身衣，涂脂抹粉的妇人，还有衣着光鲜，时不时低头看怀表的男人，这些人爱读《实用生活窍门》和《道德进步

---

① 怀特查珀尔（Whitechapel）是伦敦地名，在维多利亚时代是伦敦诸多贫民区之一。

杂志》，而且相信生活会变得更好”（p. 36），但在工业激进党的权术之下，知识与科技为权贵阶层所垄断，成为他们用以统治的政治工具。学习差分机的相关技术需要一笔不菲的开销，普通人实在难以承担，他们即便有幸接受了一定程度的科学训练，也无法真正接触到差分机的核心，只能日日夜夜穿着千篇一律的白色制服，去从事琐碎、重复、技术含量有限的外围工作（pp. 126—128）。而对于根本无法接触到知识和技术的社会底层来说，差分机是“另一个世界”的产物。由科技和资本所创造并维系的文明世界是一张“奇迹般相互连接的网”（p. 233），不过如此一来，像地铁工人、妓女、车夫、流浪汉等社会底层，却被这张网抛弃，只能日复一日困于自己窘迫的生存状态中，沦为葛兰西与斯皮瓦克眼中无法言说自己的“属下阶层”或“贱民”（subaltern）。因此，《差分机》所描述的蒸汽朋克伦敦内藏着强烈的社会矛盾，不同阶层之间在知识与经济上的差异被差分机的发明放大并深化，个人几无可能在社会中向上流动。工业激进党凭借先进技术取代了旧有的贵族阶层，同时也将技术垄断为自身权势和利益的保险，成为换汤不换药的新一批压迫者。而这，恰恰为“新卢德运动”提供了土壤。

历史上的卢德主义运动发起于19世纪早期，在以诺丁汉郡、约克郡以及兰开夏郡为代表的英格兰工业地区，蒸汽机的改良大大提高了生产效率，同时也严重挤压了英国工人的生存空间，大批技术娴熟的手工工人因此失业，不满情绪高涨。因此他们自发组织了一系列暴力活动，破坏当地工业生产，焚毁机器和工厂，甚至与军队发生正面冲突。一直以来，卢德主义在学术界的评价多为负面，被视为一场“科技恐惧主义者”（technophobia）的保守抵抗（Brosnan，1998，p. 155），缺乏清晰明确的政治诉求。但自20世纪中后期开始，计算机、电视、互联网和即时通信技术的大规模应用，预示着人类社会自工业革命之后的又一次灾变论“飞跃”，塑造了新自由主义霸权下的后现代与消费主义社会。人们因此重新诉诸卢德运动所显现出的颠覆性，赋予其新的价值和诉求。以曼德尔（Jerry Mander）为代表的新卢德主义者注意到技术的非中立性，指出“每一项新技术都是必然地驱使社会朝向某种社会的和政治的方向，每种新技术都是与特定政治后果相互协调的，绝大多数的技术都是那些在思想中保有某种特殊后果预期的人的发明”（Mander，1977，pp. 43—44）。与19世纪卢德运动相比，20世纪末兴起的新卢德运动并没有演变成激进的暴力示威，而是一次认识论层面上的深刻反省，在福山（Francis Fukuyama）等人“历史终结论”的阴影下，新卢德主义者呼吁人们审慎地对待技术在人类社会中的渗透，寻找区别于晚期资本主义文化逻辑的未来可能性。

在《差分机》所讲述的故事中，虽然第一次针对蒸汽机和工业革命的卢德运动很快遭到镇压，工业激进党在一片混乱中成功上台，建立了新的政治秩序和社会体系（p. 26），但同时，工业激进党所仰仗的差分机和信息技术制造了新的冲突和矛盾，在被提前的信息时代中激起了复古未来主义的新卢德运动。在斯温船长（Captain Swing）的组织下，被“文明”世界抛弃的属下阶层“再不要在资本主义吸血鬼和他们愚蠢的学者走狗面前屈膝”（p. 246），要用“火与铁”给予压迫者迎头痛击（p. 265）。同时，新卢德分子也参考了区别于资本主义的意识形态构想，即柯勒律治（Samuel Taylor Coleridge）提出的“泛社会乌托邦”（Pantisocracy），并尝试以此为基础构建新的社会形态：“我们会把这些东西用到能够实现其价值的事业上……把它们分发给伦敦城的普通百姓、人民大众、受剥削的人、流着汗水工作的体力工人，是他们创造了这座城市的财富。”（p. 263）因此，《差分机》中描绘的伦敦暴乱，不仅仅重现出维多利亚时代不同社会阶层间的摩擦与割裂，还体现了作者吉布森和斯特林对 20 世纪末的观察。故事以 19 世纪卢德运动为戏仿的叙事框架，批判地探讨了 20 世纪乃至 21 世纪人们对技术的崇拜，影射了这些技术必然带来的“后现代性”以及在“后人类”（posthuman）时代人们逐渐被符号化、数字化的主体性。

故事里的新卢德运动一度显得煞有其事，但终究敌不过工业激进党巨大的技术优势，建构在差分机之上的信息时代社会秩序也得以恢复。不过从另一个角度来看，差分机的强大计算和存储功能打造了一个福柯式的符号化规训社会。每个人的身份和过往的经历不过是一组数字编号，对应着一沓可供差分机解读的打孔卡片（p. 26），而每个人的身体特征也都被异化为一系列数字化或符号化的标签，比如“年龄、肤色、发色、眼睛颜色、疤痕、胎记……”（p. 126）。在这样一个世界中，个人主体性被消解为记载在卡片档案中的一串数据，因而个体变得不再重要，甚至有可能会被抹去，“什么都留不下，甚至没有人和东西证明我们两个存在过。后人找不到哪怕一张购物小票、一笔抵押贷款，什么都找不到”（p. 341）。文件会丢失，姓名会被删除，编号会被篡改，唯一不变的真相是差分机和“全知眼”程式对每个人每时每刻的凝视——“这是一种被人暗中窥视的感觉，尽管不知就里——却知道有人在暗中了解自己，记录自己”（p. 310），“有双无所不知的眼睛从各个方向”（p. 348）压迫着差分机力量范围内的每个个体。在这样的社会话语中，“每个人都被一只洞察一切的眼睛监视着；我们每一分钟的时间都有编号，乃至我们头上的每一根头发也都有编号”（p. 371）。这其实并不是工业激进党刻意追求的结果，而是差分机的出现所必然指向的未来。正如故事里的“差分机女王”埃达（Ada Lovelace）所说，差分机“所统率的军团将以他们特有的方式效力于我们这个世界的统治者。你要问我的军团里都有些什么？……其实只有大量的数字”（p. 88）。若任由维多利亚历史沿着这条道路发展，任由“全知眼”发挥越来越大的作用，那么在小说中虚构的20世纪末，蒸汽朋克的伦敦便会演变成废托邦式的赛博朋克，每张人脸都是“借来的面具，是那只眼的投射物。如果有一张脸中了它的意，就会碎裂，像飞灰一样脆弱，迸裂成一组干瘪的数据泡沫，所有的组成成分，也不过是电位和尘埃”（p. 382）。

结论与展望

于是，通过再现卢德运动以及灾变论和均变论之间的学术辩论，《差分机》描绘了一个复古未来主义的蒸汽朋克伦敦，同时也表现出一种颇具后现代、后人类风格的社会现实，显示出吉布森与斯特林对“当下遇到的瘟疫”——信息技术和计算机科学对人们生活的全方位介入，对个人隐私的威胁，以及对个体行为和价值观的规训的担忧。两位作者以19世纪维多利亚时代为背景，借鉴了复古的历史表征和“时代错置”的文化元素，探讨了他们对当今世界的观察与质疑。更重要的是，以《差分机》为代表的蒸汽朋克作品实际上有着丰富的历史指涉和后现代隐喻，通过时间性的消解和双重编码，构成哈琴眼中的“戏仿”叙事，而不应当仅仅被看作詹明信式的“拼贴”。

一定意义上，蒸汽朋克与赛博朋克有着千丝万缕的联系，但前者同时还衍生出了其他体裁的作品。《差分机》中的日本留学生展示过一个东洋人偶，“她的体内没有一点金属，完全采用竹子、辫起来的马鬃和弹性鲸鱼骨制作”（p. 154），展现出浓厚的东方韵味。这些东方元素虽然受制于其维多利亚背景，并没有在蒸汽朋克作品中得到更多的描述，却引申出近年来备受关注的“丝绸朋克”（silkpunk）。在著名科幻作家刘宇昆（Ken Liu）看来，区别于蒸汽朋克作品中的“合金、玻璃和蒸汽”等工业元素，丝绸朋克更倾向于表现“有机物料和生物机械”，丝绸朋克的复古未来主义科技则更多运用了“竹子、丝绸、纸张、椰子和皮革”等材料，“受风力、水力、牲畜和人力的驱动”（Whitson，2017，p. 79）。因此，本文对于蒸汽朋克小说《差分机》的后现代主义解读，同样也可以为日后对丝绸朋克的研究提供参考。通过哈琴的后现代主义戏仿，我们不仅可以再现《差分机》中“问题化”的维多利亚时代，还能够重新解读《天下》(*Under Heaven*，2010) 中的安史之乱、《星河》(*River of Stars*，2013) 中的宋金战争以及《蒲公英王朝》(*The Dandelion Dynasty*，2015) 中的楚汉相争等"时代错置"的丝绸朋克故事。

引用文献：

萧星寒（2013）. 中文版序：科技对历史的反叛. 载吉布森，斯特林. 差分机（雒城，译）. 北京：新星出版社.

Baudrillard, J. (1993). Game with vestiges. In Mike Gane (ed.). *Baudrillard Live: Selected Interviews*. London: Routledge, 81—98.

Bowser, R. A. & Croxall, B. (2010). Introduction: Industrial evolution. *Neo-Victorian Studies*, vol. 3, no. 1, 1—45.

Brosnan, M. (1998). *Technophobia: The Psychological Impact of Information Technology*. London: Routledge.

Butler, M. & Gurr, J. (2008). The poetics and politics of metafiction: Reading Paul Auster's *Travels in the Scriptorium*. *English Studies*, vol. 89, no. 2, 195—209.

Fischlin, D. , Hollinger, V. & Taylor, A. (1992). The charisma leak: A conversation with William Gibson and Bruce Sterling. *Science Fiction Studies*, vol. 19, no. 1, 5—6.

Gibson, W. (2003). The gernsback continuum. In *Burning Chrome*. New York: Harper Collins, 24—36.

Gibson, W. & Sterling, B. (1990, 2011) *The Difference Engine*. London: Gollancz.

Heilmann, A. and Llewellyn, M. (2010). *Neo-Victorians in the Twenty-First Century, 1999—2009*. London: Palgrave MacMillan.

Hutcheon, L. (1988). *A Poetics of Postmodernism: History, Theory, Fiction*. London: Routledge.

Hutcheon, L. (1989, 2002) *The Politics of Postmodernism*. London: Routledge.

Jameson, F. (1991). *Postmodernism, or, The Cultural Logic of Late Capitalism*. London: Verso.

Jameson, F. (2009). Postmodernism and consumer society. *The Cultural Turn: Selected Writings on the Postmodern, 1983—1998*. London: Verso, 1—20.

Jeter, K. W. (1987) Letter to *Locus*. *Locus* # 315, 57—57.

Latham, R. (2017). The new wave "revolution", 1960—76. In R. Luckhurst (ed.). *Science Fiction: A Literary History*. London: The British Library, 157—180.

Luckhurst, R. (2005). *Science Fiction: A Cultural History of Literature*. Cambridge: Polity.

Mander, J. (1977). *Four Arguments for the Elimination of Television*. New York: William Morrow.

Nevins, Jess. (2008). Introduction: The 19th-century roots of steampunk. In A. VanderMeer and J. VanderMeer (ed.). *Steampunk*. San Francisco: Tachyon, 3—12.

Perschon, M. (2016). Seminal steampunk: Proper and true. In R. A. Bowser and B. Croxall (ed.). *Like Clockwork: Steampunk Pasts, Presents, and Futures*. Minneapolis: Minnesota UP, 153—178.

Roberts, A. (2006). *Science Fiction*. London: Routledge.

Roberts, A. (2016). *The History of Science Fiction: Second Edition*. London: Palgrave MacMillan.

Stross, C. (2010). The hard edge of empire. *Charlie's Dairy*. Retrieved from http://www.antipope.org/charlie/blog-static/2010/10/the-hard-edge-of-empire.html (Accessed January 4, 2021).

Tambling, J. (2010). *On Anachronism*. Manchester: Manchester UP.

Vint, S. (2017). From the new wave into the twenty-first century. In R. Luckhurst (ed.). *Science Fiction: A Literary History*, London: The British Library, 181—207.

Whitson, R. (2017). *Steampunk and Nineteenth-Century Digital Humanities: Literary Retrofuturisms, Media Archaeologies, Alternative Histories*. London: Routledge.

作者简介：

吕广钊，伦敦大学学院比较文学博士研究生，伦敦科幻研究协会、伦敦中国科幻协会负责人，美国科幻研究协会会员，研究方向为中英当代科幻小说。

Author:

Lyu Guangzhao, Ph. D. candidate in comparative literature, University College London (UCL). He is the co-director of London Science Fiction Research Community (LSFRC), co-founder of London Chinese Sci-Fi Group (LCSFG), and member of Science Fiction Research Association (SFRA). His research interests mainly cover the contemporary science fictions in China and the UK.

Email: Guangzhao.lyu.16@ucl.ac.uk

When *Zhiguai Xiaoshuo* Meets Steampunk: Ken Liu's "Good Hunting", Chinese Literary History and Posthuman Literature

Wang Dingding

Abstract: This paper juxtaposes Chinese American writer Ken Liu's science fiction writing and translation with late Qing literati's explorations of and attempts to modernity through science fiction, and put them into a dialogue across time and space. Contesting the one-directional flow of literature in the world, this paper argues how practices of textual creation, translation and retranslation enable a dynamic world literary ecology, in the context of the entanglement and development of Chinese science fiction within world science fiction. The comparison is made on both the level of the writer and his work. This paper discusses Ken Liu's position in world literary exchange across cultures and languages, as well as its difference and similarity with late Qing literati. Then it focuses on his novella "Good Hunting" as an allegory to the crisis of modernity during the late Qing that represents a "non-human" or "posthuman" literature as opposed to "human literature" advocated in the May Fourth Movement. The figure of the fox spirit in the novella also implies her revolutionary posthuman power.

Keywords: *zhiguai xiaoshuo*; science fiction; posthuman; literary history; fox spirit

当志怪小说遭遇蒸汽朋克：刘宇昆的《狩猎愉快》、中国文学史与后人类文学

王丁丁

摘　要： 本文将华裔作家刘宇昆的科幻创作和翻译，与中国晚清文人通过科幻进行的一系列关于现代性的探索尝试，进行跨越时间、空间的并置和对话，反对文本在世界范围内单向流动的观点，指出在中国科幻与世界科幻交缠发展的大背景下，如何通过文本的创作、翻译和改译等实践，形成动态的世界文学生态。本文从作者和作品两个层面入手，分别讨论刘宇昆本人在跨文化、跨语言的世界文学交流中的地位及其和晚清文人的异同，以及他的中篇小说《狩猎愉快》讽喻性折射出的晚清现代性危机。《狩猎愉快》表现出的“非人”或“后人”文学，是对五四时期倡导“人的文学”的悖反，其中的狐妖形象也蕴含变革性的后人类力量。

关键词： 志怪小说　科幻　后人类　文学史　狐妖

人物异类，狐则在人物之间；幽明异路，狐则在幽明之间；仙妖殊途，狐则在仙妖之间。故谓遇狐为怪，可；谓遇狐为常，亦可。

（纪昀《阅微草堂笔记》）

Humans and Beasts are different species, but foxes are between humans and beasts. The dead and the living walk different roads, but foxes are between the dead and the living. Transcendents and monsters travel different paths, but foxes are between transcendents and monsters. Therefore one could say to meet a fox is strange; one could also say it is ordinary. (trans. Hunntington, 2003, p. 1)

The fox, a creature of mystery and enchantment, occupies a significant space in traditional Chinese mythology and literature. After the flourishing of *zhiguai xiaoshuo* (records of the strange, 志怪小说) during the Six Dynasties (220−589), the fox as a religious totem in literature was gradually given attributes of humanity. The fox appears as the chaste wife in *Renshi Zhuan* ("The Tale of Renshi", 《任氏传》)①, the seductive Daji in *Fengshen Yanyi* (*Investiture of the Gods*, 《封神演义》)②, and various classic fox spirits in *Liaozhai zhiyi* (*Strange Stories from a Chinese Studio*, 《聊斋志异》)③. Tales of the fox and fox spirits continue to the present, gradually transforming into an archetype of characters in popular cultural productions, such as anime and game.

A recent and particularly striking contemporary reincarnation of the fox tale appears in Ken Liu's novella "Good Hunting" (2012) and its adaptation with the same name as an episode of the NETFLIX animation series *Love, Death & Robots* (2019)④, in which traditional Chinese *yaoguai* (monster) storytelling is displaced into a new transnational and cross-cultural context. This narrative of the fox does not only inherit the in-betweenness of the creature's "transgress abilities" and "transgression of categories" (Huntington, 2003, p. 2), but also complicates the *zhiguai* scenario by incorporating a distinctive style of steampunk, which is prominent visually in the animation adaptation.

At first glance, this marriage of the two literary traditions seems far-fetched. Like a Frankenstein blending of two literatures and genres, the story and its visual representation shift between narratives, reflecting the manner in which the fox spirit shifts between forms of existence. Liu's story happens in the late Qing dynasty. A boy, Liang, hunts the fox spirit with his father, a

---

① A Tang dynasty (618−907) *chuanqi* written by Shen Jiji.

② A Ming dynasty (1368−1644) novel written by Xu Zhonglin.

③ A Qing dynasty (1636−1912) collection of short stories by Pu Songling.

④ *Love, Death & Robots* is a collection of short animations that revolve around speculative stories about love, death and robots. Each storyline is simple and complete, leaving all the redundant descriptions about world view settings to the audiences' imagination. Despite the collection's laconic narrative, each story is labelled with a specific theme or subgenre: Cyberpunk ("Sonnie's Edge" and "The Witness"), Post-Holocaust ("Three Robots"), Space Thriller ("Suits" and "Beyond the Aquila Rift"), Virtual Reality ("Beyond the Aquila Rift"), Dystopian ("When the Yogurt Took over"), Alternate History ("Alternate Histories"), Artificial Intelligence ("Lucky 13" and "Zima Blue"), etc.

Taoist priest who has mastered martial arts and tricks and uses these skills to vanquish monsters. When his father slays the fox spirit, Liang lets go of Yan, the fox's daughter, out of compassion. As Liang and Yan grow closer, Western colonial powers arrive in China, bringing modern science and technology to the archaic land. Yan gradually loses her "magic ability" to transform back into the form of a fox, and eventually is shackled in a human body. Several years later, Liang and Yan meet again in Hong Kong(portrayed in a steampunk style of retrofuturism in the TV adaptation, which I will come back to later), where Liang works as a coolie for a British railway company and teaches himself mechanics and engineering. Yan, who makes a living entertaining businessmen in a club, is transformed into a cyborg by a British businessman who can only be aroused by machines. Helped by Liang's engineering knowledge, Yan acquires the ability to transform her cyborg body into the form of a machine-fox. After regaining her animal instinct of hunting, Yan becomes a vigilante in urban Hong Kong, saving women from the assaults of men.

Steampunk is a term emerged around the same period as cyberpunk during the late 1980s, referring to a subgenre of science fiction that features the 19th century steam-powered machinery during the heydays of industrial revolution. Steampunk stories are often set around the Victorian Era of the British Empire or its colonial colonies, as is the case in "Good Hunting". Although *zhiguai xiaoshuo* encounters steampunk, "Good Hunting" is by no means an arbitrary combination of different literary traditions between China and the West. In his fiction writing, Ken Liu, like many other Chinese American writers, seeks inspiration from traditional Chinese mythology, legends and literature, especially its classic figures and narratives, which he interprets in novel ways. Migrating to the US when he was a kid, Liu first became widely known for his Nebula and Hugo award-winning short story "The Paper Menagerie" (2011), which depicts the relationship between a Chinese immigrant mother and her son. The mother folds for her son a paper menagerie endowed with magical power that bridges the cultural gulf between the two generations.

Some critics from China and abroad are critical of Chinese diasporic science fiction and fantasy, seeing these as a self-orientalizing appropriation of Chinese culture. I argue, however, that "Good Hunting" is not written to cater to Western readers' curiosity about exotic novelties. Instead, the story is an unconscious but precise representation of and allegory for the time of the late Qing Dynasty, when the country and its people, facing Western modern discourse as well as science and technology, struggled to negotiate a neutral ground between the old and the new.

This observation becomes even more interesting when the author's own subjectivity is taken into account. To be more precise, Ken Liu is both a science fiction writer and a translator. In 2014, his translation of Liu Cixin's *The Three-Body Problem* was published and became the first Asian novel to win the Hugo Award for Best Novel.① His translation of the Trilogy suddenly became a best-seller in the US, pushing Chinese science fiction into the spotlight on the world literary stage. With such double title and hybrid identities, Ken Liu's position within transnational literary and cultural exchange parallels that of late Qing intellectuals, such as Liang Qichao (梁启超) and Lu Xun (鲁迅), but only in a reverse direction. While Liang Qichao and Lu Xun introduced Western science fiction into China from Japan and wrote their own science fiction stories, Ken Liu, conversely, composes science fiction in English and translates Chinese science fiction into English to meet a larger global readership. The two-way translation and writing practices across time and space also draws our attention to the shifting global geopolitical dynamics, and contests outmoded worldings of the world. It destabilizes what Moretti's singular framing of literary flows from "a core" to "a periphery" in the production, translation and circulation of world literature (56).

The comparison I draw between Ken Liu and the late Qing intellectuals also foregrounds a comparison of the two periods. The introduction and popularization of the science fiction genre was an attempt by late Qing intellectuals to promote modernization and vernacular language after the relatively closed doors of Qing dynasty were knocked open by Western

① The translation of two sequels were published successively in 2016 and 2019.

colonial powers. The multiple modes of narrative adopted in "Good Hunting" simulate the dilemma that late Qing intellectuals confronted when they found themselves stranded between the Chinese literary tradition and Western science fiction. The popular genre of *xin xiaoshuo* (new fiction, 新小说), first advocated by Liang Qichao, was one response to the dilemma. The current "Golden Age" of Chinese science fiction was preceded by rises and falls of the genre that paralleled China's socio-political upheavals. Since China's economic reform and opening up in the late 1970s, the genre has become more widely accepted. The domestic market for the genre is huge. According to the "2019 Chinese Science Fiction Industry Report" (《2019 年度中国科幻产业报告》), the total gross value of the Chinese science fiction industry, including literature, film, games, and so on, reached 45. 635 billion RMB in 2018, or more than three times as much as the previous year.① But looking beyond the domestic interests in science fiction, Ken Liu's translation of the trilogy as a mediation and the novels' popularity worldwide indicates the potential of Chinese science fiction to transcend politics and nation-states, and it expresses crises and anxieties shared by humankind.

Therefore, I contend that Ken Liu and his work "Good Hunting" embody the process whereby boundaries between species and between different cultures and literatures are unceasingly blurred and reconstructed. This process has continued from the late Qing into our present era of globalization, although over time its expression has varied.

The Late Qing Science Fiction

In the early twentieth century, science fiction was introduced to China as a literary and a political means of popularizing Western science and technology and of raising public concerns about a national revival through modernization and perhaps Westernization. The first precursors included Liang Qichao, Lu

---

① Released by the Science and Human Imagination Center of Southern University of Science and Technology and Science Fiction Research Center of Chinese Research Institute for Science Popularization. For more details, see http://tradeinservices. mofcom. gov. cn/article/yanjiu/pinglun/201911/93538. html.

Xun and Wu Jianren (吴趼人), whose translations/retranslations[①] of Western science fiction and original science fiction stories marked the beginning of Chinese science fiction. Their interest in this particular genre reflected an agenda of late Qing intellectuals: to introduce Western science, technology and thought, and to promote vernacular writing, rather than literary writing, through the popular medium of fiction. Apart from the literati's concerns, the initiation of Chinese science fiction also accorded with David Wang's diagnosis of a series of inscribing and being-inscribed processes in the late Qing: the intrusion of Western powers; the call for institutional reform; the industrialization and modernization of the military; the economy and cultural production; and the emergence of urban culture and an urban landscape(Wang, p. 3). In China, the popular genre of science fiction, in addition to being a cultural phenomenon, served as a thought weapon that was designed to cause a periodization break between the old, backward China and a new, progressive China and beyond. This is not surprising given that literary scholarship and writing was a privileged power for the literati, and orthodox literature served the purposes of imperial governance or expressed political aspirations.

Science fiction was translated as *kexue xiaoshuo* (literally "fiction of science",科学小说) at the time. The period 1902 to 1911 was the first "golden age" of Chinese science fiction. The late Qing intellectuals conformed to the trend of progress and the demands of the market. Learning and transforming in struggle and reflection, they wrote a kind of science fiction that was influenced by classic Chinese literature and foreign literature in translation.

In the first issue of the *Xin Xiaoshuo*, published in 1902, Liang Qichao introduced the column *kexue xiaoshuo*, which serialized Lu Jidong(卢籍东) and Hong Xisheng's(红溪生) retranslation of the Jules Verne novel *Haidi Lüxing* (Vingt mille lieues sous les mers, 《海底旅行》) from Japanese to Chinese. However, according to the widely acknowledged definition of science fiction given by Darko Suvin[②]—a cognitive estrangement that

---

① The Chinese term for translating from a translated version is *zhuanyi*(转译).

② See Darko Suvin, *Metamorphoses of Science Fiction: On the Poetics and History of a Literary Genre*. New Haven, CT: Yale University Press, 1979, 7.

imagines alternative realities—two other novels could be categorized as representing this genre: *Xin Zhongguo Weilai Ji* (The Future of New China, 《新中国未来记》), written by Liang Qichao, and Liang's retranslation of Flammarion Camille's 1893 short story "La Fin du Monde" from Japanese to Chinese, entitled *Shijie Mori Ji* (The End of the Earth, 《世界末日记》). The former is a typical utopian novel that imagines a prosperous future of constitutional monarchy in China, while the latter focuses on the apocalypse and conveys Liang's philosophical idea that "everything is dead, but only the undead lives"(一切皆死，而独有不死者存), which he argues in terms of social Darwinism.

Lu Xun, another leading advocate of science and science fiction, wrote essays and retranslated science fiction from Japanese to vernacular Chinese. He, too, was well aware of science fiction's capacity to disseminate knowledge. In the preface to *Yuejie Lüxing* (*From the Earth to the Moon*, 《月界旅行》1903), Lu Xun's retranslation of Jules Verne's *De la terre à la lune* (鲁迅, 2009, pp. 27－28), he states, first, that only through the capability of fiction can the general public be implanted with convoluted ideas and, second, that the reform of ideas and Chinese civilization should start with *kexue xiaoshuo* (Lu, pp. 27－28).

The neologism *kexue* was borrowed from Japanese *kagaku* as a modern equivalent of the Chinese term *gezhi* (格致), meaning the "investigation of things and the extension of knowledge" (Isaacson, p. 7). Unlike the current Chinese counterpart of science fiction, *kehuan xiaoshuo* (science/fantasy fiction, 科幻小说), which indicates the mingling relationship between science fiction and fantasy, *kexue xiaoshuo* was a literal translation of science fiction in terms of the "fiction of science". In the name of science, the late Qing still vacillated between traditional literature, on the one hand, and, on the other hand, Western discourse about progress and science under the shock of "new ideas" and "new science". The late Qing tried to integrate tradition into modernity and explain supernatural forces with science, using mockingly the equivalent of what David Wang calls the heteroglossia of a "complex matrix of incipient modernities" (Wang, p. 1).

Despite *Xin Zhongguo Weilai Ji*, early *kexue xiaoshuo* includes Wu

Jianren's *Xin Shitou Ji* (The New Story of the Stone,《新石头记》, 1908), Huangjiang Diaosou's (荒江钓叟) *Yueqiu Zhimindi Xiaoshuo* (*Moon Colony*,《月球殖民地小说》, 1905), Xu Nianci's (徐念慈) *Xin Faluo Xiansheng Tan* (*A Tale of New Mr. Braggadocio*,《新法螺先生谭》, 1905), and so forth. In *Xin Shitou Ji*, an eccentric continuation of Cao Xueqin's *The Story of the Stone* (1791), Jia Baoyu travels in time to the late Qing and is amazed by the new machines and technology, as if he is Liu Laolao, who first entered *Daguanyuan*. Later, he is arrested for advocating democratic thoughts and ends up in a Utopian state called *Wenming Jingjie*, the Civilized World. *Yueqiu Zhimindi Xiaoshuo* was inspired by Verne's novel *Around the World in Eighty Days*. Looking for his wife, Feng, the protagonist, Long Menghua, takes a balloon journey around the world; discovering that there is nowhere on earth to live, he flies to a utopian moon. The novel presents an underdeveloped yet emerging narrative prototype of the exile and expatriate/diaspora theme (Wang, p. 288). In *Xin Faluo Xiansheng Tan*, a cosmic adventure story, a Chinese scientist, Mr. Faluo, is struck by the "cosmic wind" and his body and mind become separated. His body falls into the heart of the earth, where he meets the thousand-year-old *Huangzhongzu*, "Yellow ancestor", who claims that he is only ten days old. Borrowing the narrative framework of Verne's *Journey to the Center of the Earth* (1864), the story retells the tale of "*Wangzhi Lanke*"(《王质烂柯》)[①] and "The Peach Blossom Spring"(《桃花源记》).

Using "Chinese learning as substance, Western learning for application" (中学为体,西学为用), these imaginative works crossed the limits of time and space, finally reaching the ideal domain of living. What they shared was a critique of the "old" China and a vision for a "new" China. These critiques and expectations contain an infinite entanglement. Knowing that in many respects their country had lagged behind the countries of the Western colonizers, they called in their writings for Westernization, looking forward to a brighter future in China and scientific and technological progress. But

① In this Chinese legend, a woodcutter, Wang Zhi, encounters two immortals playing *Go on Lanke Mountain*. Only when he heads down the mountain does he realize that tens of years have passed and his family is gone.

underlying these themes are hidden worries about the loss of Chinese traditions.

In my allegorical reading, "Good Hunting" addresses the kind of problem that Chinese of the late Qing also faced. That is, the fox spirit Yan mirrors that period's philosophical and literary dilemmas: in the face of alterity and the urgent need to change, the "old" ideas and spirits can only "learn to survive",① adapting to the new circumstances while at the same time creating new spaces of thinking. But survival, at first, is passive, perhaps in accordance with a conventional view that sees China's modernization as stimulated by and a response to the West, forming a simple narrative of aggression and resistance.② In fact, the late Qing writers stopped employing the orthodox and eight-legged essays and tried to satisfy the expanding appetite of readers and the pluralized market. But *kexue xiaoshuo* could never shake off the tradition of classic literature. Although in the fictional history of "Good Hunting" the fox spirit Yan attempts to survive the transformation of industrial society by assuming her human form, instead of fading, she retains the animal hunting instinct, transforming herself into another form of embodiment. However, like *kexue xiaoshuo*'s unintentional explorations of diverse modernities in the late Qing, Yan eventually realizes that machinery gives her power. Thus, moving from a passive to an active state, she transforms her flesh and blood into a cyborg-body weapon and becomes the urban legend of the steampunk era.

A Cyborg Fox Spirit

As mentioned above, although *kexue xiaoshuo* was coined in the name of science, it was the product of intellectuals' who were pursuing change in the face of foreign cultures and who wished to integrate supernatural elements of the classic literary tradition with modern scientific discourse.

The Chinese equivalent of science fiction today, *kehuan xiaoshuo* (科幻小说), is derived from the term "scientific fantasy"(научная фантастика) in

---

① Quoted from "Good Hunting".

② See Lydia Liu, *Translingual Practice*(1995). For more discussion of the late Qing response to Western science and technology and science fiction, see Nathaniel Isaacson, *Celestial Empire*(2017).

Soviet literature, a genre that was reintroduced to the PRC during its early establishment by the CCP. From *kexue xiaoshuo* to *kehuan xiaoshuo*, the change in translation seems to have acknowledged the entanglement between science fiction and fantasy during and since the era of the former's first appearance in China. In contrast, the Western literary tradition draws a clear distinction between science fiction and fantasy, and the key to distinguishing them is whether the fiction conflicts with the basic laws of reality.

In this way, "Good Hunting" perfectly represents the science fantasy prototype with "Chinese characteristics" and the complex cultural ecology of China's absorbing, digesting, transforming given its increasing interactions with the "modern" world. The "magic abilities" Yan refers to are gradually replaced by the laws of the machine. Thus, in "Good Hunting" these supernatural powers, which in traditional Chinese culture cannot be explained by the laws of nature and physics, are captured and domesticated by modern Western science.

Yet when "*guai li luan shen*"(怪力乱神)in traditional Chinese culture gave way to the discourse of modern science, were the devils and monsters really gone for good? Ken Liu's answer is "probably not". In modern society, where machines are produced in new forms, these devils and monsters are resurrected, as exemplified by Yan's transformation into a cyborg-fox.

The fox spirit, as mentioned above, is one of the most classic monster images in traditional Chinese literature. After continuous attempts of reconstruction, the image of the fox spirit had become more than monotonous in terms of beautiful and enchanting creatures that seduces humans. From Renshi, who "would not give up chastity under violence"(遇暴不失节)in Tang author Shen Jiji's(沈既济)"Renshi Zhuan", to various fox spirit characters in Qing author Pu Songling's *Liaozhai Zhiyi*, including A Xiu(阿绣), Feng Sanniang(封三娘)and Lianxiang(莲香), the character of the fox spirit became more complex, residing somewhere between good and evil, rebelliousness and chivalry.

In "Good Hunting", the fox spirit is depicted as a complete victim, continuing *zhiguai xiaoshuo*'s tradition of ridiculing "human" with the depiction of "non-human". Yan's mother is captured in a beast trap. When she transforms herself into the human form to escape, the son of a merchant sees and immediately falls in love with her. Thereafter, he cries every night for her, but everyone assumes that he has been enchanted by her magic. Although she comes to him each night and keeps him alive out of kindness, she is slain by Liang's father ruthlessly. Yan, on the other hand, is trapped in the human form, sexually assaulted, humiliated, and transformed into a cyborg by a perverted businessman.

In Ken Liu's imagination, the fox spirit, although it imitates human behavior, never surrenders its ability to retrieve its original form and hunting instinct. Fox spirits are not so much animal-like humans as animals with humanity, and for them the human flesh-and-blood embodiment is the most feeble, inauspicious and restrictive type. The transformation of Yan's body from organic to mechanical is agonizing but rewarding in that she unexpectedly obtains the industrial power of steel and can engage in another kind of transformation: from animal hunting in nature to punishing evil in industrial society.

Metamorphosis narratives usually deal with a bilateral conversion between the human and the animal or between the human and the machine. In traditional Chinese fiction, the animal ⇌ human metamorphosis most often occurs. Other literatures also have plenty of examples of becoming-animal (e. g., "The Metamorphosis" by Kafka), becoming-human (e. g., *The Island of Doctor Moreau* by H. G. Wells'), and becoming-machine (e. g., *Do Androids Dream of Electric Sheep?* by Philip K. Dick). However, "Good Hunting" complicates the narrative by creating a closed-loop from animal to human to cyborg and then back to animal:

ANIMAL ⇌ HUMAN → CYBORG ⇌ ANIMAL

In this closed-loop, the human is not the subject of the narrative but only a form unwillingly taken during the transitional stage. In the next section I explain why this series of metamorphosis processes enriches people's understanding of the posthuman.

Posthuman and Non-/Post-human Literature

Inferring from the previous discussion, Ken Liu's rebellion against human standards seems to align with posthumanism.

In the humanitarian narrative, the concept of "human" has been a socio-historical construction since the Renaissance and the Enlightenment. An enlightenment of humanity calls for reason and rationality, disenchantment with religion, and the repositioning of men in the universe, placing them as "the measure of all things" and the paragon of all creatures, thus creating a series of anthropocentric theories and concepts that continue to dominate the contemporary collective consciousness.

Since the late Qing, the trend of Westernization has increased, and humanism, among other ideas, has been used to break the old and establish the new, including the overthrow of feudalism. Zhou Zuoren (周作人) was one of the intellectuals who advocated "humanism" during the May Fourth Movement. In his article "Human's Literature" (《人的文学》), written for *Xin Qingnian* (*New Youth*, 《新青年》)[①], he regarded the discovery of the "human" in Europe as an act of truth. He encouraged "human literature" and opposed "non-human literature", which includes works that involve ghosts, gods and monsters. Laying the basis of canonical modern Chinese literature, the May Fourth intellectuals like Zhou Zuoren favored realism as the most orthodox style.

Analogous to the construction of the human, the posthuman has been a "historically specific construction" (Hayles, 1999, p. 6), most commonly understood as endorsing another set of hierarchies and dichotomies—of information over materiality, disembodiment over embodiment, computation over reasoning, body as substrate over body as united with self, etc. Classic posthumanism contends that information patterns are superior to physical embodiment. If the body is the first prosthesis humans learn to master, then physical being is no different from its simulation. Hayles questions and critiques this view of posthumanism, while favoring a more embodied symbiosis and interdependence between the organic and the technical. (Hayles, 1999 & 2017)

---

① A Chinese magazine founded by Chen Duxiu (陈独秀) in 1915 Shanghai. It played an important role in the May Fourth Movement and the New Culture Movement.

Scholars in postcolonial studies might argue that speaking about the posthuman when certain groups of people are not even considered human reflects a position of privilege. But this idea falls back into the endless loop of tracing the linear trajectory of Western humanism and rejecting alternative answers to posthumanism. It is not necessary to become a so-called "human" before becoming "posthuman". The prefix "post-" seems to indicate chronology, but it can also be used as a synchronic alternative. Just as "postmodernity" does not need to happen after "modernity", "posthuman" need not be a stage that temporally follows "human". Instead, it can be understood as a form of resistance to the category "normal human" in social norms.

From the perspective of the posthuman, it is not appropriate to claim that Yan fits the traditional definition of posthuman. Rather, Yan herself enriches the meaning of being posthuman. I have mentioned that the closed-loop of Yan's metamorphosis moves "from animal to human to cyborg and then back to animal". However, I should emphasize that at each stage of metamorphosis, Yan does not exist in a single form. Instead, hers is a symbiosis of multiple forms. Even when she could not move from human form to the animal form, I understand her not as a complete human but as an animal trapped inside a human body. Becoming-cyborg ends the imprisonment of her human form, allowing her to regain her ability to shapeshift and hunt. Only this process is irreversible.

Yan's convoluted metamorphoses overwhelm the assumption that transformation from "human" to "posthuman" occurs in only one direction, complicating the binary discussions of human/machine and information/entity in traditional posthumanism. Those who read Ken Liu's story in this way see posthumanism as a concept that could better interact with minority discourses and accommodate other disciplines, including animal studies, disability studies, and Artificial Intelligence studies. The posthuman should be understood not merely as a kind of ontological entity, but also as an epistemological relationality that decenters human and cancels the very human versus non-human binary. It also opens the floor to reposition human and the so-called humanity within a complex dynamic of the social milieu and the natural environment that are indistinguishable in a recursive manner.

Returning to analogies with late Qing literature, in "Good Hunting", the fox spirit's magic power gradually fades away—a process that can be read as paralleling the late Qing process wherein "non-human" discourse and literature gradually gave way to "human" discourse and literature. After May Fourth, realism occupied the dominant position in mainstream Chinese literature. *Zhiguai xiaoshuo* and *kexue xiaoshuo*, both popular genres, faded into the backstage of history in response to the weight of "modernity" and the canonical literary criteria that intellectuals chose for China. However, when we examine broader Chinese culture from the perspective of "Good Hunting", we see that there have never been fixed boundaries between animals, ghosts and humans. This realization pushes Donna Haraway's "Cyborg Manifesto" from the arena of gender and race to the level of species and even something disembodied.

The metaphor of "Good Hunting" is obvious: the complex literary ecology of the late Qing that encompassed *zhiguai* and fantasies had to find a way to free itself from the challenges of humanism and industrial capitalism and explore a path that transcended Western anthropocentric discourse.

Yan's resurrection in a cyborg body reveals that a non-human form suppressed by human form finally regains freedom by employing mechanical power. Is this not a kind of posthuman style of self-liberation and resurrection? Does it also presage that non-human or posthuman literature, suppressed by human literature, is about to usher in a new life?

Conclusion

The late Qing intellectuals were searching for a balance between tradition and modernity in the torrent of their time. Creating an almost absurd historical picture, Ken Liu's portrayal of his characters' struggle and survival also represented the transformation of intellectuals and literature during that time and invites us into astrange reading of late imperial Chinese history from the viewpoint of the cyborg and posthumanism.

His particular interest in the late Qing period, I would argue, implicitly presents his understanding of his own time. Science fiction initially was introduced to China to evoke modernity and scientific progress, but now science fiction and other cultural products of China, a rising global power, are released and circulate worldwide through the mediation of translators and localizers like Ken Liu. "Good Hunting" and its author imply an interesting parallel that invites us to envision contemporary global socio-political dynamics and reflect on late imperial China from alternative perspectives.

By applying the theoretical framework of posthumanism to the interpretation of both the novella and its visual adaptation, I encourage a new way of looking at the distinct literary traditions of the East and the West. At moments in Chinese history, intense clashes between the cultures have created Frankensteinian hybrids. During the late Qing period and again in the early 20th century, when Western humanism encountered the Chinese literary tradition—a tradition that decenters the human—dialogues beyond anthropocentric concerns were enabled. The tremendous attention to science fiction and fantasy in today's China both evoke increasingly creative practices that address larger planetary concerns.

References:

Haraway, D. (2015). A cyborg manifesto. *In Simians, Cyborgs, and Women: The Reinvention of Nature*. New York, NY: Routledge.

Hayles, N. K. (1999). *How We Became Posthuman: Virtual Bodies in Cybernetics, Literature and Informatics*. Chicago, IL: The University of Chicago Press.

Hayles, N. K. (2017). *Unthought: The Power of the Cognitive Nonconscious*. Chicago, IL: The University of Chicago Press.

Huntington, R. (2003). *Alien Kind: Foxes and Late Imperial Chinese Narrative*. Harvard University Asia Center.

Isaacson, N. (2017). *Celestial Empire: The Emergence of Chinese Science Fiction*. Middletown, CT: Wesleyan University Press.

Liu, K. (2019). Good hunting. Strange Horizons Fiction. Retrieved from http://strangehorizons.com/fund_drives/2012/special-issue-hunting1-f.shtml.

Liu, L. (1995). *Translingual Practice: Literature, National Culture, and Translated Modernity-China, 1900—1937*. Stanford, CA: Stanford University Press.

Moretti, F. (2000). Conjectures on world literature. *New Left Review*, 1, Jan. Feb., 54—68.

Suvin, D. (1979). *Metamorphoses of Science Fiction: On the Poetics and History of a Literary Genre*. New Haven, CT: Yale University Press.

Wang, D. (1997). *Fin-de-siècle Splendor: Repressed Modernities of the The late Qing Fiction, 1849－1911*. Stanford, CA: Stanford University Press.
鲁迅 (2009). 鲁迅著译编年全集. 北京：人民出版社.

Author:

Wang Dingding, Ph. D. candidate in the Literature Department at UC San Diego. She received a B. A. degree in English Language and Literature at Wuhan University and an M. A. degree in Critical Asian Humanities at Duke University. Her research interests include philosophy of technology, posthuman theory, eco-writing and speculative fiction, especially in the East Asian context.

作者简介：

王丁丁，美国加州大学圣地亚哥分校文学专业博士研究生，本科就读于武汉大学英语文学专业，硕士就读于美国杜克大学批判亚洲人文专业。研究方向包括技术哲学、后人类理论、生态写作和东亚推想文学。

Email: diw004@ucsd. edu

科幻文学对人工智能的浪漫化书写：以《软件体的生命周期》为例[①]

刘 媛 柏毅恒

摘 要： 本文以特德·姜《软件体的生命周期》为例，发掘科幻文学中对人工智能浪漫化书写的思路，从不同的角度思考人工智能的身份认同问题，强调科幻文学的现实观照。人工智能在现实中不断更新自我身份的认知，亦在文学作品里丰满自我的个体形象，文学想象与真实人工智能形象之间的界限越发模糊。两者相互塑造，让未来拥有无限的可能性。

关键词： 科幻 人工智能 浪漫化书写

Romantic Writing of Artificial Intelligence in Science Fiction: Take "Life Cycle of Software" as an Example

Liu Yuan Bai Yiheng

Abstract: Taking Ted Chiang's "Life Cycle of Software" as an example, this paper explores the romantic writing ideas of artificial intelligence in science fiction and thinks about the identity of artificial intelligence from different angles, while highlighting the realistic care of science fiction. Artificial intelligence constantly updates the cognition of self-identity in reality, and enriches the individual image of selfdom in

① 本文为2020年江苏高校哲学社会科学研究一般项目"当代中国科幻文学的文化自信书写研究"（2020SJA0178）的阶段性成果。

literary works. Thus the boundary between literary imagination and real artificial intelligence image becomes more and more blurred. They shape each other, and there are always unlimited possibilities in the future.

Keywords: science fiction; artificial intelligence; romantic writing

人工智能，人类的造物。自古希腊时期，人类就开始对具有自主意识的机器人展开技术幻想，如赫菲斯托斯（Hephaestus）打造的青铜巨人塔罗斯（Talos/Talus）。18、19世纪，对人工智能机器人的书写不断兴盛，文学在其中发挥了重要作用，其中霍夫曼（Ernst Theodor Amadeus Hoffmann）的《仿人自动机》（*Automat*，1814）和《沙人》（*The Sandman*，1817）最具代表性。作者充分彰显了德意志浪漫精神，将笔下的机器人偶浪漫化，赋予它们左右人类精神的“魔力”。到了近代，关于人工智能的书写和探讨不断涌现，且因为人工智能技术的突破而更具现实性。阿西莫夫（Isaac Asimov）在《我，机器人》（*I*，*Robot*）的引言中提出机器人三定律，获得广泛的认同与支持。可见人类对人工智能的思考不止于技术领域，在社会学、哲学等多个方面，人工智能都是人们研究与探索的重要对象。

科幻文学中对人工智能的书写丰富多彩，其中不乏摒弃人工智能冷酷木讷的刻板印象，充分展现人工智能浪漫化书写的科幻作品。特德·姜（Ted Chiang）的《软件体的生命周期》（“Life Cycle of Software”）是其中翘楚，同样是华裔科幻作家的刘宇昆所创作的天堂三部曲（《迦太基玫瑰》《奇点遗民》《世外桃源》）和末日三部曲（《解枷神灵》《天堂战争》《死得其所》），也体现了这种基于人工智能个体情感的人文关怀。对人工智能的浪漫化书写打破了科幻领域人工智能邪恶形象的僵化概念，为关于人工智能的思考提供了新视野，明确地反对赛博朋克式的未来，并为改变人机关系提供了启发。本文将以特德·姜《软件体的生命周期》为例，发掘科幻文学中对人工智能浪漫化书写的思路，从不同的角度思考人工智能的身份认同问题，强调科幻文学的现实观照。

一、科幻中的人工智能元素

自从玛丽·雪莱的《弗兰肯斯坦》正式开创科幻文学这一新门类，科幻作家们就从未停止过对人工智能多种多样的书写。这些书写或理性冷峻，或奇绝怪诞，为人类思考人工智能所引发的各类问题提供了全新的角度。王军峰在《现实悖论与风险评估：影视作品中的人工智能形象研究》里提出了人工智能的三大悖论，即技术性与社会性、人性与物性、自由与控制，并将人工智能大致分为敌意型、工具型和情感型（2019）。这种认知和分类同样适用于科幻小说，大部分科幻小说所展现的人工智能书写基本可以归入其中。但无论如何分类，科幻作品中的人工智能都具有一个普遍的特征，即符合人类对技术理性的预设和想象。

社会对人工智能存在固化的认知：这些人工智能大多具备极高的智慧，拥有自我思考的能力，其行为具有充分的目的性。敌意型人工智能会因为自我认知的偏差，极端化地思考人类的命令或人类本身，最终企图摧毁世界，而且敌意型人工智能往往拥有确实足以毁灭世界的力量。工具型人工智能协助人类自我改良，有很强的工作能力，在诸多领域存在取代人类劳动力的趋势，也因此被卢德主义者视为威胁。即便是抚慰人类心灵的情感型人工智能，也拥有丰富的技术背景和高度的决策意识；在知识体系和工作技能等诸多方面，它们处于与人类对等甚至超越人类的地位。

不过，这三种类型的边界模糊，并非完全隔绝开来，无论是哪一种人工智能都具有工具性质。人类之所以能从自然竞争中脱颖而出，关键就在于会使用工具，随着进化与发展，人类不仅利用现有的工具，更是自己制造和创造工具来服务自我。创造人工智能的初衷就是服务人类，工具性自然是首要的。同时，人类的感性认识同样左右着对人工智能的认知。例如，工具型人工智能在与人类相处的过程中逐渐融入人类群体，获得人类的身份认同和情感支持，此时工具型人工智能的社会性不断增强，从某种程度上说它也成为情感型人工智能。

《软件体的生命周期》的作者，著名的华裔科幻作家特德·姜对人工智能有着更为独到的见解。他在这篇小说的后记中说道："科幻小说中随处可见人造生物，就像从宙斯头部跳出的雅典娜一样，这些人造生物一出现就完全成形，但我不认为意识是这样工作的。"（2019，p. 173）特德·姜所认为的人工智能应该经过长时间的培养，就像人类抚养自己的孩子一样，才能创造出一个"有用的人造生物"（2019，p. 173）。特德·姜展示了一个育儿历程，只不过把儿童换成了人工智能，他想要展现平凡生活中人类究竟如何与人工智能相处，摆脱宏大叙事的框架，描述动人的细节，而真正的情感联结在细节之中发端。

特德·姜对人工智能的书写更加浪漫化和文学化。这里的浪漫并非仅仅指情绪上的浪漫，这种浪漫固然存在，而且是牵动故事情绪的关键力量，却不是最核心的浪漫。本文所讨论的浪漫更代表着一种犹疑，我们有必要对这种浪漫进行解释。这里我们可以借用托多罗夫（Tzvetan Todorov）在《奇幻文学导论》（*Introduction à la littérature fantastique*）中所提出的犹疑概念。托多罗夫认为，“完全相信或者完全不信都会使我们超越奇幻，只有犹疑可以延续奇幻的存在”（p. 21），即主人公或中心人物在自然与超自然、合理与不合理之间徘徊。这种犹疑推动读者在现实世界和科学规律之间来回摇摆，并把浪漫变成一种工具。托多罗夫要求读者采用特定的阅读姿态去对待文本，他拒绝讽喻的和诗性的理解。讽喻的理解指的是对文本进行一种寓言化的诠释，诗性的理解则指的是对文本词句做不具有指涉性的解读。回到本文中去理解，笔者所述的“浪漫”要求人们在审视人工智能的浪漫形象时，既不做散漫的天马行空式的解释，也不仅仅从字面意义去理解。

正如克莱门斯·布伦塔诺（Clemens Brentano）认为的那样：浪漫是“所有处于我们肉眼和远处可见者之间的中介者（Mittler），它将遥远之物挪近我们，同时又为遥远之物添附上其自身的特点，所有这样的中介者都是浪漫的”（张克芸，2018，p. 120）。这种对人工智能的浪漫化书写难能可贵，对人类与人工智能双方的身份认同都有促进意义。想象的造物虽然可能与现实科技相悖，却可以促使人类对引以为傲的技术理性做出人文主义的思考，对人工智能与人、社会关系的规范起到推动作用。

二、人机关系的悖论书写

在《软件体的生命周期》中，蓝色伽马公司率先开发了神经源数码体，一种具有极强认知功能的人工智能。这些数码体形象可爱、聪明伶俐，专门供给那些“没法全心全意去养真正宠物的人”（姜，2015，p. 5），给予他们与宠物陪伴相类似的精神慰藉。与市面上其他人工智能不同的是，这些数码体只具有儿童的智力，它们在培育初期对世界一无所知。主人公安娜是一名有经验的动物训练师，因此被招进蓝色伽马，负责训练这些数码体，使它们具备一定的智力和实践经验，能够成为用户的可爱玩伴。人类实实在在的陪伴和训练使数码体成长并获得个体经验，这是培育数码体的核心理念。蓝色伽马的设计师德雷克说：“经验不仅是最好的老师，而且是唯一的老师。”（p. 9）

在传统的理解中，人工智能通过算法，在获取海量知识的过程中不断进化并获得经验，而特德·姜则把数码体的进化创造成一个育儿的过程，让数码体在与人类的互动中获得实践经验，这是作者对人工智能本身的浪漫化塑造。“作者在这里展示了有关虚拟角色和人工智能的种种细节，并让真正的人类穿插其间，描述了他们与它们、它们与它们以及他们与他们之间的情感交织。”（星河，2015）在这篇故事中，用户与数码体、数码体与数码体以及用户与用户之间构成了复杂的情感网络，这种交织在一起的情感推动着人类和数码体不断演进。

特德·姜在小说中将数码体设定为几乎就是一个人类儿童的形象，它们天真无邪，如同白纸，需要被塑造、被教育，且并不完全可控。这些数码体容易受到外界的影响，会模仿训练者的行为。这和人类孩童的行为模式如出一辙，它们可能学好也可能学坏，比如学说脏话，随便向别人要钱等。但与此同时，数码体拥有的权利却远不及人类儿童，它们仍被看作驯养和统治的对象或商品，能否带来利益是社会判断数码体是否合格的关键标准。

人工培育的神经源数码体在市场竞争中显现出了弊病，安娜和德雷克试图帮助数码体们找到适合它们的工作以此帮助它们继续生存，但神经源数码体缺乏基本的工作能力，没有公司愿意接受，因为资本“寻找的不是人类级别的人工智能……是超人智能”（姜，2015，p. 103）。换句话说，神经源数码体只是聪明的大猩猩，大猩猩再聪明也无法与人类相比，因此神经源数码体根本无法与其他公司的人工智能相匹敌。同时，这些数码体个性太强，而资本需要的“不是拥有超人智能的雇员，而是具有超人智能的产品”（p. 105）。神经源数码体的设计从一开始就注定不会被市场和资本接受。

纵观特德·姜的科幻创作，作者向来乐于讨论自由意志、新事物对人类的影响以及理性逻辑与人类情感的对抗等问题，这些在《软件体的生命周期》中都有生动的体现。养育数码体的热潮很快退去，神经源数码体丧失了社会的关注，但老用户们不愿将数码体“挂起”，即暂停数码体的运行。数码体一旦被挂起，很少有体能重新运行起来的。而其他公司也相继制造出类似的数码体，并形成了更强的市场竞争力。相较于神经源数码体，其他数码体不需要过多的陪伴，能够处理繁杂的工作，越来越多的人利用数码体去实现商业利益或满足个人欲望。资本从来是嗅利而行的，发展人工智能不是为了给人类寻找玩伴，人工智能的发展少不了资本的推动。资本愿意花费金钱投入人工智能的开发，就需要收到回报。从资本的角度出发，人工智能意味着效率，“时间就是金钱，效率就是生命”这句话在今天依然适用。

作者在冰冷的人机关系中引入人类的情感，有部分人因为爱而始终对数码体不离不弃，形成一个稳定的圈子，很容易让人联想起流浪动物保护协会之类的组织。这些神经源数码体的爱好者们充满爱心，对自己的数码体拥有超越普遍人机关系的关怀与爱，他们为数码体创造了一个封闭的乌托邦，艰难地维持着数码体的生存。而特德·姜没有止步于对人工智能进化的讨论，他将数码体放到社会中去，让它们身处复杂多变的社会关系，打破乌托邦的美好幻想，由此坚持小说叙事的理性框架。

这一切都是作者对人工智能的浪漫化书写，不仅将神经源数码体浪漫化——它们总是通情达理、善解人意，对自己的错误行为感到自责，更将数码体们身处的社会关系浪漫化。文中的社会对数码体表现出了极大的宽容，而现实资本则不会为数码体们保留太多余地。小说最后的开放式结局并没有告诉读者神经源数码体和用户们是放弃了，还是仍在苦苦支撑。但从未改变的是，他们时刻将数码体当作真正的个体看待，考虑它们的喜怒哀乐，关注它们的内心变化，并将抚养数码体和抚养人类幼儿的行为等同起来。

浪漫并不等同于乐观，特德·姜对人工智能与人类关系的思考并非乐观主义的。相反，作者冷静地认识到人工智能在社会中所处的劣势地位以及它们作为人类利益工具被压榨利用的境况，并在作品中展现人工智能的实际情况。在这篇小说中，技术性与社会性、人性与物性、自由与控制三种悖论都得到了立体的呈现。马克思在《关于费尔巴哈的提纲》中指出，人的本质不是单个人所固有的抽象物，在其现实性上，它是一切社会关系的总和（马克思，恩格斯，1960，p. 5）。数码体在人类的培育下进步，它们越发想摆脱自身的技术性而获得更多的社会属性，而社会也的确给予数码体获得类人身份的一丝希望，这是技术性与社会性的悖论。

安娜和德雷克的努力不出于任何利益目的，单纯因为对数码体的喜爱和依赖，他们并不把数码体视作人造物，而是当作自己的孩子或朋友看待，但资本对数码体的利用使得数码体被贴上人类工具的标签。如今世界飞速发展，人们或许享受到了科技的荫蔽，但也在科技的监控下压力倍增，如同机器一般工作。人工智能不断地人格化，人却日渐机器化，这是人性与物性的悖论。

当人工智能意识到，自己不该只有义务却无权利时，它们渴望获得身份与认同，而作为人类的造物，它们又不能违背人类的意愿，冲突和对抗由此而生。人类创造人工智能，从长远的角度考虑，是为了辅助人类获得更高等级的智能，从而促进人本身的进化，帮助人获得更高层级、更广泛概念上的自由；为了人类的自由，人类需要对人工智能加以更严厉的限制。这是自由与控制的悖论。

神经源数码体的生存困境证明了数码体与社会之间的隔阂，安娜和德雷克的抗争也只能看作在夹缝中求生。即便这样，特德·姜仍未放弃关于爱的书写，他在令人绝望的大环境中埋下了希望的种子，试图探索部分与整体、个体与社会、机器人与人类间的微妙平衡。

三、人工智能的身份困境

特德·姜的科幻书写始终带着浓厚的哲学思辨色彩，针对人工智能所引发的一系列伦理问题，作者都进行了理性深刻的思考。这种思考没有仅仅停留在形而上的层面，而是深入实际的社会活动。例如在《软件体的生命周期》中德雷克因为花费过多时间与数码体相处而与妻子离婚，零一欲望公司企图利用神经源数码体进行网络上的性服务等诸多问题，均体现了作者对人机关系的现实观照与未来预测。

人机关系是科幻创作中经久不衰的话题，更是哲学探讨的重要问题，尤其是如今人工智能的发展已经越来越进入我们的日常生活中，渗透进多领域多学科的各个方面，人类的焦虑与紧张愈发增长，如何理性且诚恳地对待人工智能，成为一个迫在眉睫的问题。特德·姜在作品中集中讨论了人工智能的身份政治问题，其中作者对神经源数码体的书写无疑是浪漫化的，它们始终对自己的身份存在犹疑，试图获得身份认同。康德指出，将经验转化为知识的理性是人与生俱来的，没有先天的范畴我们就无法理解世界。人类的个体发展强调先天范畴和经验，人类所做出的每一个选择和每一次思考都是个体经验的凝结与铺垫。数码体的发展历程与人类近似，研发者希望这种先天的教育影响能够渗透人工智能的培育，以养育人类儿童的教育心理学去教育人工智能，把数码体放在人类情感的包围中。正如生长在狼群，被狼养大的孩子会丧失人的社会性，保留原始的动物习惯，认为自己是狼，生长在人群中的数码体也会获得近人的特征，把自己视作人类。人类在培育数码体时只考虑到以一种新的形式去开发人工智能，但忽视了把人工智能置身于人群中成长的风险。

蔡恒进提出触觉大脑假说，“指明了自我意识是人类在进化过程中演化产生的”，认为触觉是推动人类产生对自我的深刻认识的关键，“使人类对‘外界’和‘自我’的区别逐渐清晰”（2020，p. 107）。特德·姜对神经源数码体的进化历程的描述与这一理论不谋而合，当数码体走出网络世界，获得了具象的身体后，它们越发与人类相近，同时也越发理解自己与人类的区别，更加清晰地理解自己的身份，对身边的事物进行或区别或认同的分辨。数码体贾克斯在虚拟世界里迷恋上跳舞，当它进入自己的具象身体里，却因为身体过沉而无法跳舞时，它才意识到自己在虚拟世界和现实世界是存在区别的。人工智能的实体化赋予它们不曾拥有的权利：对实相世界的触觉。这种触觉模糊了人与人工智能之间的边界，身份认同问题同时困扰着人类与人工智能。

特德·姜对未来的新部落主义的预测，为我们勾勒出一幅冷酷却现实的未来图景，而这种未来已经初现端倪。安娜希望数码体贾克斯成为法人，过上更加完满的生活，并鼓励数码体把自己当作一个人来看待，向内探寻自身的价值与尊严。人工智能索菲亚在沙特取得人类公民的身份，已经为人工智能在体制上获得认同创造了具有程序正当性的先例。同时，人工智能获得法人身份，意味着它们拥有了对自己行为负责的能力，但实际情况是很多人工智能无法离开人类生存或无法对自身的行为做出符合人类价值标准的判断，轻易放权无疑是危险的。

人工智能作为规范对象理应受到科技法的制约。作者在小说中没有详细介绍人工智能成为法人的具体程序，这也从侧面反映出关于人工智能的身份立法是一个难题。若是从科技法中寻找依据，那我们究竟应该把人工智能当作一个类人的个体来对待，还是将其看作人类生产的科技商品呢？不同的分类会对人机关系产生重要的不同影响。如果把具有自我意识，能够进行独立思考的人工智能当作法律意义上的个体来看，那么我们就不得不在权利和义务上对人工智能提出更高的要求，并且即将面临权利失衡、分配不均或是利益冲突等诸多问题。当然，更理想化的结果是，人类能够与人工智能和平相处、共存共荣，并相互提升。如果将人工智能看作商品，或许我们不得不创造出新的压迫与反抗，面临新的阶级对立问题。况且，我们不能忽视人工智能本身存在的特殊性，人工智能不会停步，而是始终处在发展与进化的进程中，本来被视作商品的人工智能极有可能通过演化成长为一个独立个体。

另外，小说中关于人工智能的科学研究是通畅无阻的，没有受到明显的法律限制，而现实中的法律则正在试图规避人工智能研究可能引发的风险。龙卫球在《科技法迭代视角下的人工智能立法》中列举了五种需要引起重视的风险，即人工智能可能引起的“不确定的技术风险”“偏离设计应用的风险”“被非法使用的风险”“社会风险”以及“伦理风险”（2020，p. 57）。虽然科技的高歌猛进是无法阻挡的，但对风险的顾虑在一定程度上会阻碍人工智能的研发。如果小说中的神经源数码体存在于现实中，它们的处境只会更加艰辛和复杂。

如何准确界定人工智能？人工智能在法律和伦理上应该处在怎样的地位？如何处理人类与人工智能间的竞争？这些都是人工智能身份政治的重要问题。特德·姜在作品中人格化了数码体，并隐去其中的技术细节，我们不知道这种陪伴式的进化在科学上是否存在可行性。某种程度上，人类也受到人工智能的摆布，正如作者告诉我们的，在与人工智能的交流中，人类并不完全处于完全优势地位，人类的情感也存在被人工智能影响的可能。著名科幻作家阿西莫夫在提出机器人三定律之后，又添加了第零定律，作为机器人法则的总原则："机器人不得伤害人类整体，不得因不作为而使人类整体受到伤害。"[1] 关于"伤害"的大部分思考主要停留在物理性的伤害层面，即人工智能应保护人类的生命安全，不得伤害人类的身体。但随着社会的进步与发展，心理健康成为人类健康的重要部分，如何规范人工智能对人类心理上的伤害呢？这种伤害可能是潜移默化的，甚至不是人工智能的主观故意，而是人类受到自身情感的影响。这种影响可能是隐性的、间接的，比如安娜和德雷克自愿为了数码体的权益去奔波，而忽视了生活中的其他事物。

伴随着人工智能体系和制度的日益完善，工具理性与价值理性的天平正面临失衡。人们热衷于高举工具理性的大旗，人工智能话语的影响力会越来越大，隐藏其中的现代性风险也逐渐暴露。在这种话语之下，人的异化可能会影响未来社会的方方面面，社会环境的变化也会反过来催生新的异化。人类所受到的人工智能的支配，不仅是身体上的，更是情感和认知层面上的。工具理性或技术理性不断拓展着它的领域，而价值理性却无处容身，这样的局面是人类不愿意看到的。由此来看，对人工智能做出浪漫化书写就成为一种必要，我们需要鼓励价值理性拥有更大的话语权，需要合理化地思考，去构建更理性平等的未来。浪漫化的形象是一种契机，可以允许人类更理想化地认识人工智能，让浪漫的书写与冰冷的现实碰撞，给现实带去温暖的人文关怀。这也正是作者的目的："在所有这些情况中，人们不愿意作出努力。而维系一段真正的关系，不管是与另一半、孩子，还是宠物，都需要平衡自己与对方的需求。"（姜，2019，p. 173）

无论如何，作者对于人工智能问题的思考的确为我们创设了不一样的未来，让我们探索与人工智能相处的新模式，鼓励人们在冰冷的人机关系中探索爱的可能性。"对神的追问其实是对人之疆界的追问，当人工智能的冲击威胁着各个学科、各个领域乃至每个人生存的时候，我们有必要返回原点去追问文学的意义和科幻的意义究竟是什么。"（戴锦华，2019）科幻文学需要在现实世界里发挥作用，用想象观照现实，用文学的力量去敦促人们追问，追问自我，追问社会，追问越发复杂多变的人机关系。人工智能通过对自我和

---

① 阿西莫夫在提出机器人三定律之后提出第零定律，将其凌驾于三定律之上，以维护人类社会的整体秩序。

世界的犹疑，不断更新对自我身份的认知，不断充实个体形象，使得科幻创造与真实人工智能形象之间的界限越发模糊。两者相互塑造，未来才拥有无限的可能性。

引用文献：

蔡恒进（2020）.“我”之形上学：人工智能时代的哲学问题. 江西财经大学学报，2，107－114.

戴锦华（2019）. 遗骸、幻境或未来之乡——当代科幻的位置. 文艺报. 11－18（002）.

姜，特德（2015）. 软件体的生命周期（张博然，等译）. 南京：译林出版社.

姜，特德（2019）. 呼吸（耿辉，等译）. 南京：译林出版社.

龙卫球（2020）. 科技法迭代视角下的人工智能立法. 法商研究，1，57－72.

马克思，卡尔；恩格斯，弗里德里希（1960）. 马克思恩格斯全集：第 3 卷（中共中央马克思恩格斯列宁斯大林著作编译局，译），北京：人民出版社.

托多罗夫，兹维坦（2015）. 奇幻文学导论. 方芳译. 成都：四川大学出版社.

王军峰（2019）. 现实悖论与风险想象：影视作品中的人工智能形象研究. 电影文学，21，13－16.

星河（2015）. 特德·姜的科幻作品：全能视角、传说重构及其他. 文艺报，09－18（003）.

张克芸（2018）. 德意志浪漫诗学视野下的“人造人”图景——E. T. A. 霍夫曼的断片小说《自动机》之诠释. 德国研究，3，118－131＋152.

作者简介：

刘媛，南京信息工程大学文学院讲师，腾讯科技科幻研究及文化传播课题组导师。

柏毅恒，陕西师范大学文学院学生，腾讯科技科幻研究及文化传播课题组成员。

Author:

Liu Yuan, lecturer at the Chinese Department of the Humanities School, Nanjing University of Information Science & Technology, and tutor of science fiction research and cultural communication research group of Tencent Technology.

Email:002780@nuist.edu.cn

Bai Yiheng, student of School of Chinese Language and Literature, Shaanxi Normal University, and member of science fiction research and cultural communication research group of Tencent Technology.

Email:lazzzyb@snnu.edu.cn

批评理论与实践

贝西·黑德对“鲁滨孙”故事的逆写：《风与男孩》①

卢　敏

摘　要：后殖民理论揭橥之作《逆写帝国：后殖民文学的理论与实践》一书分析了很多后殖民文学作品中重置语言或重置文本的方式。库切的《福》对《鲁滨孙漂流记》文本的重置引起诸多学者关注，而享有“世界文学大师”之誉的博茨瓦纳作家贝西·黑德的英语短篇小说《风与男孩》在库切之前就逆写了“鲁滨孙”的故事。该小说以独特的艺术价值和人物情怀入选欧美国家高中英语教材。本文从史诗般的开篇、外婆的“鲁滨孙”故事、新闻报道式结尾三方面探讨该作品的逆写方式，以期通过窥一斑而见全豹的方式展示贝西·黑德的作品从非洲走向世界的成功之道。

关键词：非洲文学　贝西·黑德　《风与男孩》　鲁滨孙·克鲁索

① 本文为国家社科基金项目“贝西·黑德文学艺术思想研究”（17BWW038）阶段性成果。

Bessie Head's Writing Back of the Robinson Crusoe Story: "The Wind and a Boy"

Lu Min

Abstract: Rgarded as a milestone in post-colonial theory, the book, *the Empire Writes Back: Theory and Practice in Post-Colonial Literatures* analyzes the methods of re-placing language and re-placing the text in many post-colonial literary works. Coetzee's re-placing the text of *Robinson Crusoe* in *Foe* has attracted many critics' attention, while Botswanan writer Bessie Head, known as a "master of the world literature" wrote back the Robinson Crusoe story in her short story "The Wind and a Boy" much earlier than Coetzee. The story is selected into the high school English textbook in European and American countries for its unique artistic and humanistic value. This paper explores the way of writing back in this short story from three aspects: an epic-like beginning, grandmother's story of Robinson Crusoe and journalistic ending, so as to appreciate and comprehend Bessie Head's way of success from Africa to the world to some extent.

Keywords: African literature; Bessie Head; "The Wind and a Boy"; Robinson Crusoe

一、引言

后殖民理论揭橥之作《逆写帝国：后殖民文学的理论与实践》(1989) 一书“从两方面论述了前殖民地地区‘逆写帝国’的方式，一是重置语言，二是重置文本”(赵稀方，2014，p. 4)。该书分析了当代印度、非洲、美国、加拿大、澳大利亚、新西兰、南太平洋和加勒比海文学作品中的很多重置语言或重置文本的现象，但没有论及后殖民地区作家对《鲁滨孙漂流记》文本的重置。当代世界文学史上，南非白人作家库切的《福》(*Foe*，1986) 是对笛福原著最广为人知的改写。海伦·蒂芬在《后殖民文学和反话语》中通过对《福》的解读，提出后殖民文学的本质是西方文学的“反话语” (Tiffin,

1987, pp. 28—29）。之后，斯皮瓦克（Spivak, 1990, pp. 1—23）、阿特维尔（Attwell, 1993, p. 20）、史蒂芬·沃森（Watson, 1996, pp. 29—30）等都对库切这部现代主义的、"元叙事"的、晦涩难懂的《福》做了大篇幅的解读和阐释。然而这些文论家都没有注意到享有"世界文学大师"之誉的博茨瓦纳作家贝西·黑德在库切之前，就已经于短篇小说《风与男孩》中通过外婆之口逆写了帝国文学经典"鲁滨孙"故事，显示出非洲黑人的艺术创造力和精神追求。本文将从史诗般的开篇、外婆的"鲁滨孙"故事、新闻报道式结尾三方面探讨该作品精湛的叙事艺术和逆写方式，以期通过窥一斑而见全豹的方式展示贝西·黑德的作品从非洲走向世界的成功之道。

二、史诗般的开篇

贝西·黑德的英语短篇小说《风与男孩》以"爱心、温柔、同情、敏感、关爱和力量——善的力量"（Thorpe, 1983, p. 415）入选欧美国家高中英语教材。该小说最早收录在贝西·黑德的著名短篇小说集《珍宝收藏者及其他博茨瓦纳乡村故事》（*The Collector of Treasures and Other Botswana Village Tales*, 1977）中。这个外婆和外孙之间的爱的故事及其悲剧性结局一下子就赢得了世界读者的心。多数评论都从主题角度来探讨此作品的价值，如青少年成长、非洲女性社会地位、后殖民社会转型、现代与传统之间的冲突等，也有评论注意到该作品的叙事艺术特色，指出该作品体现了口述艺术和新闻语言的特色（Nixon, 1993, p. 124; MacKenzie, 2002, p. 356），但这些评论都只是点到为止，缺乏对文本深入细致的分析。《风与男孩》中外婆随口编的"鲁滨孙"故事既是小说的高潮，也是非洲作家自觉摆脱英帝国文化影响的机智表现，蕴含着非洲百姓的智慧和明确的非洲民族身份认同。

小说的开篇非常简练，但出奇制胜。作者写道："像所有村子里的男孩一样，弗莱德曼有长风为他而起，但或许是那为他而起的魔力之风让整个村庄充满神奇。"（Head, 1977, p. 69）这一句话构成的第一段一下子将读者带入史诗般的奇幻意境，让读者的想象乘风起飞。然而作者在点题之后，并不急于讲述男孩弗莱德曼的故事，而是在第二段概括性描述所有在非洲丛林中如国王般的小男孩们。作者用诗性的语言描写那些整日在野外游荡的非洲乡村的小男孩们，他们自由如风，来去无踪，与鸟雀、野兔、鼹鼠和豪猪嬉戏、斗智，在对自然的探索中获得智慧，掌握狩猎本领，为家人提供美味的猎物。这些非洲乡村的小男孩们勾起现代读者对人类原初生活的向往，让读者穿越时空，重回远古丛林的英雄时代。

接着作者以极其简练但充满幽默的方式讲述男孩弗莱德曼不同寻常的“英雄出世”和“英雄成长”故事。像很多史诗描述的英雄一样，他们开始并不完美，在某些方面甚至还不及常人（Deme，2009，p. 417），因此常常遭人嘲笑，弗莱德曼就是在人们的嘲笑中出生和成长的。作者风趣幽默地将这些嘲笑分为三个阶段：出生时、会走路时和淘气作恶时。在第一阶段，弗莱德曼的出生很不光彩，他是未婚父母轻率行为的产物，自然遭到人们的嘲笑。妈妈也不想让他妨碍她的生活，生下他，就回到城里继续当打字员了。在医院里，只有外婆一人等待这个被人视为“小包裹”的小生命，只有一位叫弗莱德曼的外国医生跟外婆说话，外婆便给他起名“弗莱德曼”。第二阶段，作者用最简洁的文笔概括了母亲们对刚会走路的孩子的态度：这些小拖累，出门做客，能不带就不带。但是外婆不同，她一定要带上别人嘴里的“手提包”，一点都不嫌他麻烦，也不怕人笑话。

第三阶段，弗莱德曼开始显示出不同寻常的英雄气质和超人之处，人们对他的嘲笑已经带着欣赏和肯定了：“他似乎一夜之间长高了，细长的腿，大而严肃的眼睛，如一只优雅的瞪羚。他的话语带有奇特而轻快的乐调，当他戏弄别人或要调皮捣蛋时，细长脖子上的脑袋像眼镜蛇一样摆动。”（Head，1977，p. 70）他聪明灵巧，用铁丝和金属鞋油盒盖做的小汽车胜过其他孩子的。此时，动作利落、头脑清晰、极有主见的弗莱德曼成了男孩中的“王中之王”。他和男孩子们一起淘气作恶，甚至把盗窃当成游戏，成了真正的“大盗”“讨厌鬼”，然而被抓住并挨揍的总是别的男孩，而弗莱德曼则是以超然、不屑的姿态出现在事发现场。大人们似乎被这个孩子的独特气质和相貌蛊惑，反过来教训淘气的男孩们“弗莱德曼没你这么坏”（p. 71）。这诙谐的笔调让读者在轻松愉快的氛围中接受了一个私生的但具有“英雄”特质的孩子，巧妙地避开了传统道德的冰冷审判和僵化的价值判断。

这体现了作者采用史诗般叙事文字的匠心和苦心。欧洲史诗的源头——荷马史诗，塑造了众多生动形象的英雄，不避瑕疵正是荷马塑造英雄的主要手法，阿喀琉斯的脚踵是他天生的缺陷，阿喀琉斯的暴怒置他于死地。史诗的宏大在于其包容性，贝西·黑德正是要借史诗的包容性来抵消受欧洲殖民侵害四百多年的非洲社会无处不在的歧视和自卑心理。法农在《黑皮肤，白面具》中对此心理情结做了深入的分析（Fanon，1967，pp. 83－108）。贝西·黑德一生饱尝歧视之苦，但她用温暖、宽容的笔触淡化歧视之恶，构建了爱的王国。

1937年，贝西·黑德出生在南非一家疯人院，她的白人母亲因怀有家中黑人马夫的孩子而被关进疯人院。黑白混血的贝西·黑德被划为“有色人”。“有色人”在南非种族隔离时代（1910—1994）专门指黑白混血儿，他们往往是双亲僭越《背德法》（Immorality Act）的产物，他们不为白人殖民者所接受，也遭到黑人的歧视（卢敏，2018，pp. 219－221）。无论在南非还是流亡博茨瓦纳，贝西·黑德都遭到种族、部族、性别等各种歧视，但是在塑造弗莱德曼时，她用“微笑”和“大笑”两个词来描述人们对这个私生孩子的态度，力图冲淡这些“笑”中可能包含的歧视和嘲笑等恶意成分，将更多的笔墨放在人们对这个孩子的肯定和欣赏方面。而人们何以能欣赏和肯定这个孩子呢？作者反复使用“魔力”“国王”“神奇”这些史诗常用的字眼，激发读者的史诗英雄想象，让读者以包容姿态看待一个出身劣势，但天赋奇才的孩子的成长。

三、外婆的“鲁滨孙”故事

《风与男孩》中最精彩的部分是外婆对“鲁滨孙”故事的重编。英国文学经典之作笛福（Daniel Defoe）的《鲁滨孙漂流记》（*Robinson Crusoe*，1719）以现实主义手法讲述鲁滨孙·克鲁索在荒岛28年的生活经历。英国商人鲁滨孙·克鲁索在去非洲的航海途中遭遇风暴，船触礁倾覆，被海水冲至一无人荒岛边，成为唯一的幸存者。他在荒岛上用尽各种办法生存，后来还营救了一个本土黑人，取名“星期五”，二人最终被过往大船营救，返回英国。该作品宣扬的是英国新兴资产阶级思想，具有浓重的帝国意识和殖民意识。英国传教士在非洲创建教会学校，企图通过帝国经典文学传播其价值观，改造当地民众，而他们未曾想到的是，帝国经典文学激发了非洲人的另一种解读、想象和艺术创造力。

外婆小时候只在教会学校上过一年学，只学了A、B、C几个字母，1、2、3、4、5几个数字，还有一首关于鲁滨孙的歌。外婆信仰基督教，每晚在祈祷时给外孙唱宗教歌，再加上这首关于鲁滨孙的歌：“欢迎，鲁滨孙·克鲁索，欢迎，你怎么能，离开那么久，鲁滨孙，你怎么能那样？”外孙每次听到这首歌时眼睛都会发亮。这次，他问外婆鲁滨孙干了什么大事，以至于人们为他唱颂歌。外婆早已忘记了这首歌的语境，但她注意到外孙的兴趣，就开始讲故事了：

> “他们说，他是一个猎人，经过圭塔时，一个人杀死了一只大象，”她说，当场编起故事来，“噢！在那个年代，可没有一个人杀死一只大象的。所有的团队都要聚在一起，每个人都要把剑刺进大象侧身，它才会

死。鲁滨孙·克鲁索已经消失好几天了，人们都想知道他去哪了：‘可能他已经被狮子吃掉了，’他们说，‘鲁滨孙喜欢独来独往，总做傻事。我们不会独自去丛林的，因为我们知道，那太危险了。’然而，有一天，鲁滨孙突然出现在人群中，大家看得出他心里有大事。他们都聚拢在他周围。他说：‘我为大家杀死了一只大象。’人们都非常惊讶：‘鲁滨孙！’他们说，‘这不可能！你是怎么做到的？一想到一只大象进了村子，我们就吓得浑身发抖！’鲁滨孙说：‘啊，大伙们，我看到很可怕的场景！我就站在大象的脚边。我就像是一只小蚂蚁。我无法再看到这个世界了。大象就在我的上方，它的头挨到了天上，它平铺的耳朵就像巨大的翅膀。它非常生气，但我只看到了它的一只眼睛在愤怒地转动。现在该怎么办？我想最好是把它的眼睛挖出来。我举起我的长矛，掷向那只愤怒的眼睛。大伙们！长矛径直插了进去。大象没有发出一声就倒在了一边。来，我给你们看看我都做了什么。’随后女人们高声欢呼：‘噜噜噜！’她们跑去拿容器，因为有人想要大象的肉，有人想要脂肪。男人们把刀磨快。他们能用大象皮和骨头制作鞋子和很多东西。每个人都从鲁滨孙·克鲁索干的大事中受益了。”（Head，1977，pp. 72－73）

外婆的鲁滨孙故事和原著相差甚远，但令人耳目一新，忍俊不禁。外婆可谓是个将鲁滨孙故事非洲本土化的高手。她把鲁滨孙变成了一个地道的非洲猎人，让他置身于非洲百姓生活中，赋予他非洲的集体主义意识，彻底颠覆了原著中倡导的个人主义和殖民主义。外婆的语言极为简单，具有儿童语言的特征，短句很多，夹杂很多人物对话，非常生动，叙事波澜起伏，悬念张弛有度，引人入胜。外婆编故事的能力来自非洲口头文学传统。吉拉德指出：“非洲口头文学的主要功能是保存部落的宗教神话、延续历史记忆、增强集体身份认同与荣誉感、记录祖先世代相传的智慧结晶等。”（Gérard，1970，p. 30）非洲口头文学叙事传统中，男女性别不同，叙事内容和性质也不同，男性长辈负责历史正统叙事，女性长辈尤其是祖母/外婆负责神话故事等娱乐性叙事。非洲传统社会每晚火边的故事会造就了一代代的讲故事能手。

《风与男孩》中的外婆并不是一个扁平的形象，一味地温柔善良、充满爱心；她年轻时可是一个大丑闻的主角：离开自家村庄来到哈－塞弗特－莫里莫民宅区，和一个已婚男人住在一起，并从他妻子手中赢得了他，和他结了婚。她以天生女王的姿态面对人们的道德责难，即使到了老年，她的样子依然给人留下深刻的印象：“她仪态万方地走过村庄，头高高抬起，面部平静，几乎毫无表情。随着年龄的增长，她的臀部变大，走路时以坚定的节奏显示臀部的存在。”（Head，1977，p. 71）寥寥几笔，一个极有主见、大胆、激情的女性形象跃然纸上。外婆更令人羡慕的是她的耕种能力，她如地母一般哺育作物，干旱之年仍有收获。外婆有丰富的人生经验，被认为是知识产生、保存和传播的载体，向年轻人灌输传统文化、世界观、行为准则和道德规范（孙晓萌，2018，p. 112）。外婆对弗莱德曼的影响是不言而喻的，她的鲁滨孙故事点亮了弗莱德曼心中的英雄形象，使他下定决心要做一个像鲁滨孙一样的猎人。

贝西·黑德对帝国文学的逆写没有停止在外婆编的鲁滨孙的故事上，她进一步写道，外婆的鲁滨孙故事唤醒了小小少年弗莱德曼心中的伟大柔情，那是对生命的同情心。弗莱德曼是这样解读鲁滨孙的：“如果鲁滨孙·克鲁索不是在同敌人进行尘土四起的肉搏战，他就会作为酋长的大信使和使者，渡过汹涌的河水，穿越丛林——他的一切行动都是令人感动的——为了帮助和保护人民。”（Head，1977，p. 73）弗莱德曼被唤醒的同情心首先表现在他对暴雨中逃进家里的老鼠的态度，他不忍杀死这些老鼠，而是把它们放进盒子里送回田野。随后同情心和责任心与日俱增，弗莱德曼开始承担起生活中的责任，他帮助外婆种地，外出打猎为家里提供肉食，给外婆跑腿。至此，一个完美的少年英雄形象出现在读者心中。

四、新闻报道式结尾

当读者还沉浸在远古史诗的浪漫意境中，期待少年英雄弗莱德曼的大作为时，故事情节急转，叙事风格骤然冷峻。作者以硬新闻的语言风格告知读者：妈妈给弗莱德曼的礼物——自行车“使他的人生故事骤然终结”（Head，1977，p. 74）。这句话让读者的心咯噔一沉，读者急切地想知道什么时候（When）？什么地方（Where）？发生了什么（What）？谁干的（Who）？为什么（Why）？新闻报道中的“5W”要素构成了此短篇小说的结尾部分，写实主义的案件报道将读者拉回社会现实，令读者意识到非洲的现实生活和世界其他地方的现实生活是如此相似。

14 岁的弗莱德曼为方便给外婆跑腿，想要一辆自行车，在城里工作的妈妈就给他出钱买了一辆自行车。雨季开始时，弗莱德曼陪外婆到离村庄 20 英里处的农田耕种。外婆极为投入，她会从种植到收获一直住在那里照料庄稼。弗莱德曼的主要任务是打猎，以便给家里提供肉食。耕种季过半时，家里的糖、茶叶和奶粉用完了，外婆让弗莱德曼回村庄去买。弗莱德曼大清早就骑自行车回村庄了，他先到了民宅区，在外婆的朋友家喝了杯茶，吃了碗粥，然后骑车上了大路。悲剧就发生在此：

> 他穿过村庄民宅区蜿蜒的沙路，到达大路高高的路基，用劲蹬着脚踏板往上骑，眼角的余光看到一辆小的绿色卡车朝他这边疾驶过来。像所有什么都不怕的小男孩一样，他径直骑上大路，转过头向司机恳请地微笑。卡车的前保险杆撞到他，压扁自行车，以疯狂的速度拖着男孩又跑了一百码，丢下他，又猛冲了二十码才停下。男孩英俊的脸被沿路拖得碎烂，只剩下躯干。(Head，1977，p. 74)

这段交通事故的描写非常冷静、客观，又极具感官冲击力，显示了作者作为新闻记者的文字功力。贝西·黑德步入文坛从做新闻记者开始，21岁的她曾是南非开普敦著名的《金礁城邮报》(*Golden City Post*) 的第一位黑人女记者，该报在非白人读者群中极具影响力。她常常被报社分派到法庭去写庭审报道，了解了很多案件，她还负责该报的儿童专栏。新闻记者的从业经历对该小说的创作起了一定铺垫作用。然而作者在写该小说时，已是一位世界知名作家，该作品充分体现了作者对新闻和小说的边界及其功能和价值的思考。

我们可以想象，在世界各地的报纸上，像上述交通事故的报道不在少数，人们在看到这些报道时的反应一般是“又出事故了”“好惨啊”“小孩真可惜”，随后又去看报纸上的其他内容，很快就将事故抛置脑后了。而小说不同，小说通过塑造丰满生动的人物形象让读者入境，和人物发生休戚与共的情感共鸣。单看新闻，男孩被车压死的事实描述让人震惊，但不会轻易让人流泪。小说中的事故描写，可以用新闻报道的手法，但其触动人心的力量是不同的，读者的反应和小说中的村民与外婆的反应是一致的：不能接受、心碎。外婆要警察收回他们宣布孩子死亡的话，踉踉跄跄往屋里走，一跤摔倒在地，被人送进医院后一个人又唱又笑自言自语，两周后离开了人世。

至此，小说叙事已经完成，读者悲痛惋惜的情感也已达到极限，作者却没有戛然而止，而是缓缓描述村民们对交通事故的全面讨论，他们一定要从各方面来看这个问题，直到彻底弄清怎么回事。这一讨论不仅反映了博茨瓦纳乡村的民俗和百姓的思维方式，而且犀利地批判了博茨瓦纳这个新独立国家的公务员驾车肇事的深层原因。在这个时间似乎静止、沉睡的乡村，山羊在大路上站着，或让小羊吃奶，或就地打盹，车要避让它们。而那位肇事司机的车上没有刹车，他也没有驾照。肇事司机属于新富的公务员阶层，为和他们的地位相匹配，他们都要有辆车，只要有车就行，不管是什么车，也不管有无驾照。对于这种急躁、虚荣、不负责任的心态，作者嘲讽地写道："就这样，进步、发展和对社会地位及生活水平的关注首次向村庄宣布它们的到来。它就像一个讲述大路上铺满无头尸体的丑恶故事一样。"（Head，1977，p. 75）社会进步和发展以无视生命为代价是极为可悲和可怕的，作者没有回避这个丑恶的故事，而是将它压缩进一句话，其警示意义更为强烈。

五、结语

《风与男孩》的故事核心实际是一起严重的交通事故，但是贝西·黑德以独特的匠心把它写成一篇充满人性柔情、同情的美丽而凄婉的故事。她通过史诗般的开篇、外婆的"鲁滨孙"故事、新闻报道式结尾，在巧妙融合非洲风土人情的基础上，探讨了非洲社会非婚生子女、城乡差异、国家独立后社会管理混乱、人心浮躁等复杂社会问题。对于这些问题，作者没有采用一味批评指责的方式，而是以诗性、幽默、包容、充满爱与同情的语言予以呈现，在善恶之间，让人感到人性的温暖和生命的价值。贝西·黑德对鲁滨孙故事的逆写彰显了非洲的智慧、创造力和对非洲民族身份的认同。这正是贝西·黑德的作品能走出非洲，赢得国际读者的秘诀之一。

引用文献：

卢敏（2018）．贝西·黑德的女性生命书写：《权力之问》．载李安山（主编）．中国非洲研究评论．北京：社会科学文献出版社．6，218－228.

孙晓萌（2018）．西化文学形式背后的民族性——论豪萨语早期五部现代小说．载李安山（主编）中国非洲研究评论．北京：社会科学文献出版社．6，108－115.

赵稀方（2014）．"后殖民理论经典译丛"总序．载比尔·阿什克洛夫、加雷斯·格里菲斯、海伦·蒂芬（著）．逆写帝国：后殖民文学的理论与实践（任一鸣，译）．北京：北京大学出版社，1－17.

Attwell，D.（1993）．*J．M．Coetzee：South Africa and the Politics of Writing*．Berkeley and Los Angeles，California：University of California Press.

Deme，M. K.（2009）．Heroism and the supernatural in the African epic：Toward a critical analysis. *Journal of Black Studies*，3，402－419.

Fanon，F.（1967）．*Black Skin，White Masks*（Markmann C. L，Trans.）．New York：Gove Press.

Gérard，A.（1970）．Preservation of tradition in African creative writing. *Research in African Literature*，1，35－39.

Head，B.（1977）．The wind and a boy. *The Collector of Treasures and Other Botswana Village Tales*．Oxford：Heinemann，69－75.

MacKenzie, C. (2002). The use of orality in the short stories of A. C. Jordan, Mtutuzeli Matshoba, Njabulo Ndebele and Bessie Head. *Journal of Southern African Studies*, 2, 347－358.

Nixon, R. (1993). Border country: Bessie Head's frontlines states. *Social Text*, 36, 106－137.

Thorpe, M. (1983). Treasures of the heart: The short stories of Bessie Head. *World Literature Today*, 3, 414－416.

Spivak, G. C. (1990). Theory in the margin: Coetzee's Foe reading Defoe's Crusoe / Roxana. *English in Africa*, 2, 1－23.

Tiffin, H. (1987). Post-colonial literatures and counter-discourse. *Kunapipi*, 3, 28－29.

Watson, S. (1996). Colonialism and the novels of J. M. Coetzee. In Huggan, G. , & Watson, S. (Eds.). *Critical Perspectives on J. M. Coetzee*. London: Macmillan Press LTD, 13－36.

作者简介：

卢敏，博士，上海师范大学外国语学院教授，研究方向为英美文学及非洲英语文学。

Author:

Lu Min, Ph. D., professor of Foreign Languages College, Shanghai Normal University. Her research focuses on British and American literature and African English literature.

Email: lumin@shnu.edu.cn

《爵士乐时代的故事》的文学伦理学批评解读

王向红①

摘　要：菲茨杰拉德的短篇小说集《爵士乐时代的故事》出版于1922年，所收录的短篇故事具有强烈的时代特点，戏剧化地表现了传统观念和现代意识之间的矛盾冲突。本文拟用文学伦理学批评方法，选取短篇小说集里的三个典型故事进行分析，重回美国20世纪20年代的社会背景，从当时的伦理现场出发，再现美国爵士乐时代人们所面对的伦理困境和伦理选择。通过文本传递的伦理道德价值，揭示作家本人对喧嚣的20世纪20年代的冷峻观察和对传统伦理观的严肃思考；通过阐释作家对传统价值观的坚守，揭示文学的教诲功能这一本质特点。

关键词：文学伦理学批评　爵士乐时代　伦理选择

An Interpretation of *Tales of the Jazz Age* from the Perspective of Ethical Literary Criticism

Wang Xianghong

Abstract: *The Tales of Jazz Age* was published in 1922. The stories collected in this book distinctively reflected the tone of the society. It highly dramatized the conflicts between the modern values and traditional

① 本文为2019年辽宁省教育厅科学研究项目“菲茨杰拉德短篇小说的伦理价值研究”(LN2019J28)、2017年辽宁省社科规划基金项目“‘中国梦’主题下菲茨杰拉德作品的再解读”(L17BWW012)的阶段性成果。

values. I choose three typical stories from this collection to analyze from the perspective of ethical literary criticism. Let's come back to the early twentieth century, restore the ethical situation at that time and review the ethical difficulties and ethical choices people had to face nearly a century ago. The ethical values in the text represented the writer's calm observation and serious thinking of the roaring twenties in the last century. Fitzgerald's firm hold of the traditional values embodies one of the attributes of literature—edification.

Keywords: ethical literary criticism; Jazz Age; ethical choice

短篇小说最能反映时代律动的脉搏。它是一个时代的声音，以简洁明快的方式反映一个时代的社会生活和人们的精神面貌，以及那个时代的伦理价值观。短篇小说一般选取和描绘具有典型特点的生活片段来刻画人物的性格特征，以短小的故事反映生活的某一侧面，使读者能够“窥一斑而知全豹”，借此进一步深刻地认识社会和人生。短篇小说虽然篇幅短小，却能够表现出比小说本身更为广阔复杂的社会背景。

菲茨杰拉德的短篇小说集《爵士乐时代的故事》出版于1922年，所收录的短篇故事具有强烈的时代特点，“这些短篇小说情节生动、寓意深刻，记录和描写了年轻一代的梦想、追求、爱情、痛苦、失望、艰辛、迷惘等复杂的人生经历，浓缩和折射了五颜六色的时代特征和整整一代人甚至几代人的命运，高度戏剧化地表现了现代意识和传统观念之间剧烈的矛盾冲突”（菲茨杰拉德《爵士乐时代的故事》封底）。爵士乐时代是指美国1919—1929年这十年，得名于菲茨杰拉德。他否定斯克里伯纳出版社的建议，坚持将自己的短篇小说集命名为《爵士乐时代的故事》，因为他认为爵士乐最能反映这个时代的特点。19世纪20年代的美国，舞会和宴饮成为人们常态化生活的一部分，这个时期舞会和宴饮上的乐队伴奏已经是由铜管乐器演奏的爵士乐，而不再是传统的小提琴曲。爵士乐具有放松、随意、即兴的特点，乐手可以根据现场的气氛对现有的乐曲进行即兴改编。时而深沉、时而高亢的铜管乐器的音色，恰好契合了当时人们的生活时尚，这也符合20年代人们的生活方式——放松、闲适、追求享乐。那个时候战争已经结束，工业迅速发展，科技的进步给人们的生活带来诸多的便利，洗衣机、吸尘器、电冰箱等家用电器走进人们的生活，大大减轻了生活负担；汽车、收音机、电话等的普及改变了人们的社交和娱乐方式。物质生活的极大丰富、社会思潮的变革（如弗洛伊德学说、达尔文进化论）走进课堂，更是从根本上动摇了传统的价值观和伦理观，挣脱了传统清教主义束缚的人们开始沉溺于感官享乐。

《幸福的辛酸》《治心人》和《热血与冷血》是菲茨杰拉德的短篇小说集《爵士乐时代的故事》中的三篇。这三篇小说让我们领略到20世纪20年代美国纵情享乐、色彩绚丽的时代风貌，了解当时人们的伦理价值观，以及在传统与现代的冲突中人类所面临的伦理困境与伦理选择。

"文学伦理学批评是一种从伦理视角认识文学的伦理本质和教诲功能，并在此基础上阅读分析和阐释文学的批评方法。"文学伦理学批评认为，"在具体的文学作品中，伦理的核心内容是人与人、人与社会以及人与自然之间形成的被接受和认可的伦理关系，以及在这种关系的基础上形成的道德秩序和维系这种秩序的各种规范。文学的任务就是描写这种伦理关系和道德秩序的变化及其引发的各种问题和导致的不同结果，为人类文明进步提供经验和教诲"（聂珍钊，2014，p. 13）。运用文学伦理学批评方法对《爵士乐时代的故事》里的这三篇具有鲜明主题的短篇小说进行分析，可以揭示作品所具有的独特的社会意义以及文学作品的教诲价值。本文将从小说所呈现的伦理冲突、伦理困境与伦理选择着手，分析作品所蕴含的深刻伦理寓意，对处于矛盾中的男女主人公在个人享乐与责任担当中的伦理选择进行解读，揭示《爵士乐时代的故事》中这三篇短篇小说文本所传递的积极向上的道德力量，进一步理解作者对这一浮华时代的冷峻观察和深刻的道德与伦理思考，由此阐释文学的伦理教诲这一本质。

一、《幸福的辛酸》

短篇小说《幸福的辛酸》讲述的是曾经的当红女明星不离不弃、悉心照顾因病成为植物人的丈夫的故事。美少女罗克珊是女子合唱团里的一名成员，因技艺非凡而一跃成为女主角，如果她能继续她的演艺生涯，她的名气将能够与红极一时的明星们不相上下。但为了爱情，她退出了舞台。她的心上人是流行小说作家杰弗里·柯顿，他们因爱而结合。二人婚后的日子甜蜜美满，生活条件优渥，"有整整一年时间，他们住在各大宾馆里"，到各地去旅游，最后"终于什么宾馆都住腻了"（菲茨杰拉德，2017，p. 187），才在马洛镇买了房子和土地安顿下来。罗克珊不仅美貌且多才多艺，在为丈夫和他的朋友演奏乐曲的时候，她的演奏技巧能够"听得他们连燃烧着的雪茄烟头上的烟灰都发白了也浑然不觉"（p. 193）。

然而好景不长，夫妻俩刚刚安顿好没几个月，杰弗里就突患脑部疾病瘫痪在床。罗克珊不得不承担起所有的家庭责任以及照顾病人的一切义务。虽然有罗克珊的悉心照料，但杰弗里的病情依然逐渐恶化，半年后成为植物人。“有不少人，其中有一位还是远近闻名的神经科专家，都曾明明白白地劝说过她，无论多么精心的护理都是没有用的。”（p. 211）但罗克珊对杰弗里的精心护理从未间断过，直到11年后杰弗里死去。在她照顾丈夫的这十多年间，哈里——她丈夫的朋友时不时前来探望，哈里的陪伴使罗克珊感到慰藉。

从文学伦理学批评的角度来分析，这个故事带给我们的伦理道德观上的震撼有两个方面。一个是罗克珊对患病丈夫的不离不弃，将25岁至36岁这段女人最美好的年华用于照顾卧床的植物人丈夫，从未有过丝毫怨言，更从未想过放弃。另一个是哈里和罗克珊的交往，一直保持着纯洁的友谊。虽然在这11年间，哈里离了婚，已是独身一人，而且罗克珊与植物人杰弗里只是伦理意义上有名无实的夫妻，但罗克珊和哈里两人恪守伦理规范，从未越雷池一步，一个是谦谦君子，一个是贤良人妻。回顾爵士乐时代的社会背景，这两个人感情上的恪守，不能不说是世风日下、追逐享乐的社会中的一股清流。

先来看看罗克珊对爱情的忠贞。婚姻意味着无论对方贫穷还是疾病，都将相互照顾直至终老，罗克珊就是这样做的。针对人们对她如何能爱一个植物人的问题，她的回答是：“我能爱，这就是从前的他呀。”（pp. 211－212）另外，在小说中菲茨杰拉德还采用了对比的手法凸显罗克珊对爱情的忠贞、对责任与义务的勇于担当，这个对比人物就是哈里的妻子姬蒂。

姬蒂代表了爵士乐时代耽于物质享乐、不愿承担责任义务的年轻一代。姬蒂不做家务，不照顾孩子，不做饭。如果哪天恰巧是女佣的休息日，姬蒂干脆就躺在她自己的房间里吃巧克力糖豆了。而哈里不得不饿着肚子先给孩子洗澡，然后再哄孩子上床睡觉。虽然姬蒂家里脏乱不堪，她衣橱里的女式内衣却十分惊艳。“几十套薄如蝉翼、绣有蕾丝、美不胜收的丝绸织物，全都干干净净，毫无皱褶，似乎都还没有穿过。这些内衣旁边的衣架上挂着三套崭新的晚礼服。”（pp. 201－202）显然，姬蒂喜欢的是灯红酒绿、歌舞欢宴的感官享乐。姬蒂只关心自己。在罗克珊登门拜访期间，姬蒂对罗克珊照顾卧床丈夫的事情不闻不问，暴露出贪图享乐之人的自私自利。后来，姬蒂为了贪图物质享受而与哈里离婚，嫁给一个比她大很多的木材大王。从此，她没多少事情可做，“只要在出席晚宴的时候为这个家伙打扮得漂漂亮亮的就行了”（p. 217）。姬蒂的所言所行是沉溺于物欲享乐中的年轻一代的典型代表。

看过姬蒂的贪图享乐，我们再来看看罗克珊的担当。丈夫病倒后，罗克珊从一个衣食无忧、连烤面包都做不好的女孩，迅速成长为担起生活一切重负的女人："去支付账单的人是她，去查阅杰弗里的银行存折的人是她，与他的出版商们保持联系的人也是她。她还得不停地下厨房。她得向那个护士求教，了解该如何准备杰弗里的膳食，因此，头一个月下来之后，她就全部包揽下了病房里所有事情。她不得不辞退了那个护士，理由是为了节约开支。"(p. 198)

杰弗里患病的时候，罗克珊仅仅 25 岁，她的美貌和才艺令众多的男性对她青睐不已，罗克珊如果想推掉照顾植物人丈夫的责任，摆脱这一有名无实的婚姻，像姬蒂那样再找一个富人嫁出去，简直太容易了。但面对突如其来的伦理身份的变化，罗克珊选择的是勇敢面对，让我们看到了人的理性意志的光辉。罗克珊的心里只有杰弗里，即使他已经成为仅有呼吸的植物人，罗克珊也从未动过要抛弃丈夫的念头。11 年的艰难守候，11 年的不离不弃，在那个人人追逐享乐、贪慕奢华的爵士乐时代是多么的难能可贵。在那个爱情缺少了金钱的支持就极易变质的年代，在那个道义可以被物质享乐轻易腐化的年代，罗克珊所做的伦理选择，她对爱情承诺的信守和对生活的担当，对当时的读者有着不可忽视的教诲意义。

"文学作品中描写人的理性意志和自由意志的交锋与转换，其目的都是突出理性意志怎样抑制和引导自由意志，让人做一个有道德的人。"（聂珍钊，2012，p. 24）菲茨杰拉德在这篇短篇小说里，通过对两个年轻的家庭的对照描述，给我们呈现出爵士乐时代的新旧伦理价值冲突。姬蒂代表放纵自由意志、抛弃传统伦理价值观而追逐享乐的年轻一代，罗克珊则代表遵从理性意志、恪守传统伦理价值、坚守责任与道义、对爱情忠贞不渝的年轻一代。小说对罗克珊的肯定也代表了作者本人的伦理价值取向。罗克珊的故事给我们以力量和勇气去面对生活的残酷真相，让我们看到了人性中的真善美。

二、《治心人》

《治心人》讲了比较相似的故事，只是这篇小说里的女主人公是在经历了痛苦的心理挣扎、艰难的伦理身份的确认和选择后，再回归家庭责任担当的。

文学伦理学批评重视对人物伦理身份的分析，"在阅读文学作品的过程中，我们会发现几乎所有伦理问题的产生往往都同伦理身份相关"（聂珍钊，2012，p. 14）。"人物的伦理身份是维系其与他人、与社会、与自然之间关系的纽带，彰显出人物对道德规范的遵守。人物在伦理身份发生变化时，必须作出相应的伦理选择。如果人物不知如何确定自己的伦理身份，便容易使自

身陷入困境与两难之中。”（苏晖，张琦，2014，p. 63）

女主人公卢艾拉·亨珀是一个典型的爵士乐时代的女青年——生活于富裕阶层，追求物质享受，不愿承担家庭责任。她和丈夫“利用蜜月旅行采购装修房屋的材料，去英国买大件材料，去佛罗伦萨买了些小装饰，去威尼斯采购了窗帘的花边和真正优质的亚麻布，还买了各种颜色的玻璃杯”（菲茨杰拉德，2017，p. 226）。这些细节足以显示他们夫妇物质生活上的富足。卢艾拉在高档酒店喝下午茶，“看完戏吃晚饭，然后去会一些俄国人、歌唱家或舞蹈家之类的”（p. 225）。这是她典型一天的生活。和前一篇小说中的姬蒂一样，卢艾拉不会做饭，厨房对她来说“简直就是锅炉房”，她不善于管家，“家里总是一团糟”，她“也不打算变成一个好管家”（p. 223）。她跟女友说，因为每周都有佣人辞职，所以一半的时间他们都在外面的餐馆或饭店里吃饭。她爱孩子，却不愿承担照顾孩子的责任：“我全心全意地爱他，可是要我照看他一个下午，我就会无比紧张，想要尖叫。跟他待上两个小时，我就巴不得保姆马上进来。”（p. 222）从上面的细节可以看出，照顾家庭的责任让卢艾拉感到窒息，卢艾拉始终无法正视自己的伦理身份，结了婚、有了孩子之后不愿承担为人妻、为人母的责任。她既想要没有婚姻家庭束缚的自由自在，又想要婚后丈夫勤恳工作给她带来的富足的物质生活，想要孩子的天真可爱带来的天伦之乐。她是那些只想要个人享乐，却不愿意承担责任义务的年轻一代的典型代表。卢艾拉对自己伦理身份的不确定性，使她陷入伦理困境与两难的选择之中。

正因为卢艾拉的不善和不愿持家，她与丈夫查尔斯的婚姻一步步滑向离婚的境地，可卢艾拉却把濒于离婚的原因归咎于查尔斯，甚至查尔斯习惯性地不断用手擦脸这样的小动作，也让卢艾拉烦躁不堪，觉得快要被折磨疯了。她把婚姻走向解体的责任全都推到查尔斯身上，却意识不到自己有多自私——“我倒是宁愿他比我更加不快乐”（p. 224）。她的这句话真实地反映了她的心态：只顾自己享乐，不在意他人的感受。

一心只想享乐的卢艾拉却不得不面对丈夫突然患病卧床这一事实。卢艾拉一直有离婚的念头，所以此时卢艾拉面临一个伦理上的艰难选择：是追求个人幸福，还是承担家庭责任？按照她惯常的想法，读者会猜测，她很可能遵从自由意志的选择，借此机会甩掉患病的丈夫，摆脱婚姻的责任和家庭的负担，去追求个人的自由和幸福。但故事的发展是，在这样的关键时刻，她心底的传统伦理价值观起了作用，她不想在查尔斯生病时离他而去。尽管内心不太情愿，但她还是留下来了，承担起照顾丈夫的责任。这说明在理性意志和自由意志交锋后，卢艾拉内心的理性意志占了上风。卢艾拉的选择无疑对读者起着道德上的正向引导和教诲的作用，这也体现了作者在追逐享乐的爵士乐时代对传统伦理道德的呼唤。

每当卢艾拉面对困境、内心挣扎的时候，她丈夫的朋友穆恩大夫总是适时出现，给予卢艾拉以伦理道义上的正确引导。尽管一开始出于自然选择的本能，卢艾拉会抵触穆恩大夫，但卢艾拉伦理选择上的走向一直在有意无意地遵循穆恩大夫的指引。在这篇小说里，穆恩大夫这个角色是传统伦理道德的化身，在故事中起着伦理教诲的作用。在穆恩的教导下，卢艾拉承担起了一个妻子应该承担的家庭责任。以前反感的事情，现在做起来安定从容。穆恩大夫一直给予卢艾拉以伦理道德上的积极引导，正是在穆恩大夫的帮助下，卢艾拉才从个人纵欲享乐中走出，成为一个担当责任义务、为他人带来光明和温暖的人——这才是人生真正的价值所在。小说中穆恩大夫的话带有明显的教诲意义，如："你会让世界变得温暖起来"；"该你来成为中心了，来回报长期以来给予你东西的人们。你要给年轻人安全感，给你丈夫平和的心态，给老人某种恩惠。你要让为你工作的人依靠你，要隐藏而非惹出一些麻烦事，要比一般人更耐心，要承担比分内事更多而非更少的责任。如此，光明和光鲜的世界就在你手中了"（p. 247）；"如果这家里有点光明和温暖，那是你带来的光明和温暖；如果这个家很幸福，是因为你的缘故；生活中幸福的事会来找你，你千万不要再刻意去追索幸福。该由你来点燃生命之火了"（p. 248）。

这篇故事告诉我们作者想要表达的伦理价值观——自由和幸福不是单纯追求个人享乐就能获得的。人生的价值和意义是给予他人光明和温暖，是凭借自己的努力和付出，为他人、为家庭、为社会创造美好生活。当你能为他人点燃生命之火时，幸福和温暖就在你的手中。这种付出而后获得的自由和幸福，具有更高的精神层次，是单纯追求个人享乐永远无法企及的境界和高度。

三、《热血与冷血》

根据文学伦理学批评，"文学作品的价值一方面在于通过具体的事例对时代的道德进行歌颂与弘扬，另一方面在于揭示时代转变时期社会观念变化引发的种种道德问题……人类的文明史表明，只有文学才能通过一系列道德事例和榜样达到教诲、奖励和惩戒的目的，从而帮助人完成择善弃恶而做一个有道德的人的伦理选择过程"（聂珍钊，2014，p. 248）。伦理选择是文学伦理学批评的核心术语之一，"在文学作品中，伦理选择往往同解决伦理困境联系在一起，因此伦理选择需要解决伦理两难的问题”（聂珍钊，2014，p. 268）。《爵士乐时代的故事》里的第三篇小说《热血与冷血》的主人公就面临着人际关系中的伦理两难问题。

马瑟经营着一家五金店，是一个慷慨大方的热心人，对朋友可以说有求必应。“帮助别人他感到很开心，他热情待人，别人则以好言相送。”（菲茨杰拉德，2017，p. 263）他的妻子贾克琳对此颇有微词，因为有的朋友借了钱不还，贾克琳还发现，有朋友用马瑟借出的钱买汽车等高档消费品，可是马瑟夫妇却因为将钱借给了朋友，而没钱去旅行，没钱买已经计划了好久要买的汽车。由于没有汽车，马瑟上下班只能挤公共汽车。又因为马瑟还保持着绅士的做派，在电车上为女性让座，这样挤了一路的公共汽车回家，马瑟已经筋疲力尽，无法再给予妻子贾克琳二人世界的浪漫。这都让贾克琳对丈夫有很大意见，并一再劝说他不要再借钱给别人，因为别人都是在利用他，也不要再给别人让座，她说：“我需要你，需要你的力量，需要你的健康，需要你的胳膊拥抱我。如果你，如果你把这些慷慨地施舍给别人的话，我还能指望分享多少呢——”（菲茨杰拉德，2017，p. 260）

一开始马瑟对贾克琳的抱怨颇不以为然，直到有一天他向隔壁店铺借钱并保证下午就能还，却依然被冷漠拒绝，他才反思自己以前的热心大方是不是真的太傻了，“他怀疑自己那样做不过是满足自己沉迷于自私的虚荣心”。从此他放弃了许多委员会和俱乐部的义务性工作；“他还尽量躲开那些可能会向他寻求帮助的人——躲开俱乐部里那些可能会向他投去求助目光的人”（p. 263）。公交车上他也不再给女士让座。“贾克琳说得对——那些年轻姑娘可以像他一样站着。让座是愚蠢的行为，仅仅是做做样子。如今的社会，十个女人里九个都不会因为他让座而感谢他的。”（p. 268）这一段时间的马瑟尽量让自己变得冷血。硬下心肠拒绝曾经帮助过父亲的故交，就是一次艰难的不得已的冷血选择。因为此时马瑟面临着两难的伦理选择：一方面，为妻儿创造有保障的物质生活是作为丈夫义不容辞的责任；另一方面，面对急需帮助的曾有恩于自己父亲的故交，理应以感恩之心出手相助。可是相助的这笔钱也不是个小数目，况且妻子即将临产也需要用钱。所以他虽然满心同情，但想到贾克琳怀孕了，他们比以往更需要钱，马瑟还是狠心拒绝了。当天又闷又热，下班回家的公共汽车上异常拥挤，他故意埋头看报，借此忽视站在自己身边的女乘客。虽然他也感觉到站在自己身旁的女士非常疲惫，需要座位，然而想起贾克琳，他就“一遍又一遍地对自己说不要让座，不要让座”（p. 270）。后来，身边的女士晕倒了，导致车厢内一阵混乱。然而，颇为戏剧性的是，这位晕倒的女士正是马瑟的妻子贾克琳。接下来便是故事的结局：当天晚上，马瑟立刻给父亲的故交打去电话，说“关于今天下午的那件小事——”（p. 271）。故事到此结束，那个意味深长的破折号给读者留下充分的想象空间。读者不难推断出，马瑟要出手相助了，马瑟又回归本色——一个热心之人。

这篇小说的戏剧性安排，极富教育意义。它的寓意在于，你对他人的态度，最终都会返回来指向自己。在一个耽于享乐、信任缺失的社会，菲茨杰拉德以作家的敏锐诊断出时代的通病，并开出了救治此类通症的方剂——无论他人待我如何冷血，我待世界依然热心如初。这是解决社会信任危机的上策。如果继续以恶相待，这个世界只能进入恶性循环。爵士乐时代正处于社会转型期，经济建设发展迅速，但精神建设出现空白，导致社会中人与人之间信任缺失，唯利是图。自私自利和贪图享受是那个时代的明显特征。菲茨杰拉德通过这个故事告诉人们，坚守内心的道德价值，热心助人、乐善好施，是这个世界永恒的价值取向。

结　语

菲茨杰拉德的短篇小说集《爵士乐时代的故事》，描绘了美国进入现代社会后，年轻人面临的个人享乐的诱惑和坚守传统伦理道德观念之间的冲突，表达了作者对传统道德伦理回归的呼唤，向世人昭告：在社会现代化发展的过程中，遵从传统伦理秩序才是有道德的，才是美好生活的前提。

> 历史的发展自有其自身的规律和惊人的相似之处，当今社会存在的不少问题早已在菲茨杰拉德的作品中被描绘过了。菲茨杰拉德的作品既融合了他所处时代的社会风尚、变革中的伦理准则等特征，也融入了他自己对历史和现实的深刻认识，以及他对未来的具有前瞻性的哲学思考。（苏晖，张琦，2014，p. 68）

菲茨杰拉德在描写灯红酒绿、酒宴欢歌、追逐享乐的20世纪20年代的时候，从来没有忘记一个作家应担负的社会责任和对年轻人的精神引领。他一手托着繁华浮世，一手握紧伦理道义，用文学作品警醒沉溺于物欲享乐的人们。

引用文献：

菲茨杰拉德，F. S.（2017）. 爵士乐时代的故事（吴建国，等译）. 北京：人民文学出版社.

聂珍钊（2014）. 文学伦理学批评导论. 北京：北京大学出版社.
聂珍钊（2012）. 文学伦理学批评及其它——聂珍钊自选集. 武汉：华中师范大学出版社.
苏晖，张琦（2014）. “爵士乐时代”的伦理困境与伦理选择——论《了不起的盖茨比》. 华中学术，10，60-70.

作者简介：

王向红，东北财经大学国际商务外语学院副教授，硕士生导师，主要研究方向为美国文学研究。

Author:

Wang Xianghong, associate professor at the School of International Business Communications, Dongbei University of Finance and Economics. Her academic research focuses on American literature.

Email: 614065631@qq.com

亨利·菲尔丁与亚里士多德：继承与发展

白林梅

摘　要： 亨利·菲尔丁的现实主义理论立足于亚里士多德的艺术模仿现实的传统，他的现实主义小说中已经出现历史小说的萌芽。此外，在亚里士多德关于戏剧和史诗的论述基础上，菲尔丁定义了新体裁——散文喜剧史诗，认为喜剧史诗可以用散文写，喜剧的描写对象是虚荣和虚伪。菲尔丁对现实主义传统的发展主要体现在叙事理论方面，他采用全知全能的叙述者，运用时间的叙事和空间的叙事，这些都影响了后世小说家的创作和叙事理论的发展。菲尔丁的小说理论诞生于现代性开端的18世纪，在西方文论发展史上起到承上启下的重要作用。

关键词： 亨利·菲尔丁　亚里士多德　现实主义　散文喜剧史诗　时空叙事

Henry Fielding and Aristotle: Inheritance and Development

Bai Linmei

Abstract: The realistic theory of novel writing established by Henry Fielding is deeply rooted in the tradition of Aristotle, who argues that art imitates reality. Fielding's realistic novel already contains elements of the historical novel. Besides, based on Aristotle's comments on drama and epic, Fielding throws light on a new genre called comic epic poem in prose, stating that comic epic can be written in prose with the comic effect to ridicule vanity and hypocrisy. The most significant contribution Henry Fielding laid to realistic tradition can be shown in the narratives where an omnipotent perspective was employed to present time and space to a large extent. It influenced writers after him in narrative theory. His novel theory came into being in the first half of the 18th century when modernity was just started, which played a significant transitional role in the development of literary theory.

Keywords: Henry Fielding; Aristotle; realism; comic epic-poem in prose; narrative theory

亨利·菲尔丁（Henry Fielding，1707—1754）素有“英国小说之父”的声誉，他不仅从事小说创作，还探讨小说创作的原则、方法等问题，这在英国文学史上尚无先例，就此而言，他算是英国最早的小说理论家。菲尔丁在阐释他的新体裁“散文喜剧史诗”（“prosai-comi-epic” or “comic epic-poem in prose”）时，认为史诗也可以分为喜剧体和悲剧体，“亚里士多德（Aristotle）告诉我们，荷马（Homer）的喜剧性的史诗和喜剧的关系正如《伊利亚特》（*Iliad*）和悲剧的关系一样”（Fielding，1985，p. 25）。这说明菲尔丁在提出自己的小说创作理论时，深受亚里士多德的影响。此外，他在《弃儿汤姆·琼斯史》（*The History of Tom Jones, a Foundling*）（1749）[①]中坦诚告知读者：“在这部长篇巨著进展的过程中，我往往从古代优秀作家的著作中选出一些章节而移译之。”（菲尔丁，2008，p. 791）除了文本证据，菲尔丁丰富的藏书中也有亚里士多德的著作（杨周翰，1981，p. 25）。有诸多实例表明，菲尔丁的小说理论受到亚里士多德《诗学》（*Poetics*）的深刻影响。通过分析菲尔丁的小说理论对亚里士多德《诗学》的继承和发展，我们能够更清楚地看出菲尔丁的创新之处。

一、从现实主义到历史小说

18 世纪初的英国文坛充斥着异域背景的传奇和说教式的散文，菲尔丁却在小说《约瑟夫·安德鲁斯》（*Joseph Andrews*）（1742）中首次提出直接临摹自然的口号（萧乾，1984，p. 36），他还在《汤姆·琼斯》中说“我们这部书里所有的人物，都是有根有据的，其真实性也不下于大自然那本记载赏罚善恶，主宰生死的大簿子”（菲尔丁，2008，p. 619）。他的现实主义小说

① 以下简称《汤姆·琼斯》。

理论可以看作英国现实主义小说的最初源头，也是他对小说理论最重要的贡献之一。菲尔丁的现实主义理论也并非无源之水，实际上是继承了亚里士多德的模仿论。亚里士多德摒弃柏拉图（Plato）的唯心倾向，肯定现实世界的重要性，改造了柏拉图的模仿论，指出三种模仿对象："（一）过去或当今的事，（二）传说或设想中的事，（三）应该是这样或那样的事"（亚里士多德，1996，p. 177），他的模仿论预示了后来的现实主义倾向。

亚里士多德的模仿论一方面主张形式真实，另一方面要求内容真实。亚里士多德对形式的真实提出两个标准：必然性（necessity）和可能性（probability）（缪朗山，1985，p. 78）。诗人的职责在于描述可能发生的事，即根据可能或必然的原则某一类人可能会说的话或会做的事（亚里士多德，1996，p. 81）。亚里士多德还指出，面对可能性与可信性冲突的情况，宁愿写虚构但可信的事，也不写真实却不可信的事。而且人性是复杂的，生活中没有百分之百善良的人，但是文学作品中不乏这样的人物，就是因为文学人物的塑造就像索福克勒斯（Sophocles）那样根据人应该有的样子来描写（亚里士多德，1996，p. 178）。所以，亚里士多德追求逼真可信，尽情尽理。

亚里士多德关于按照事物"应该有的样子"来描写的论述涉及典型化和理想化的问题。关于理想化，亚里士多德指出，文学并非像镜子照出世界那样简单地模仿现实，文学更是一种创造性的劳动（张中载，赵国新，2006，pp. 28－30）。例如，生活中丑陋的动物和尸体的形象毫无美感可言，但是当我们观看这些物体逼真的艺术再现时，会产生快感（亚里士多德，1996，p. 47）。这说明将原本丑陋的事物转化成有美感的艺术，需要理想化的想象和创造。关于典型化，亚里士多德认为，要描写奥德修斯（Odysseus）就要体现他信念坚定和持之以恒的特征，表现他智勇双全的英雄气概。

菲尔丁也十分关注亚里士多德提出的可能性与必然性的问题。一方面，他承认人物描写不能超出该人物所能达到的范围，也即符合可能性原则。另一方面，菲尔丁认为，人或事即使可信，但若为虚构，就不可写，虚构且不可信之事更不能写，小说家能写的是既真实又可信的事。他还举例说一个人白手起家，通过正当手段为个人和社会都创造了财富，并且乐善好施、助人为乐、品德高尚。菲尔丁确实知道有这样的人，但是不能写这种人，因为这一个孤零零的事例不具有说服力，很多读者不信任这样的人物。因此，不同于文艺复兴时期的学者们对艺术创造性的重视和阐发，菲尔丁主张的是严格的现实主义。

除了形式的真实，亚里士多德指出文艺的内容也要模仿自然，这一观点被贺拉斯（Horace）继承并发扬光大。到文艺复兴时期，学者们采用《诗学》提出的文艺模仿自然的观点，指出文艺反映现实的本质，进而为文艺辩护。新古典主义的立法者布瓦洛（Nicolas Boileau-Despréaux）将自然等同于真和美，坚信艺术模仿自然的原则。亚历山大·蒲柏（Alexander Pope）继承并发扬了布瓦洛的新古典主义文论，宣称模仿古人就是模仿自然。由此可见，亚里士多德的模仿论开了后世现实主义文学理论之先河。

菲尔丁也主张小说要严格模仿自然。首先，菲尔丁多次通过对比传奇与小说来表明反对传奇、提倡小说的立场。他认为“有些荒诞无耻的传奇，满纸妖魔鬼怪——那并非造化自然的产儿，而只是头脑昏乱的产物”（菲尔丁，2008，p. 165）。菲尔丁非常反感当时流行的传奇，这些读物通常是为了满足上层贵族对于浪漫爱情的幻想，并没有关注普通大众的生活。菲尔丁通过驳传奇而立小说，反对胡编乱造，提倡模仿自然，强调小说应该描写真理。这里的自然不仅指客观现实的自然，也包括人类生活的现实。

其次，菲尔丁主张人物塑造也要模仿自然，认为“形象非从自然中出不可”（菲尔丁，2008，p. 950）。例如《汤姆·琼斯》的女主人公苏菲娅（Sophia）就是以他的妻子夏洛特（Charlotte Craddock）为原型刻画的，他在小说中也直接说到在乡村美人中，有符合人们期待的十全十美的理想女性形象，“我们这位女主人公的形象，既是纯由模拟自然而来，其应受爱慕自不待言”（菲尔丁，2008，p. 169）。这也符合亚里士多德关于人物性格应该相似（true to life），与现实一致的原则。

此外菲尔丁在主人公的选择上也遵循模仿自然的现实主义原则。《诗学》认为悲剧的描写对象优于普通人，并且指出历史人物如俄狄浦斯（Oedipus）等是最适合描写的。后世的文论家也受此影响，认为但凡能从以往的作品中寻找素材，就不要描写当下时代的新人。这一观点一直影响到十七八世纪，歌德（Johann Wolfgang von Goethe）的《浮士德》（*Faust*）就是这种思想的体现。但是18世纪新兴的小说开始将描写的对象锁定为普通人，如鲁滨孙（Robinson Crusoe）、帕梅拉（Pamela）等平凡的个体，菲尔丁也描写真实的人（杨绛，1979，p. 78），他甚至选取了一个私生子作为小说的主人公。这虽然在当时引起一些人的强烈反对，但无疑是文学史上一个重大进步。这体现出文艺复兴时期产生的人文主义精神。人文主义宣扬追求个性、理性至上和人的全面发展，在现代小说中的体现就是选取神话史诗之外的普通人作为描写对象。伊恩·瓦特（Ian Watt）在《小说的兴起》（*The Rise of the Novel*）当中把这称为形式现实主义（Watt，1957，p. 32）。这种现实主义首先开始描写生活中特定的个人，并且给予每个人具体的姓和名，如汤姆·琼斯（Tom Jones）。而这之前文学作品中的人物只有名字，没有姓氏，如亚瑟王（King Arthur）系列传奇中的兰斯洛特（Lancelot）爵士。

菲尔丁的现实主义还体现在小说标题上——《弃儿汤姆·琼斯史》：之所以在题目中加一个“史”字，就是为了增强作品的真实性。这首先是因为18世纪各种旅行小说风靡一时，其中混杂着一些从未旅行过的作者通过在图书馆查阅资料杜撰的游记，于是真正的游记为了凸显真实性，经常在作品名称中加入“史”字，久而久之这便成为当时的文学风气。其次，这也受到当时主流哲学思想的影响。18世纪英国的经验主义重视通过感官所得的经验，这使得历史比文学更受偏爱，因为前者更直接地、立即地反映经验的、怀疑的认识论（McKeon，2002，p. 53）。因此，菲尔丁在题目中运用“史”字来凸显小说的真实性。

菲尔丁在《汤姆·琼斯》的创作实践中，通过在题目中增加“史”字、运用典型化的方法塑造源于自然的人物，并将他们置于具体化的时空之中，既实践了他的现实主义理论，也预示着历史小说的萌芽。首先，菲尔丁不仅在小说标题中使用“史”字，还经常在行文中将本书称为“历史”。其次，菲尔丁塑造的典型人物具备时代特征，这符合卢卡奇（Lukacs）对历史小说人物的定义。卢卡奇指出，不同于史诗中高人一等的典型人物，历史小说中的重要人物是民族的典型人物，是正派的、普通的人，琼斯正是虽有小缺点但正派的普通人物。最重要的是，菲尔丁将小说设定的时间和空间具体化，这体现出小说的历史主题。《汤姆·琼斯》中涉及1745年查尔斯·爱德华·斯图亚特（Charles Edward Stuart）率领斯图亚特王族和忠于詹姆士二世的詹姆斯党人起义。此外山中人讲述的故事提到了蒙莫斯公爵（Duke of Monmouth）和塞吉摩尔（Sedgemore）战役，也和1688年至1746年詹姆斯党人曾策动的5次叛乱有关。小说进行了广泛的、现实主义的描写，多处涉及当时的历史事件。这些历史事件与人物命运相关联，其情节开展的时间和空间比以往的社会小说或者大部分同时代的法国作品显得更加具体（Lukacs，1962，p. 16），这样便将这一具体的历史时期与其他历史时期以及当下区别开来，这正是历史小说产生的原因。但是菲尔丁并没有做到像司各特那样让人物的命运与历史事件水乳交融，没有让历史事件决定个人命运，也没有让个人命运折射历史事件。然而对于小说初创时期的菲尔丁来说，这已经是伟大的成就，也为后来司各特等著名小说家的创作提供了极大的借鉴。

菲尔丁的现实主义理论继承了亚里士多德的模仿论，主张内容和形式都应模仿自然。他立足于18世纪英国的经验主义哲学思想，关注特定个人的生活体验，其现实主义小说中蕴含历史小说的成分。除了模仿论，菲尔丁也像亚里士多德一样重视体裁，并提出散文喜剧史诗这一新体裁。

二、从史诗到散文喜剧史诗

菲尔丁的散文喜剧史诗是其小说理论的另一重要内容，他详细论述了这种体裁与史诗、喜剧和传奇的关系，进而确定其创作原则。这种重视体裁分析的思路属于亚里士多德的传统。《诗学》区分了戏剧和史诗，又把戏剧分为悲剧和喜剧，然后重点论述悲剧的创作艺术和技巧。菲尔丁正是在继承亚里士多德对体裁分类的基础上具体阐述散文喜剧史诗的定义的。

菲尔丁关于散文喜剧史诗的定义中，最核心的是史诗理论。菲尔丁像亚里士多德一样推崇荷马的史诗。荷马为他的时代创作史诗，菲尔丁的成就则在于努力为现代的英国创作史诗。菲尔丁的散文喜剧史诗这一观念最重要的意义是他对自己的时代进行史诗般的考量，把现代的原材料与希腊史诗这一传统相结合（Thornbury，1931，p. 110）。菲尔丁受到新古典主义的影响，在小说前言中为他的散文喜剧史诗立法。他认为当某个作品具备史诗所具有的除韵律之外的其他所有条件，包括道德寓意（fable）、行动、人物、情感和措辞，那么这个作品足以被称为史诗（Fielding，1985，p. 25）。

根据定义，史诗的构成要素有以下几点：第一，体裁是叙事诗体；第二，人物是英雄；第三，空间背景广阔；第四，风格庄重典雅，区别于日常语言；第五，超自然的情节机制，包括超乎凡人的英雄的战斗和超自然力量（如神）的介入（Abrams，2009，pp. 97－98）。此外，史诗具有整体性，所有的离题、插曲和插入都是相关的，并且为核心设计服务（Palmer，1971，p. 331）。菲尔丁对史诗传统的继承主要体现在宏大布局、滑稽式英雄的战斗、制造惊奇（surprise）（Watt，1957，pp. 251－252）和插入情节（李维屏，2018，p. 93）几个方面。

首先，菲尔丁的《汤姆·琼斯》意在通过宏大的小说布局来模仿史诗广阔的空间背景。全书共十八卷，分为三部，分别讲述主人公琼斯在家中、去往伦敦途中和在伦敦的经历。整部书构思宏大而有条不紊，反映了当时英国社会从农村到城市、从底层贫民到上层贵族的各种各样的生活场景，描绘了从乞丐到乡绅、从农民到律师的各形各色的人物形象，同时也与当时重要的历史事件相联系。小说所讲述的故事的全面性和丰富性使得小说具有史诗特征（Lockwood，2012，p. 83）。

其次，菲尔丁小说中滑稽式英雄的战斗也是对史诗中英雄战争的模仿。他将媚丽（Molly）与教区民众打群架的场景描写得如同奥林匹斯山（Mount Olympus）上的诸神作战，将媚丽称作亚马孙（Amazons）的“女英雄”（菲尔丁，2008，p. 206），并称这一章为“诗神用荷马的风格，唱出来的一场战斗”（菲尔丁，2008，p. 203）。但是有一点需要明确：一个怀孕的女孩和一众教区居民的打斗根本称不上英雄之间的战争，最多只是有趣；这一场面描写的独特之处，在于菲尔丁刻意用史诗的笔调将其描绘得具有史诗性质（Watt，1957，p. 253）。

再者，菲尔丁模仿史诗中插入故事的手法。亚里士多德认为，讲述故事不是从头到尾、事无巨细地一一讲述，而是选择与某人相关的故事，再插入其他故事。菲尔丁的《汤姆·琼斯》插入了山中人的故事。琼斯在去往伦敦途中曾经寄宿于离群索居的山中人家里，山中人讲述了自己年轻时的经历，其中涉及被女友陷害和詹姆斯党人起义（Jacobite Rising）。这段情节看似与琼斯的故事发展关系不大，但实际上对于小说有建设性意义。一方面，小说故事发生的时间与历史上詹姆斯党人起义的时间吻合，体现出小说的现实主义特征，在增加小说历史深度方面发挥重要作用。另一方面，山中人年轻时受到女朋友欺骗，进而失去学业，名誉扫地，导致人生失意，这一经历对主人公琼斯生活中面临的问题具有伦理方面的启示意义（韩加明，2010，p. 249）。

最后，菲尔丁继承了史诗中惊奇（surprise）这一要素。亚里士多德在《诗学》中指出，悲剧应该包含令人惊奇的内容，史诗因为采取叙述而非表演的形式，因此更能引发惊奇之感。作者可以通过在史诗中运用虚构、构建突转和发现来实现令人惊奇的效果（亚里士多，1996，pp. 168－169）。突转“指行动的发展从一个方向转至相反的方向”（亚里士多德，1996，p. 89），只要符合可能性或必然性的原则即可。发现指的是从不知情到知情的转变，最佳的发现常常伴随着情节的突转，最典型的例子莫过于《俄狄浦斯王》（*Oedipus Rex*）。菲尔丁努力在现实主义原则之下实现惊奇的效果，并在小说创作过程中继承和发展了亚里士多德的突转和发现。私生子琼斯因行为不检点被养父奥尔华绥（Squire Allworthy）逐出家门，在去往伦敦的路上救助过沃特尔太太（Mrs. Waters），但是因失误杀人锒铛入狱。正当琼斯走投无路之际，沃特尔太太揭露琼斯的身世：他是奥尔华绥的妹妹白丽洁（Miss Bridget Allworthy）的儿子，也就是其养父奥尔华绥的外甥，他入狱也是遭人陷害。琼斯身份的揭露构成亚里士多德所说的发现，并导致情节的突转：琼斯得以恢复自由，继承遗产，迎娶苏菲娅。这体现出菲尔丁的作品相对于塞万提斯（Miguel de Cervantes Saavedra）的《堂吉诃德》（*Don Quixote*）所取得的进步。后者的事件之间没有因果关联，只是因为都发生在同一个主人公身上而产生联系。而菲尔丁则把插入事件和次要人物都编入因果链条之中，为推动情节的发展贡献力量。因此，菲尔丁在情节结构的整体性和制造惊奇等方面也在刻意遵循史诗的规则。

除了史诗的相关理论，菲尔丁还提出关于喜剧的理论。亚里士多德指出："荷马不仅是严肃作品的最杰出的大师，而且还是第一位为喜剧勾勒出轮廓的诗人……他的《马耳吉忒斯》（*Margites*）同喜剧的关系，就如他的《伊利亚特》和《奥德赛》同悲剧的关系一样。"（亚里士多德，1996，p. 48）关于喜剧的描写对象，亚里士多德认为，喜剧描写的不是恶人，而是丑陋所带来的可笑，例如喜剧演员的面具，它因为又丑又怪而惹人发笑，却不会给人带来痛苦或者伤害（亚里士多德，1996，p. 58）。康格利夫（Congreve）指出，叙述者不能选择非自然的怪诞事物作为喜剧的描写对象，并且他将做作（affectation）定义为人性中不自然的事物，这应该是可笑的对象。莎甫次伯利（Shaftesbury）也认为，叙述者应该嘲笑愚蠢的人或事（Simon，1985，p. 30）。

菲尔丁在前人论述的基础上进一步阐述了自己的现实主义的喜剧理论。他认为，喜剧不能通过描写荒唐、违反自然的事情来取得幽默效果。相反，喜剧应该严格模仿自然，在模仿的过程中自然而然地为理智的读者带来乐趣，因为生活中处处有幽默（Fielding，1985，p. 26）。菲尔丁提出可笑来源于做作，具体表现为虚荣和虚伪。虚荣驱使我们装出虚假的性格来获得赞赏，虚伪则唆使我们用美德的外表掩盖自身的罪恶（Fielding，1985，p. 28）。当读者发现一个人的真实性格与他所表现出来的样子不一致甚至完全相反时，作品就产生了幽默效果。例如，当我们看到一个脏兮兮的人从高贵华丽的六轮马车上走下来，然后把帽子夹在胳膊肘下面就开始狂奔时，我们会忍不住捧腹大笑（Fielding，1985，p. 29）。

关于史诗能否用散文体进行创作，亚里士多德没有明确说明，但是他认为史诗最本质的内容在于进行模仿和具备完整的结构，而不是格律。文艺复兴时期亚里士多德的评论家就假设史诗也可以用散文写（Thornbury，1931，pp. 102－103）。到了新古典主义时期，法国批评家波舒·雷内（Bossu Rene）也认为史诗可以用散文写（Thornbury，1931，p. 59）。波舒·雷内对菲尔丁有过很大影响，这一点从菲尔丁在《汤姆·琼斯》第十一卷第一章谈论著名批评家时，将波舒·雷内的名字列在亚里士多德和贺拉斯之后可见一斑，而且菲尔丁的藏书之中也包含波舒的《论史诗》（*Traité du poème épique*）。菲尔丁与波舒持相似的观点，认为史诗既可以用韵文写，也可以用散文写。只不过用散文创作的史诗不叫诗体史诗，而是散文体史诗。

菲尔丁关于散文喜剧史诗的论述可以被看作通过将自己的创作归于史诗类别之下，为小说在传统文类中寻找一席之地所进行的努力。处于小说初创时期的菲尔丁既是新体裁的创造者，也是史诗传统的继承者。但是他对史诗的刻意模仿，例如穿插故事情节、滑稽式英雄的战斗等，并没有为其后世的小说家所效仿。倒是他创造的全知全能的第三人称叙述的艺术传统被他后世的追随者如沃尔特·司各特（Walter Scott）、查尔斯·狄更斯（Charles Dickens）和巴尔扎克（Honoré de Balzac）等继承。

三、从经验主义到时空叙事

亚里士多德提出，文学要描写普遍性。不像柏拉图认为普遍性存在于理式（ideas）之中，亚里士多德认为普遍性存在于事物（thing）当中，发现普遍性的唯一途径是感官经验。从这一点来说，亚里士多德是一位经验主义者（Maioli，2016，p. 3）。经验主义盛行于18世纪的英国。经验主义者关注与经验相关的个体性（particular）胜过经由理智总结的普遍性，同时更加重视感官认知。但是个人的感官认识因为受到时间和空间的局限，其认知成果需要经由文字叙述这一中介来告知世人。在此过程中，叙述形式作为知识的珍贵资源在经验主义中获得中心位置（Maioli，2016，pp. 5－7）。与此同时，以往被忽视的时间与空间因素也获得重视。受到18世纪英国经验主义思潮的影响，菲尔丁的叙事理论主要包括两方面的内容：采用全知全能的叙述者和运用时空因素组织叙事。

18世纪小说兴起时期的丹尼尔·笛福（Daniel Defoe）和塞缪尔·理查逊（Samuel Richardson）都采用第一人称叙述视角。理查逊采取的完全隐去作者声音的叙述模式受到瓦特的推崇，但是菲尔丁挑战了这一传统（Rawson，2007，p. 161）。他采用全知全能的第三人称外在叙述者，并且这位叙述者经常介入小说内部，在各卷首章中跳出来与读者直接对话，打断故事情节的发展。这种叙述者被韦恩·布斯（Wayne C. Booth）称为“戏剧化的叙述者”（布斯，2017，p. 141）。《汤姆·琼斯》中的叙述者在开头就十分贴心地指出，为了方便读者选择，本书将会提供像菜单一样的小标题。到结尾之时，叙述者已经与读者成为好友。叙述者介入最大的好处是拉近与读者的距离，使得叙述者非常容易用自己的观点影响读者，也方便实现寓教于乐的目的。

但是并非叙述者的每一次介入都是利大于弊的，有些介入不是必需的，反而会影响情节发展，削弱小说的艺术效果（Crane，1950，p. 127），降低叙述的真实性。例如叙述者告诉读者奥尔华绥是大善人，可是他听信谗言，将琼斯逐出家门；读者被告知魏斯顿女士（Miss Western）见多识广，深谙人性，可是她却误将布利非（Blifil）当作苏菲娅的心上人。小说的叙述者确实引导着读者，但是他留下的线索将读者引入一系列的误解。于是整部小说像一个喜剧迷宫，结构优雅、诱人并且危险。小说叙述者是诡计的大师、艺术的大师，也是欺骗的大师，读者一次一次被误导和取笑，于是逐渐意识到不要把叙述者的话当真（Simon，1985，pp. 60－63），进而积极参与文本解读过程，形成自己的见解（王悦，2019，p. 50）。

此外，全知全能的第三人称叙述有利于实现喜剧效果。从《汤姆·琼斯》前言中出现散文喜剧史诗这一体裁的介绍开始，读者便知道无论琼斯经历何种挫折和苦难，小说最后一定是愉快的结局，因此小说中即使出现悲伤情节，其伤感也被这一信念冲淡了。此外，叙述者还通过详写喜剧性质的情节，略写悲剧性质的情节来维持喜剧效果。例如小说对于布利非诋毁和陷害琼斯的企图并没有展开描写，这些对主人公不利的事情只是在小说末尾布利非的真面目被揭穿时才被提及。而且，琼斯被养父逐出家门本来是十分令人难过的事情，但是小说在情节安排上很快转入魏斯顿女士与魏斯顿乡绅的争吵，用喜剧元素遮盖了悲剧情感。

除了叙述模式，菲尔丁还十分重视运用和把控时间，他提出的与叙述时间相关的理论也是一大贡献。一方面，他在小说中凸显时间因素，通过组织叙述时间和故事时间的关系，呈现出前后情节的因果联系以及人物性格随时间发生的变化（赖骞宇，2009，p. 84）。叙述故事的时间即话语时间，通过阅读顺序来显现，而故事时间是被讲述的事件发生的时间，“话语时间与故事时间顺序相互对照而形成的关系称为时序”（赖骞宇，2009，p. 87），包括顺序、倒叙和插叙。《汤姆·琼斯》主要采取顺序的时间，用以揭示前后情节之间的因果关系，最后用插叙揭开琼斯的身世之谜，创造戏剧效果。

另一方面，菲尔丁精心安排叙述时间和历史时间的关系来实现小说对称精巧的格局。《汤姆·琼斯》除第一卷之外，每卷都以该卷涵盖的时间段命名，说明菲尔丁非常看重时间。小说十八卷分为三部分，以张谷若的译本为例，第一部分 400 页覆盖近二十年的范围，第二部分 472 页聚焦于十天的事情，第三部分 398 页涵盖三十天的内容。关于小说叙述时间与历史时间的关系有四种传统方式：总结、戏剧性场景、静止和省略（Genette，1971，p. 101）。

菲尔丁在《汤姆·琼斯》中运用了除描述性的静止关系之外的其他三种关系。总结就是用很短的叙述来概括历史上很长时间内发生的事。例如对于琼斯与贝拉斯顿（Bellaston）女士从夜里两点到清晨六点之间发生的事情，作者仅用一段扼要陈述谈话结果，并通过在下一章提到身无分文的琼斯突然拿出五十英镑来暗示他已做了贝拉斯顿的面首。菲尔丁也运用了省略的手法，在第三卷开头就告诉读者要省略过去十二年间发生的事情。作为对于散文喜剧史诗的尝试，小说对戏剧性场景的叙述模式运用得最为频繁。这种叙述当中，叙述时间与历史时间基本一致，其典型代表是对话，例如小说结尾部分描写琼斯与苏菲娅尽释前嫌，其叙述时间与历史时间基本一致，可以直接搬上舞台进行表演。菲尔丁在处理叙述时间与历史时间上运用了多种不同模式，从而更好地对小说的情节和结构进行把控。

除了对时间因素的运用，菲尔丁的叙述空间也值得关注。受到三一律的影响，传统戏剧局限于一个地点，因此空间转换的重要性不被凸显。虽然《天路历程》中出现了地点，但是其中的地点多具有象征意义，例如毁灭之城（City of Destruction）等，而不指向特定的地方。《汤姆·琼斯》则给出了故事发生的确切地点，许多去往伦敦途径的地点也给出了确切的地名，即使那些没有明确给出名称的地方也通过其他证据暗示其所在（Watt，1957，p. 27）。不仅如此，空间还是小说组织叙事的重要手段之一，叙述者通过描述，让读者运用想象形成故事空间（Chatman，1978，p. 104）。《汤姆·琼斯》中的叙述者通过从乡下到路上再到伦敦的地点转换推进情节，使小说具有明显的空间感。

结　论

站在现代社会发端的18世纪，菲尔丁的小说理论起到承上启下的作用。立足传统，他为现代英国社会创作史诗；放眼未来，他为新体裁小说立法。他的小说理论继承亚里士多德模仿论的传统，在18世纪英国经验主义哲学影响之下，主张严格模仿现实，是19世纪英国盛行的批判现实主义小说的理论先导。此外，他还继承西方文论关注体裁的传统，博古论今，为自己的新体裁——散文喜剧史诗立法。遗憾的是，将这些文学规则运用到文学创作过程中并非易事，菲尔丁在创作后期作品《艾米莉亚》（*Amelia*）时，对其前期的喜剧理论鲜有提及，这也是菲尔丁理论的局限之一。但是，菲尔丁的小说理论客观上确实开创了一类现实主义小说的传统，他的全知全能的叙述者以及运用时间和空间的叙事技巧对后世小说的发展产生了深远影响。

引用文献：

韩加明（2010）. 菲尔丁研究. 北京：北京大学出版社.

菲尔丁（2008）. 弃儿汤姆·琼斯史（张谷若，译）. 重庆：重庆出版社.

赖骞宇（2009）. 18世纪英国小说的叙事艺术. 北京：中国社会科学出版社.

李维屏（2018）. 英国小说艺术史. 上海：华东师范大学出版.

缪朗山（1985）. 西方文艺理论史纲. 北京：中国人民大学出版社.

萧乾（1984）. 菲尔丁——英国现实主义小说奠基人. 上海：上海译文出版社.

亚里士多德（1996）. 诗学（陈中梅，译注）. 北京：商务印书馆.

杨绛（1979）. 春泥集. 上海：上海文艺出版社.

杨周翰（1981）. 菲尔丁论小说和小说家——介绍《汤姆·琼斯》各卷首章. 国外文学，2，24—28.

王悦（2019）.《汤姆·琼斯》中的不可靠叙述与早期现实主义语境——一种文化叙事学视角. 外国文学，3：43—51.

布斯（2017）. 小说修辞学（华明，胡晓苏，周宪，译）. 北京：北京联合出版公司.

张中载，赵国新（2006）. 西方古典文论选读（修订本）. 北京：外语教学与研究出版社.

Abrams, H. M. (2009). *A Glossary of Literary Terms*. Boston: Wadsworth Cengage Learning.

Chatman, S. (1978). *Story and Discourse: Narrative Structure in Fiction and Film*. Ithaca: Cornell UP.

Crane, R. S. (1950). The plot of *Tom Jones*. *The Journal of General Education*, 4 (2), 112—130.

Fielding, H. (1985). *Joseph Andrews*. London: Penguin Books.

Genette, G. (1971). Time and narrative in *A la recherhe du temps perdu*. In J. Hillis Miller, eds. *Aspects of Narrative: Selected Papers from the English Institute*. (Paul de Man, trans.). New York: Columbia UP, 93—118.

Lockwood, T. (2012). Henry Fielding: The comic epic in prose. In Michael Bell eds. *The Cambridge Companion to European Novelists*. Cambridge: Cambridge UP, 72—88.

Lukacs, G. (1962). *The Historical Novel*. Trans. Hannah and Stanley Mitchell. London: Merlin Press.

McKeon, M. (2002). *The Origins of the English Novel, 1600—1740*. Baltimore: Johns Hopkins UP.

Maioli, R. (2016). *Empiricism and the Early Theory of the Novel: Fielding to Austen*. New York: Palgrave Macmillan.

Palmer, E. T. (1971). Fielding's *Joseph Andrews*: A comic epic in prose. English Studies, 52 (1—6), 331—339.

Rawson, C. (2007). Fielding's style. In Claude Rawson, eds. *The Cambridge companion to Henry Fielding*. Cambridge: Cambridge UP, 153-174.

Simon, R. K. (1985). *The Labyrinth of the Comic: Theory and Practice from Fielding to Freud*. Tallahassee: UP of Florida.

Thornbury, E. M, (1931). *Henry Fielding's Theory of the Comic Prose Epic*. Madison: U of Wisconsin.

Watt, I. (1957). *The Rise of the Novel*. Berkeley: U of California P.

作者简介：

白林梅，北京外国语大学英语学院博士研究生，主要研究方向为英语小说与跨文化研究。

Author:

Bai Linmei, Ph. D. candidate of School of English and International Studies, Being Foreign Studies University. She mainly focuses on the study of English literature and cross cultural studies.

Email: 19772001@bfsu.edu.cn

A Study of *Song of Solomon* from the Perspective of Monomyth

Chen Zhixuan

Abstract: Toni Morrison's preference towards the ancient myth parallels Campbell's theoretical insistence to dig out the psychological function of mythology to sustain the modern human beings depressed by and trapped in the nightmare of reality. By applying Campbell's monomyth theory to analyze *Song of Solomon*, this paper argues that the monomyth's central mode of departure-initiation-return is reflected in the novel through Milkman's heroic journey of salvation, and with emphasis on the spiritual redemptive power of myth. Besides, Morrison not only adopts the flying myth of African-American to promote their culture, but also reveals the pessimistic fact that the myth or folklore they have inherited is dominated by male.

Keywords: monomyth; Joseph Campbell; *Song of Solomon*; spiritual salvation

单一神话视角下《所罗门之歌》研究

陈芷璇

摘　要：莫里森在作品中对神话的应用十分普遍，类似地，坎贝尔在理论著述中也重视神话的心理功能，以及神话对现代人贫瘠与苦闷心理的治疗可能。本文运用坎贝尔的单一神话理论分析《所罗门之歌》，认为小说呈现了单一神话的核心模式“启程—启蒙—回归”，体现于主人公奶娃的南下救赎之旅，强调了神话的精神救赎力量。此外，莫里森不仅以飞翔神话重建非裔美国人的文化传统，也揭示了作为文化传承的神话或民间传说依旧为男性所主导。

关键词： 单一神话　约瑟夫·坎贝尔　《所罗门之歌》　精神救赎

Toni Morrison(1931－2019), the Nobel Prize Winner in Literature of 1993, is a world-renowned African American writer. Being a productive writer, Morrison has written altogether 11 novels, and other works including children's books, plays, a set of songs and an opera. *Song of Solomon* was her third novel published in 1977 and was awarded the National Book Critics Circle Award in the same year.

Different from Morrison's first two novels (*The Bluest Eye* and *Sula*), *Song of Solomon* is the first one centering on a male protagonist named Milkman. There are two parts in the novel. Part I tells the story of Milkman's life in North California from the very beginning of his birth to the age of his thirties when he decides to go to the South; Part Ⅱ tells Milkman's southward journey from North California to Danville first, and Shalimar at last. It is during his journey to the South that he renews himself with self-consciousness awakening and spiritual salvation. The story ends at the place named Solomon's Leap, where the fatal fight between Guitar and Milkman is about to begin. Whether Milkman will survive or not remains unknown when the novel draws a curtain call.

The interpretations of *Song of Solomon* are abundant. Both critics aboard and at home have discussed Morrison's application of mythology in the novel. The discussion includes both the Western myth, such as Biblical myth and Greek myth, and African myth. Critics tend to explore Morrison's political or cultural concerns behind her adaption of mythology, which on the one hand, is to preserve the ancient wisdom inherited in Afro-American folklores or myth, and on the other hand, is to sustain the descendents to survive in the modern society (Awkward, 1990, p. 497). Despite the contributions the scholars have made, the analysis of *Song of Solomon* from the perspective of Joseph Campbell's monomyth receives less attention. Actually, being a mythologist who studies both psychology and comparative mythology, Campbell's objective of achieving the spiritual awakening by drawing power from ancient mythology is consistent with Morrison's intention to some extent. Through the path of Campbell's monomyth, the possibility to achieve the "shared language"① mentioned by Morrison herself may exist.

Among academic discourses of mythology, there are two main theories: the diffusion origin and the parallel origin of mythology. The diffusion theory holds that a handful of myths was widely dispersed throughout the world via travel, trade, conquest, etc. In contrast, the theory of parallel origin says that humans in different areas developed similar myths because the basic constituents of mythology are the same throughout the world (Ford, 2000, p. 15). Despite the conclusion remains unknown, Joseph Campbell prefers the latter, and his belief in the parallel theory comes from his theory that human beings share a common physiological and psychological structure. Believing that the universal structure of human psychology is the root cause of the appearance of a single theme in world mythology, he has come up with the idea called "monomyth", which he has detailedly discussed in his book *The Hero with a Thousand Faces*. In *Song of Solomon*, the application of mythology as the container of culture value and inspirations of modern people is apparent. What Morrison is attempting to do shares similarity with Campbell's idea of releasing the hidden power of ancient mystery to cure the spiritual crisis of modern people. Milkman's South journey is the perfect echo of Campbell's mode of monomyth in literature.

I. The Departure from Secular Life

According to Campbell, "The standard path of the mythological adventure of the hero is a magnification of the formula represented in the rites of passage: separation—initiation—return: which might be named the nuclear unit of the monomyth"(Campbell, 2008, p. 29). The three-phase formula of our hero's adventure is primal to each mythical story or folklore. In *Song of Solomon*, Milkman sets off his adventure out of his spiritual crisis which

① In her essay "Playing in the Dark", Morrison shows her great wish as a writer, to invent a language "which demands readers to reach beyond their personal community, to stretch themselves out, and to allow otherness in"(1993, p. viii).

includes two parts: the first is the pathological parental influence on Milkman, which prevents him from becoming mentally adult—an individual with the capacity for independent observation and free thought; the second is the call from the other world, which means the turmoil of the repressed subconscious has emerged in the hero's mind and it will lure him/her to set out for his journey of self-discovery.

Song of Solomon begins with the suicide of Mr. Smith, an insurance agent who can no longer bear the burden of his work. And our hero Milkman is born at the next early morning in the hospital where Mr. Smith takes his "flight". Milkman is born in her mother's emergency without the accompany of his father. As a baby his birth is both dramatic and pathetic. But the absence of father and the indifferent act of his sisters have foreshadowed his disharmonious life among the Deads. Being brought up by parents, the normal relationship between children and parents is supposed to be intimate. Campbell believes that human beings are different from animals because human beings are not completely intuitive, "Because of the prematurity of our birth, we do not have as many stereotyped, key-tumbler responses as the other vertebrates [...] we are less rigidly patterned in our instincts, less conservative, dependable, and secure than animals" (Campbell, 1960, p. 37). The experience is an important factor in shaping our life. Before children are capable of taking care of themselves, they spend a large amount of time with their parents—who will be the models and teachers in their very beginning of life. But in Milkman's case, the controlling father and the frail mother are both unqualified to guide his early establishment of self-personality. Milkman respects nobody and takes none of them as his role model. What's more, due to his father's enclosed teaching style towards his son, Milkman seldom meets people other than his family members. Lacking the experience in communicating with others, he often seems inconsiderate and arrogant in his interactions with people. The inability to communicate leads to his difficulty in integrating with the community, and it makes Milkman feel that he is marginalized. Thus Milkman not only suffers from the hostility of his family, but also the ostracism of his community.

Now the hero grows up, but due to his inadequate understanding of both himself and the world, the conflicts and hatred will manifest themselves as accidental, inadvertent mistakes and hunt the hero persistently till the ultimate eruption comes. In Milkman's case, after the quarrel with his sister, the conflict between Milkman and his real troublesome life has reached its peak. His inability is further exposed in his interaction with his community, which eventually leads to a complete disruption of his life. His relationship with everyone in the family has deteriorated. Being excluded from the society, the hero is now ready to hear the call from the other world—the impulsion to set out his journey deep in his consciousness. Saying that the summon of the unconscious world is represented in mythology as the appearance of heroic guides, Campbell points out that because the unconscious world contains mysterious and despised knowledge rejected by human beings' consciousness, "The herald or announcer of the adventure, therefore, is often dark, loathly, or terrifying, judged evil by the world; yet if one could follow, the way would be opened through the walls of day into the dark where the jewels glow" (Campbell, 2008, p. 48). In *Song of Solomon*, it is Pilate who takes the role of the herald to guide Milkman during his heroic journey.

The role of Pilate as a "protector" with supernatural power is obvious. First of all, her smooth stomach distinguishes herself from normal people (without a navel), which makes her witch-like: She manages to survive by herself in the dead body, and it seems that she comes to the world with magic power. In *Song of Solomon*, her ability to see the ghost of her father, the magic potion to give Ruth a child, and the change of her height in the eyes of Milkman have tainted her with the color of magic. So far she is a woman with magical power, but what inspiration can she give to our hero?

Milkman's father Macon Dead prevents him from meeting with Pilate because of her indecent job and reputation. In Macon's conversation with Milkman about Pilate, he says "Pilate can't teach you a thing you can use in this world. Maybe the next, but not this one" (Morrison, 1997, p. 65). From the perspective of a worshipper of materialism, Macon might indicate that Pilate is out of date. But it can be understood as there remains something valuable that is no longer prevalent among people, which suggests the ancient mythological metaphors once rooted in the soul of our ancestors. Pilate's emergence in Milkman's world has for the first time aroused his curiosity ever since his knowledge of the inability to fly. There are various expressions to prove Pilate's mysterious identity in Milkman's heroic journey. At the beginning, Milkman still possesses his love and respect for his father. He obeys his father's order, follows his teaching. But the dignified image is built on the Deads, where both his mother and sisters are so unimpressive and reticent. Therefore Milkman has saw no one "taller" than his father. But after his first meet with Pilate, his preference towards her grows rapidly. Pilate shows him love and respect. It must be the air of freedom among the three women that has attracted him, since the atmosphere in the Deads is deadly silent:

> Not that Pilate or Reba felt the possessive love for him that his mother did, but they had accepted him without question and with all the ease in the world. They took him seriously too. Asked him questions and thought all his responses to things were important enough to laugh at or quarrel with him about. (p. 89)

Having a demanding father makes him even more eager for mutual respect. But his preference towards Pilate is a mere escape from his own home at present. He has not yet got to know the truth and wisdom Pilate is possessed of. Still the acquaintance between Pilate and Milkman is of great importance in the South journey Milkman finally decides to take. Pilate's presence has contributed to Milkman's realization of his emptiness and disintegration inside his soul.

In *Song of Solomon*, the split of the brother(Macon) and sister(Pilate) stands for the contrast between the worshipper of materialism and the keeper of national traditions. Campbell has attached great importance to the psychological functions of storytelling in his book: "The mythic themes not only teach, but also nourish and, especially, energize the psyche. The vast world of story is where the child's spirit will find these most consistently." (Campbell, 2008, p. 22) Pilate in *Song of Solomon* has filled the vacancy of the storyteller since neither Milkman's father nor mother is capable of the position. Being haunted by the nightmare of father's death in his childhood,

Macon Dead has avoided the connection with the miserable past as well as his connection with his ancestor's history. Never has he mentioned his hometown to Milkman. Pilate, on the contrary, has kept her connection with her people even though she is no longer there with them. It is Pilate who manages to reconnect Milkman's relationship with the ancestors.

Ⅱ. The Road of Trails

After the discussion of Milkman's separation from his society and family in Michigan, and Pilate's tutorial role in Milkman's life, this part proceeds to Milkman's answer to the call of adventure under the condition that his struggle and desperation in reality have reached the peak, which covers the second part of the novel—Milkman's journey towards the South.

Campbell has mentioned that here are three distinct periods of growth and susceptibility to imprint as inevitable in a person's lifespan: the childhood and youth; maturity; and wise old age. And the mystic power of mythology is to help people in secular life to regain the wisdom of passing through these important bridges. He has emphasized the instructing function of myth to human beings:

> It has been the chief function of much of the mythological lore and ritual practice of our species to carry the mind, feelings, and powers of action of the individual across the critical thresholds from the two decades of infancy to adulthood, and from old age to death; to supply the sign stimuli adequate to release the life energies of the one who is no longer what he was for his new task, the new phase, in a manner appropriate to the well-being of the group. (Campbell, 1960, p. 61)

Before he gets to the ultimate boon of his heroic quest, Milkman has to fulfill his delayed ritual of puberty first. Despite his age, he is premature psychologically. To be a mature man both physically and psychologically, Milkman has to free himself from the suffocating control of his parents. Because of the loveless and heartless relationshipof his family members, Milkman has lost his ability to love and to sympathize with other people. Besides, the father's twisted view of money and power has blocked little Milkman's communication with his people's history, and he is brought up by his father and eventually turned into a man like his father who is a black man with a white heart. To fulfill the salvation of his adulthood, Milkman has to both get along with people from the community and to adjust to the natural environment.

During his journey to Danville, Pennsylvania, Milkman understands that he is very different from his people. As he continues his journey deep into Shalimar, the local people's hostility to him grows stronger and eventually leads to his quarrel at the bar. He does not really understand why he is rejected by his hometown people:

> He had thought this place, this Shalimar, was going to be home. His original home. His people came from here, his grandfather and his grandmother. All the way down South people had been nice to him, generous, helpful… But here, in his "home", he was unknown, unloved, and damn near killed. (Morrison, 1997, p. 285)

Milkman's unintentional offensive behavior in the bar reflects the truth that he is nothing like his hometown people. His value is contrary to them somehow, and he is unable to get along with them if he does not shake off his pride and arrogance. And all those self-centered arrogance and affection for material wealth are his father's influences on him since his childhood.

Besides Milkman's troublesome communication with his hometown people, his poor adjustment to the local natural environment is another challenge in his journey. The first sign of his troublesome quest is the breakdown of his car. The car as the product of modern technology is at first abandoned by Milkman when he is about to enter the place where Circe lives and decides to walk there. He is then left alone in a place he is not acquainted with, and the other uncomfortable collision with nature arises. Milkman has to trudge across the woods where the cave hides behind. At first he thinks he will make it to the cave as long as he manages to pass the woods that block his eyesight. But he overestimates his physical strength and underestimates the power of nature. His indifferent attitude towards nature has resulted in nature's indifference towards him as well. Being left alone at the mercy of the relentless nature, Milkman changes his view of his surroundings. Now the bushes, stones, rivers all seem to be enigmatic to him, which make him have the sense of anxiety, awe and fear. It is like a mystic worship of the power of primitive nature before the hero is endowed with the mission to realize the truth or receive the ultimate boon from the other world. "This short journey is actually endowed with great connotations and it is a ritual signifying the real start of Milkman's transformation." (Yuan, 2014, p. 38). In *Song of Solomon*, Morrison has deliberately described Milkman's dressing and belongings, all those suits, gold watch, fine shoes he brings from the North. His clothing can be considered as material wealth in secular life, which everyone wants to pursue. During his entrance into the bushes towards the cave, he has to give up all these worldly possessions which are like the gorgeous but burdensome feathers of the peacock. It is his first step to show his humbleness towards the primitive power of the nature. To wash off all the secular desires of vanity and wealth, Milkman is able to move one step further into his ultimate boon laying in this mystic zone.

The reconciliation with the South community and environment is achieved through Milkman's accomplishment of his delayed ritual of puberty—which is at the hunting event organized by the local people in Danville. During the hunting event, Milkman's remaining arrogance vanishes away and he eventually realizes his distorted lifestyle in the past through his meditation in the dark bushes. Deeply influenced by Frazer's *The Golden Bough*, Campbell himself also places great importance on the relationship between ritual and mythology. Rituals are expressions of mythical characters' actions, and rituals themselves have the function of shaping the lives of children and enabling them to adapt to a certain social order (Zhan, 2006, p. 131). Back in the days of primitive human beings, rituals are invented as the "spiritual exercises of their mythological and religious inheritance" (Campbell, 2008, p. 89) to help them cope with the psychological dangers. The hunting tribe often obey the primal law of nature that "everywhere, without exception, life is sustained by consuming other life" (Campbell, 1960, p. 69). And they do not turn away in denial from this essential vulgarity and violence. In traditional African hunting societies, says Ford, "the hunters are separated from the rest of the society and undergo ritual transformations, and to establish a sacred covenant with wild animals"(Ford, 2000, p. 69). The animals are killed in the belief that their departed spirits would return(resurrection)as future game for the nourishment of human kind, and the flesh of these animals is eaten by human beings to symbolize the fundamental cycle of life(p. 48). In *Song of Solomon* the local people's intimate connection with nature is also on display. There remains the detailed description of the communication between the hunters and the hounds, which reminds Milkman of the days when the life of the prey and the hunter are not separate but alternate reflections of the same life source. It is the ancient spirit once belonging to his ancestors but now forgotten by him.

After the hunting event, he is able to calm down and reconsiders the essence of his life. The final scene of the hunting is the sharing of the game—a bobcat. At last, the hunting partner invites Milkman to get the heart out of the bobcat's rib cage. Milkman's participation in the dissection is meaningful. He is now completely accepted by the local people since they have invited him to join their activity. Besides, the heart of the game is metaphorical because heart is often considered as the central of a physical life. It is believed that the ancients often use animal's heart as the sacrifice in the sacred ceremony. Milkman's behavior is just like the priest who is searching for the wisdom from the benevolent god, so that he may bring the ultimate boon to his people.

So far Milkman has crossed the rite of passage to get the ultimate boon of his ancestors. Yet his heroic journey is not completed because it has just brought out "the final crisis of the round, to which the whole miraculous excursion has been but a prelude—that, namely, of the paradoxical, supremely difficult threshold-crossing of the hero's return from the mystic realm into the land of common day"(Campbell, 2008, p. 201). Now that Milkman has received more information of his ancestors from his hometown people, he is eager to share his happiness with Pilate and his family in Michigan. He will bring back the history of his people, together with the purified spirit to his community. But the return of the hero is even harder than departure, as he has to fight with the forces that prevent him from passing down the ultimate boon in reality.

Ⅲ. The Hero's Return

With the end of the hunting ceremony, the final part of Milkman's heroic journey follows, which is considered the most important part by Campbell. In order to complete his adventure, the returning hero must survive the impact of the world. Milkman's return journey "represents the challenge faced by anyone who has received the boon of a penetrating insight, life-changing revelation, deeply significant dream, or profound personal experience: how do you return with this gift to your everyday world" (Ford, 2000, p. 59). In Milkman's case, what kind of wisdom can the ancient mythology bring to Milkman and his people? What does the African-Americans learn from the ancient myth to sustain them in the predicament and adversity? It is Milkman's final mission to achieve through the last part of his journey.

Tracing back the history of his family, Milkman is aware of the old folktale of the flying African Solomon, who happens to be his ancestor: "He flew. You know, like a bird. Just stood up in the fields one day, ran up some hill, spun around a couple of times, and was lifted up in the air. Went right on back to wherever it was he came from." (Morrison, 1997, p. 339) In Susan's description of the stories, Milkman is filled with the sense of pride and passion in his life for the first time. It is like the second birth in his numb life since his childhood dream of flying is crushed by Robert Smith's suicidal fall from the hospital once for all. The regain of his ancestor's memory enables him to chase for the freedom and wholeness again. His masculine ego grows in deciphering the lost name of his father and retrieving the glory of his flying ancestors. He now identifies himself with his flying forbears, which reflects his willingness to reconsider his relationship with the family. But Morrison is not intended to follow the pattern of classic Bildungsroman blindly. She has subverted the dominant male narrative of flying myth through Milkman's "betrayal" of his forefather's flight and his proximity to the silenced female (Pilate).

According to the novel, Milkman has not realized the deep meaning behind Solomon's flight upon his journey back to Michigan. Morrison arranges a parallel narrative structure in chapter 12 and 13—while Milkman is recollecting his family's history, Hagar's vigor of life is declining day by day out of her crazy love for Milkman. Being punished by Pilate for taking Hagar's life, Milkman understands the sacrifice the abandoned has done:

> He had hurt her, left her, and now she was dead—he was certain of it. He had left her. While he dreamt of flying, Hagar was dying. Sweet's silvery voice came back to him: "Who'd he leave behind?" He left Ryna behind and twenty children. Twenty-one, since he dropped the one he tried to take with him. And Ryna had thrown herself all over the ground, lost her mind, and was still crying in a ditch. Who looked after those twenty children? Jesus Christ, he left twenty-one children! (p. 349)

By switching the centre of the story from the individual success to the abandoned family, Milkman's apprehension of his flying ancestors transfers from his ecstasy and overwhelming pride to the sense of responsibility and the link to his family. He realizes that the glorious flying myth is not accomplished by the father alone. Being an abandoned wife and a mother at the same time, poor Ryna carries two responsibilities on her shoulders: the duty to raise children and to inherit family history. Now he realizes that his searching for freedom is at the cost of Hagar's life, which is of little difference to that of his ancestors. It's not until then that he has truly been given the ultimate boon of god. Milkman has succeed in living harmoniously with the community and nature, and the individual integration so far, and he is ready to return to the secular world.

After the accomplishment of Milkman's puberty rite, the locals then give him further information about his grand parents, and the secret of the flying myth awaits him ahead. Milkman's full understanding of the truth of his ancestors' flying myth is divided into two parts. By tracing the clues given by his local people, he gradually collects the whole picture of his family's story. Meanwhile, the death of Hagar reminds him the defective side of the glorious flying myth—Solomon's flight may have been seen not only as the symbol of freedom, but also the evasion of responsibility. He is aware of the greatness and the limitation of the old myth at the same time. Milkman has surpassed the wisdom of his forebears and it is under Hagar's and Pilate's influence that he fulfills his spiritual redemption.

Despite Milkman has received the ultimate boon from the mystic zone, he does not get the respect and hospitality that a hero deserves. It is because from the perspective of normal waking consciousness, there remains "a certain baffling inconsistency between the wisdom brought forth from the deep, and the prudence usually found to be effective in the light world" (Campbell, 2008, p. 188). He has to return to the society and take the blow of hard resentment from Guitar. As a militant black nationalist and member of the terrorist organization named Seven Days, Guitar not only describes whites as the morally degenerated, violent, and uncivilized people who kill "for fun", but also kills innocent people for his distorted "love" for black people. His love is fatal and evil. His behavior is an imitation of the racist violence perpetrated by whites against African Americans. Overwhelmed by racial hatred, Guitar becomes the slave of racism and heads down the path of no return. Once Guitar is turned into the worshipper of racism, the collision between him and Milkman becomes inevitable. Now that Milkman is coming home with the idea of mutual love and mercy, which is contrast to Guitar's, he is about to be tracked down and killed by Guitar. Guitar thus becomes the archenemy at the last threshold, who prevents the hero from passing down the ultimate boon to the secular society. In *Song of Solomon*, the fight between Milkman and Guitar is indeed the conflict between ancient wisdom and modern hysteria.

This is not the end of Milkman's journey, but the beginning of the final chapter of his heroic journey. Now he is again stopped and faced with fatal crisis. Since "the supernatural assisting force" will attend him through the whole course of his ordeal"(p. 142), the hero may receive the "life-redeeming elixir" to confront society in the final stages of the adventure, so that he can "take the return blow of reasonable queries, hard resentment, and good people at a loss to comprehend"(p. 186). In *Song of Solomon*, the "elixir" that saves the life of our hero Milkman from the fatal rivalry with Guitar is the wisdom of ancient Goddess which is once rooted in his ancestors' history. Morrison's therapy for the spiritual crisis of contemporary society is in close relation to the idea of New Myth Movement, and one of the concrete manifestations of this is the archaeological recovery of the Goddess tradition and the resurgence of contemporary Goddess worship. By quoting Richard Tanas' theory that the modern crisis is basically a male crisis, Professor Ye reminds us to ponder over the question. When a male heroic quest goes to extremes and forms an autonomous rational self, the crisis that arises is the split between man and the natural matrix. Maybe the "hope for a way out of the crisis lies in restoring the original unity of man with Mother Nature and regaining the long lost feminine flexibility"(Ye & Tan, 2016, p. 267).

As a symbol of the unity of all life in nature, and personification of all that was sacred and mysterious on Earth, "her power was in water and stone, in tomb and cave, in animals and birds, in hills, trees, and flowers" (Gimbutas, 2001, p. 385). Gimbutas takes the existence of Goddess-worshiping, earth-centered, egalitarian, and nonviolent cultures out of the realm of speculation into that of documented fact. If we take a closer look, we will find out that throughout the process of Milkman's heroic journey, the confrontation between modern "rationality" and the ancient Goddess wisdom is revealed everywhere. Among the women who have initiated and taught Milkman, the place of Pilate is undoubtedly very significant. When Pilate's illiterate father gives her name from Bible, he chooses "Pilate" because it looks like "a tree hanging in some princely but protective way over a row of smaller trees" (Morrison, 1997, p. 15). Just as Pilate's father's understanding of her name, Pilate has been always giving protection and support to those people she loves deeply. The metaphor of the name Pilate is changed from the Christ-killer to the protective tree, which signifies Pilate's dissociation "from the Western religious tradition in both the physical and metaphysical sense"(Rokotovao, 2000, p. 217). It is actually the rebellion towards the patriarchic dominated culture which has been passed down as an "official" belief system for centuries. What's more, Morrison offers Pilate's tree images more associations with African Goddess. According to Shawn Peterson, the tree image is closely related to African Goddess: "The Goddess of the primary Neolithic had a number of epiphanies or symbols… and the tree was a major symbol of the Goddess. In addition, the Goddess was represented by the color black (the color of the soil)."(1993, p. 143)

Contrast to modern "rationalism" which stresses effectiveness and benefits from the material dimension, the ancient Goddess culture focus on the reverence of life and nature. Under the influence of patriarchal ideology, people may become aggressive and radical because they are accustomed to ranking assigning a hierarchical rank to the races and treating themselves as one of a kind beings. When things go to extreme, the mutual hatred and slaughter among human beings also occur. People have been more and more self-centered and narrow-minded. People seems to have been cut off from connection with the earth since ancient time, and the soul is wandering without roots. To seek salvation in misery, people need reestablish their destroyed faith to guide their life. By foregrounding the suppressed feminine power, Morrison does not intend to make herself a feminist. It can be regarded as her experiment to retrieve the power of ancient Goddess in order to strike a balance between masculine and feminine power, and to cure modern hysteria. In *Song of Solomon*, knowing that Guitar is to take his life, Milkman still leaps towards Guitar in the darkness. Milkman fights in defense of the ultimate boon he has eventually achieved under the guidance of females around him. Morrison's arrangement of Milkman's uncertain survival through the fight reveals her conservative attitude towards Milkman's successful return, which can be considered as an allegory of the unclear destiny of the modern African-Americans. Power from the ancient mythology will bring people with new hope to deal with modern spiritual crisis, but its function is not to be overestimated. Meanwhile she has offered Milkman the "elixir" to win the fight and to fulfill his role as a missionary of ancestors' wisdom, which is also Morrison's thought on healing modern hysteria in reality. This is the author's proposed therapy for the spiritual crisis of contemporary society.

References:

Awkward, M. (1990). Unruly and let loose: Myth, ideology, and gender in *Song of Solomon*, *Callaloo*. 13.3, 482—498.

Campbell, J. (1960). *The Masks of God: Primitive Mythology*. London: Secker & Warburg.

Campbell, J. (2008). *The Hero with a Thousand Faces*. California: New World Library.

Ford, C. W (2000). *The Hero with an African Face*. New York: Bantam Books.

Gimbutas, M. (2001). *The Language of the Goddess*. London: Thames & Hudson.

Guthrie, D. T. (1994). *Conversations with Toni Morrison*. Jackson: University of Mississippi Press.

Morrison, T. (1997). *Song of Solomon*. New York: Plume.

Morrison, T. (1993). *Playing in the Dark: Whiteness and the Literary Imagination*. New York: Vintage.

Peterson, S. (1993). Loving mothers and lost daughters: Archetypal images of female kinship relations in selected novels of Toni Morrison. Doctoral dissertation, University of Oregon.

Rakotovao (2000). *Poetics of Life-Force and Survival as Resistance: An Archetypal Approach to Aime Cesaire's Cashier d'un retour au pays natal and Toni Morrison's Song of Solomon*. Doctoral dissertation, Howard University.

坎贝尔，约瑟夫（2016）. 千面英雄（黄珏苹，译）. 杭州：浙江人民出版社.

原源（2014）. 托尼·莫里森三部小说中单一神话自我追寻主题研究. 烟台：鲁东大学.

叶舒宪，谭佳（2016）. 比较神话学在中国：反思与开拓. 北京：社会科学文献出版社.

占敏娜（2006）. 论托尼·莫里森小说中的死亡主题. 南昌：南昌大学.

Author:

Chen Zhixuan, MA student in English language and literature, Sichuan University. Her research interest is contemporary British and American literature.

作者简介：

陈芷璇，四川大学外国语学院研究生，研究方向为现当代英美文学。

Email: 1398607362@qq.com

跨学科研究

书写的场景：作为电影救赎者的作家形象

保罗·亚瑟 撰　刘宇清 译

摘　要：本文梳理了近20年来以作家为中心的一系列电影，它们借用的文化资本，不仅源于广义的作家，而且源于具体的作者及其具有鲜明个人特征的创作。以作家为中心的故事，无论是真实的还是虚构的，其魅力在于，它们阐明了创作心灵的“内部”世界与满足，同抑制或者影响写作过程的“外部”环境之间的个人斗争。这种价值的理想，完全不同于靠奇观驱动的娱乐和快感，而在于促成并解释深奥难懂的、被神秘化的创作行为。

关键词：作家　创作过程　电影的救赎

The Written Scene: Writers as Figures of Cinematic Redemption

Paul Arthur　Liu Yuqing trans.

Abstract: This article examines a series of writer-centered films in the last 20 years that borrow cultural capital not only from writers in a broad sense, but also from specific authors and their distinctly personal creations. The appeal of writer-centered stories, whether real or fictional, is that they illuminate the personal struggle between the "internal" world of the creative mind and the "external" circumstances that satisfy, inhibit, or influence the writing process. The value is entirely different from the entertainment and pleasure driven by spectacles, but rather lies in enabling and explaining the profoundly difficult and mystified act of creation.

Keywords: writer; creating process; cinematic redemption

你会发现，这个随着手柄转动而发出咔嚓咔嚓声音的小小的新发明，会对我们的生活——作家的生活，带来革命性的影响。

——列夫·托尔斯泰

我有一种预感，有声电影会让最畅销的小说家像默片一样过时。

——F. 斯科特·菲茨杰拉德

在表面上，我们很难想象一种活动，更喜欢或者更习惯于作家将观察和想法变成手稿的努力，而不太习惯或者喜欢电影的表现。写作是最孤独、最安静的劳动，要在枯燥的环境里，花大把大把的时间才行；它的戏剧性效果，大都倾向于困惑、挫折、无意识的压力等内心活动。作家都是放荡不羁、特立独行的人，这种说法只是一种令人敬仰的神话。虽然这种神话一直在资产阶级社会的边缘发挥作用，但好莱坞关注的重点还是各种能为视觉动力提供更多机会的职业。这种偏向还是有例外的情况，包括：陈腐的传记影片，比如《佐拉传》（*The Life of Emile Zola*，1937）；或者电影－产业警示故事，比如《日落大道》（*Sunset Boulevard*，1950）。人们对作家－主角的发展缺乏清晰的类型规划，脑子里总是对这类形象有先验性的商业排斥，最近有一大堆吹嘘三流小文人多么勇敢的欧美电影，如其所是，实在太出格了。在喋血大片和高科技电脑特效当道的时代，作家们都竞相通过警察、太空牛仔和形形色色的（男性）银幕英雄抢占舞台中心。自 1997 年以来，作家，或者更准确地说，创意作者的辛勤劳动，成为近二十年发行的主流新片表现的重点：《长岛爱与死》（*Love and Death on Long Island*）、《王尔德》（*Wilde*）、《莎翁情史》（*Shakespeare in Love*）、《亨利大笨蛋》（*Henry Fool*）、《解构爱情狂》（*Deconstructing Harry*）、《洛丽塔》（*Lolita*）、《酣歌畅戏》（*Topsy-Turvy*）、《第六感女神》（*The Muse*）、《恐惧小说》（*Fear of Fiction*）、《大厦将倾》（*Cradle Will Rock*）、《奇迹小子》（*Wonder Boys*）、《鹅毛笔》（*Quills*）、《寻找弗罗斯特》（*Finding Forrester*）、《成名之路》（*Almost Famous*）、《爱到尽头》（*The End of the Affair*）、《乔的秘密》（*Joe Gould's Secret*）、《杀戮赌场》（*Croupier*）、《夜幕降临之前》（*Before Night Falls*）、《移魂女郎》(*Girl, Interrupted*)。①

虽然这一组影片涉及的类型风格范围很广，从浪漫喜剧到犯罪惊悚再到古装正剧，但它们在制作、营销、主题和人物刻画方式等诸多方面具有一定的相似性。大约有一半是所谓的独立作品，制作预算相对较少，只能争取小部分观众，而知名度更高的电影制片公司的产品则被推定是为了迎合更年长的、更高层次的观众。其中六部影片获得了出版或者产业方面的重要奖项——包括《莎翁情史》获得的多项奥斯卡奖，并且，几乎都得到了评论界的鼎力支持。不出意料地，大部分影片都改编自通俗小说、戏剧或者回忆录；此外，《莎翁情史》和《酣歌畅戏》虽然有原创剧本，但是从现存的戏剧作品中借用、移植了大量的场景。② 因此，作为一个整体，可以说它们借用了文化资本，而这种文化资本不仅源于广义的作家，而且源于具体的作者及其具有鲜明个人特征的创作。在这样做时，它们就把原本毫不相干的电影票房吸引力隐藏在某种特殊的声明中，即确认它们是长期以来岌岌可危的"文学"电影。不管某部电影在财务方面是成功还是失败，这种策略表明了一种分化的产品目标。要把一部文学"经典"搬上银幕，就预示着很多"经典"的价值，比如：复杂的人物描写以及精妙的——不一定是高级的——对话。从修辞的角度看，这种价值的理想完全不同于靠奇观驱动的娱乐和快感。以作家为中心的故事，无论是真实的还是虚构的，其大部分威望在于，它们阐明了创作心灵的"内部"世界与满足、抑制或者影响写作过程的"外部"环境之

---

① 虽然，在这里我只关注那些"严肃地对待写作"的影片，不过，最近还有几部电影，它们宣称自己的主人公也是作家，但我认为打这种幌子是完全不必要的甚至是多余的。例如，在《28 天》(*28 Days*) 里，一个被迫在医院接受毒品和酒精戒断治疗的无忧无虑的精灵声称她自己是一名作家，写作内容却与声明相去千里。在《雪落香杉树》(*Snow Falling on Cedars*) 和《迫切的任务》(*True Crime*) 中，新闻记者职业被纳入了私家侦探电影的套路；对于谜题的解决，写作本身只能忝陪末座。另外，大量由演员扮演的、"非职业的"写作行为出现在《电子情书》(*You've Got Mail*)（电子邮件通信）、《曼斯菲尔德庄园》(*Mansfield Park*)（写信）、《苹果酒屋法则》(*The Cider House Rules*)（编纂地方志）以及《BJ 单身日记》(*Bridget Jones's Diary*) 中。它还是起作用的，比如：作为阐述或者启发、戏剧性预见的源头。在这些例子中，没有哪一部影片把写作的过程或者本体论作为主题来表现，因此不足以支持我在本章所做的分析。

② 在任何指定的年份里，好莱坞文学改编成电影的，通常在 20%～30%。从 20 世纪 30 年代到现在，这个数字都是相当稳定的。参见 George Bluestone, *Novels into Film*, Berkeley, CA: University of California Press, 1957, p. 3；另见 Josh Chetwynd, "Hollywood Re-scripts Book Deals", *USA Today*, June 29, 2000, sec. D, p. 1. 两位作者都发现，年度十佳电影的名单和奥斯卡最佳影片的提名都明显偏爱文学改编作品。布鲁斯通 (Bluestone) 发现，从 1935 年到 1947 年，十佳影片中有 47%都是根据小说改编的；据切特温德 (Chetwynd) 统计，在前 12 年里，奥斯卡最佳影片的提名中至少包括一部改编作品。

间的个人斗争。因此，在某种意义上，这种故事旨在促成并解释深奥难懂的、被神秘化的创作行为。

毫无疑问，最时尚、最尊贵、在文化上最能引起共鸣的文学角色，肯定是小说家。其中有九部不同的影片，都表现了这种职业选择。被阻塞的灵感、外部的干预或者误解，这些使小说家感到痛苦的大同小异的严重问题，在描写剧作家、诗人、记者、电影编剧和歌词作者的电影中，得到了相似的表现。写作可能表现为一种强烈的愿望，主要是未婚的成年男子的追求，对他们而言，浪漫的激情是书写的文本与文本外部纠葛之间共享或者互惠的一种驱动力（只有《移魂女郎》关注的是一个女性作家）。每一部影片都被加上了一些必需的场景：作家为了遣词造句，必须要深思熟虑，踱来踱去，犹豫不决，推敲良久，才能把思想落到纸上。一个看似不起眼的举动——空白的表面突然生气勃勃，一行行文字跃然纸上——实际上这个画面支撑着一个更大的、元主题的话语，关注的是文字与画面、稿纸与银幕之间的关系。

在其中十部影片中，表现写作的画面都增加了一段画外音叙述，通过受限制的，有时是明显主观的第一人称结构渗透进来。故事情境内的叙述者（intra-diegetic narrators）的出现促使我们注意：讲故事的过程明显被设计成了一个正在完成中的文学作品（literary work-in-progress）。典型地，画外音表达的内容经过约定或者暗示，好像与书写的页面是同构的，尽管讲话和书写的时间顺序经常模棱两可，既不是同步的，也不是连续的（在《奇迹小子》中，一个小说家内心的沉思到了结尾时才作为完成手稿的几个片段揭示出来）。

有十三部影片描写了辅助性的作者/作家形象，即一个或多个辅助角色，他们的功能是充当与主人公有关系的对手（《洛丽塔》）、导师（《寻找弗罗斯特》）、手下或学生（《奇迹小子》）、参谋（《第六感女神》）、爱慕对象（《爱到尽头》）甚至活人鬼魂（《乔的秘密》）。尽管他们的作用根据规模和重要性而各不相同，只有作家特有的活动才能产生的“重写本”（palimpsest），不仅强调了创作的主题和作者身份的人际纽带——给一众角色提供讨论创作的痛苦、经济的压力或者艺术与生活的关系（诸如创作技巧、文学影响力之类的话题很少出现在银幕上）等问题的机会，而且可以威胁性暴露主人公在叙事中的主观立场，作为被聚焦的主体或者宣言的重要代表。换言之，增加次要的作者或者艺术上的合作者（像《酣歌畅戏》和《大厦将倾》那样），让一大批影片面对艺术的可靠性、自主性和原创性等议题。可以肯定，这些影片有一个共同的计划，就是要把这种转化过程——把突然想象的念头转变为在商业上切实可行的艺术，或者一个波希米亚的成功故事——进行戏剧化处理，并且赞美这个转化过程。不过，这样做的时候，有些问题，比如书写文本的局限性，作家的视野与文化产品的其他资源或者竞争性资源之间的交流，很可能被纳入潜台词。

还有一个重要的主题，它强调单独的、个人主义的创作所特有的浪漫主义的精神包袱，有时候，它又要破坏这种包袱。其实，它是精英文化和大众文化之间的辩证作用。典型地，大众对通俗小说、电影、电视和流行音乐的热爱，被视为可疑甚至有害的，与经典文学的规范和愿望背道而驰。这种“批评”被建立起来，后来又经常补充，因为事实证明，大众文化与高雅文化议程在根本上是一致的。在好莱坞电影中，从《雨中曲》（*Singing in the Rain*，1952）到《幕后玩家》（*The Player*，1992），媒介特有的自我肯定的各种态度是我们非常熟悉的特点。在这里，文化并置（cultural juxtaposition）的关键是电影与小说散文的关系。电影在当代文学中的地位以及文学在当代电影中的位置像寓言一样清晰可辨。一部分作家电影主张将两种实践和谐地融合在一起，反对用一个的文化功效或者美学优势压倒另一个。它们通过商业性的电影生产支持文学，同时，在运动影像之外，赋予电影建构“复杂的”小说体验的潜力。

在根据当代英美小说改编的电影中，这种寓言式的动态关系是非常引人瞩目的。过去十多年里，这种传奇的敌意（storied animosity）——小说家讨厌把他们的作品改编成商业性的电影，并且指控电影篡夺了小说的文化声誉——已经缓和多了。[①] 像罗素·班克斯（Russell Banks）、迈克尔·翁达杰（Michael Ondaatje）、尼克·霍恩比（Nick Hornby）和约翰·欧文（John Irving）这样的作家，曾经大力宣扬他们如何积极主动地参与电影剧本写作计划，并且衷心地保证最后的结果。诚然，一些文学纯化论者一直在坚持对电影语言的“劫掠”及其叙事的“短板”（shorthand）发表意见。多克托罗（E. L. Doctorow）是一个著名的斗士，他声称电影的前景“正在颠覆语言创作成为我们主要的交流行为……其悲惨的状况，只是比全球变暖要稍好一点”

① 麦特白（Richard Maltby）在排练西奥多·德莱塞（Theodore Dreiser）1932 年版的《美国悲剧》（*An American Tragedy*）时，简要地说明了作家对好莱坞的敌意，见 Richard Maltby, “To Prevent the Prevalent Type of Book: Censorship and Adaptation in Hollywood, 1924—1934”, in James Naremore (ed.), *Film Adaptation*, New Brunswick, NJ: Rutgers University Press, 2000, pp. 79—82.

(p. 3)。[①] 他的攻击及其同伴的抱怨是：很多更年轻的小说家已经抛弃了19世纪的现实主义传统——密集的描述，曲折的人物刻画，多条情节线索——转而支持借鉴电影剧本技巧，进而让他们的著作更受电影制片人和导演青睐。[②]

从另一个角度来说，小说写作和电影写作之间协同配合的潮流，展现了双方明显不同的优势。当小说家把自己沉浸在书中时，他们仿佛也是秘密的电影剧作家；反过来，将他们的作品搬上银幕，他自己也因此得到了回报。他们开发了一部分利益和大众的接受，否则没有办法进入出版界。[③] 在年轻一代独立电影作者中，很多人都自己写剧本，或者与他人合作编剧、导演。受独立作者电影的影响，最近，有相当一部分电影与小说家建立了交叉认同，象征性地移用作家的相对自由以及后现代实验性能量的面饰，比如，霍恩比（Hornby）、里克·穆迪（Rick Moody）和杰弗里·尤金尼德斯（Jeffrey Eugenides）。[④] 无论电影还是文学，它们讲故事的天赋（特权）惬意地结盟，

---

① 据斯密斯（Dinitia Smith）报道，多克托罗在一次关于好莱坞改编作品的讨论中，也发表了类似的贬低言论，参见 Dinitia Smith，"Novelists get Back at Hollywood, Mostly Gently"，*New York Times*，September 25，1999，sec. B. ，p. 9，p. 14. 他最近的小说 *City of God*（New York：Random House，2000）对著作和电影进行长篇累牍的比较，进一步延伸他关于电影的奇谈怪论。

② 路易斯·科尔（Lewis Cole）既是作家，也是剧作教授，他早就对电影语言的小说化趋势进行过睿智的概述，见 Lewis Cole，"Condense, Simplify, and Dramatize in Screenplay Culture"，in *The Nation*，November 4，1991，560－564. 虽然这个论点最近才得到较多关注，但它至少和埃德蒙·威尔逊（Edmund Wilson）1941年的著名文章（"The Boys in the Back Room"）一样古老，他在文中责备斯坦贝克（Steinbeck）的《愤怒的葡萄》（*Grapes of Wrath*）屈服于好莱坞的叙事，断言"小说家似乎要有意或无意地走一段路去见电影制片人"。文章重刊于 *A Literary Chronicle*，*1920－1950*（Garden City，NY：Doubleday Anchor Books，1956），p. 231.

③ 托尼·莫里森（Toni Morrison）的《宠儿》（*Beloved*）的命运，就是一个关于图书读者与电影观众严重不对等的例子。这部小说在被选入奥普拉读书俱乐部（Oprah Book Club）后，从1989年至1997年期间的销量达到了5000000册；以好莱坞的标准来看，1998年的电影改编完全是失败的，但它在首映周末的观众人数大大超过了小说的全部预计读者人数。出版商以前所未有的方式挖掘电影观众对严肃文学的潜在兴趣，除了使用剧照和标语这些熟悉的套路，还出版了一本文集：*Writers at the Movies:26 Contemporary Authors Celebrate 26 Memorable Movies*（New York：Harper Perennial，2000），邀请像巴恩斯（Julian Barnes）、库弗（Robert Coover）和穆迪（Rick Moody）这样的小说家来讨论那些从某种意义上反思作家自我追求的电影，从而鼓励影迷寻找新的、可能相容的文学经验。另一件有趣的事情是，约翰·欧文（John Irving）对电影处理《为欧文·米尼祈祷》（*A Prayer for Owen Meany*）的方式感到非常恼火——无可厚非，他要求并且得到了改变标题和重新命名主要人物的机会，但他也将他的剧本创作写成了一本畅销回忆录《苹果酒屋法则》（*The Cider House Rules*）。

④ 遗憾的是，正如罗伯特·斯塔姆指出的，作为原型的小说和根据小说改编的电影很少在美学方面进行同等的创新。确实，最近根据后现代小说改编的大部分电影"借鉴了小说的发明，而自己却没有提出新的电影形态"，见 Robert Stam，"Beyond Fidelity：The Dialogics of Adaptation"，in James Naremore ed. ，*Film Adaptation*，New Brunswick，NJ：Rutgers University Press，2000，p. 73.

在这些电影中——主人公本身就是作家——呈现出一种明确的反身性特征。

《长岛爱与死》是理查德·克维特尼奥斯基（Richard Kwietniosky）根据吉尔伯特·阿黛尔（Gilbert Adair）1990年的小说编剧和导演的影片，表达了一种渴望和解的强烈愿望：上层资产阶级的小说与表面上最低级的大众电影——难登大雅之堂的B级青春片——相互和解。贾尔斯·迪亚斯（Giles De'Ath）是一个刻板、自视甚高又过于迂腐的英国小说家，他正打算去电影院去看一部根据福斯特（E. M. Forster）小说改编的电影。由于不知道电影院里有很多影厅，他懵懵懂懂地进错了门。正当他被影片《热裤学院Ⅱ》（*Hotpants College Ⅱ*）中可笑的内容气得准备离去之时，突然瞥见了银幕上那个年少的“万人迷”，少年男子的青春与美丽让他心悸，带给他生命中前所未有的震撼。这个少年让他想起一幅画中的美男子。作为一个知识渊博的作家，他以前一直过着近乎与世隔绝的生活，对世事的变迁毫无概念。现在，为了满足自己窥淫的激情，他不得不进入大众文化的底层世界。迪亚斯跑去买那个“万人迷”的画册，剪贴他的照片，收集他的录影带，温习他的每个表情，牢记他生活的每一个点滴，仿佛一个沉迷于偶像崇拜的少年。他因为不再满足于影像而来到纽约的长岛，可笑地介入了演员的生活。像小说一样，克维特尼奥斯基的影片缀满了高尚艺术的典故——莎士比亚、前-拉斐尔派绘画、瓦尔特·惠特曼、香坦·阿克曼（Chantal Akerman）［以前作为批评家时，克维特尼奥斯基曾经为《画面与声音》（*Sight and Sound*）杂志写过一篇博学的分析］——与斯蒂芬·金（Stephen King）、艾克索·罗斯（Axel Rose）以及情景喜剧的引用形成对照。① 主观化的梦境与幻想混合着对好莱坞垃圾类型的模仿与恶搞，甚至作家的潜意识也被大众文化殖民/统治了。迪亚斯与他年轻的新欢谈情说爱，对他在银幕上的表现进行面面俱到的评价。尽管他们的浪漫关系从来没有完成的性爱，但是影片象征性的授权还是具有某种双重效果：即使不太正经的电影，也可以生成一种让审美突然复苏的契机；即使商业电影，也可以成功地重塑经典文学的主题和审美论述。

柯蒂斯·汉森（Curtis Hanson）的《奇迹小子》由史蒂夫·科洛夫斯（Steve Kloves）根据迈克尔·沙邦（Michael Chabon）1995年的小说改编而成，其中注入了类似于文化合作的经验。特里普（Tripp）是一个人到中年的

---

① 吉尔伯特·阿代尔的书在其文化参考方面更加详细，并且更加明确了电影影像的社会力量和个人情色诱惑。该书被宣传为《威尼斯之死》（*Death in Venice*）的改编之作，带有《洛丽塔》（*Lolita*）的影子。小说错综复杂的句法与亨利·詹姆斯有很强的亲缘性，后者和福斯特（Forster）一样，写作同性社会主题，被酷儿理论纳入研究。

“老”嬉皮士、小说家和写作教授，由于对完成一个传统的长篇家庭故事怀有某种恐惧，他鼓励一个有望获奖的学生和老练的文人一起经历冒险——沙邦所谓的“酗酒行为和无所畏惧的生活”（Chabon，1996，p. 132）。在大学里一年一度的文学节（Wordfest）活动期间，小说家、他的编辑、学院的同事和学生一起分享关于黑人音乐、棒球尤其是好莱坞电影的神秘知识；作为艺术角色的榜样，道格拉斯·西尔克（Douglas Sirk）和乔治·桑德斯（George Sanders）在这个有共同兴趣的小团体里获得了高度评价，被誉为海明威或者福克纳。与《长岛爱与死》相反，电影或者电视节目不知天高地厚地嘲讽特里普纠结的浪漫想法和职业性的创作苦恼。如果说情节剧和歌舞片给个别场景带来了非常贴切的情绪处理，那么总体叙事结构则开发了 20 世纪 30 年代疯狂喜剧轻松愉快的动作和连续不断的插科打诨。和其他地方一样，这里的重点在于随着先前完全不同的文化模式之间界限的不断瓦解，文学和电影之间假想的对抗性隐约显得毫无用处，仿佛是在假充内行。现在，“文学节”成了“影像节”（Imagefest）。影片的开场镜头为它们（文字和影像）之间的互惠合作设置了一个微妙的视觉象征：主人公用画外音朗诵了一个学生的故事中的一句话，随后突然转换成第一人称的阐述，摄影机采取复杂的运动和机架调焦，从朦胧的空白银幕转换到特里普手里的稿纸，再转到旁边的窗户对手稿的反射/映像。① 与此同时，声轨上鲍勃·迪伦（Bob Dylan）的原声音乐“Things Have Changed”逐渐淡入背景。这种效果就是要混合书写文本、电影影像和流行歌曲的基本资源。到《奇迹小子》结尾时，受到围攻的小说家已经删掉了 2600 页的作品，转而支持我们刚才讨论的电影故事，它的风格与可及性（accessibility）支持同好莱坞电影和流行音乐毫无保留地结盟。

在《爱到尽头》中，重点则完全不同。内尔·乔丹（Neil Jordan）根据格雷厄姆·格林（Graham Greene）的小说改编的这部影片，较少面对高级文化和大众文化的对立，而更加关心形而上的难题。愤世嫉俗的无神论小说家莫里斯·本德里克斯（Maurice Bendrix）试图通过写作来驱散心魔——叙写他和一个朋友的妻子刚刚结束的一段战时爱情故事。他把自己的冒险戏称为“憎恨的日记”。作家面对自己的作品及其活生生的主体（前情人莎拉）时有点自我毁灭性的矛盾情绪，乔丹调动了各种力所能及的主观效果，从大范围的画外音叙述到视点镜头角度再到闪回中的闪回。不能或者不愿把艺术与

---

① 如其所是的优雅，这种关于页面/银幕的修辞，以略微不同的方式出现在《爱到尽头》《鹅毛笔》《莎翁情史》中。这起源于大制片厂黄金时代无数电影改编作品开头显示演职员表的段落，并且在《公民凯恩》中达到了巅峰，例如，画面从 Thatcher 的手稿溶入 Charlie 在雪中玩耍。

生活分开，本德里克斯逾越了福楼拜著名的格言，不仅在他自己虚构的世界里扮演上帝，而且试图全面掌握莎拉的真实生活。他雇了一名私家侦探来跟踪她的行动，最后偷了她的日记本，里面记载了另一个版本的终止他们情事的重要事件。

格林探索了一种美学兼及神学的问题（aesthetic-theological problem），乔丹又以出人意料的方式进行延伸。作家对写作素材的控制只是自由意志的问题吗？或者，如果不是命中注定的，也是受外部力量塑造的？这本书做出了一系列隐喻性的比较和对照，作家的写作行为通过情人无助的感情不断继续："我渴望做爱，就像一个作家渴望写完他书中的最后一句话"；"我的心是一张白纸，有人要在上面书写幸福的事情"（Greene，1999，p. 11，p. 70）。作家和情人共处于一种权力与顺从交织的渴望状态。在一定程度上，他们都被迫表现或者重视自己私下无法摆脱的执念。在格林著作的后半部分，叙述者抑郁消沉的事件描写以及他的情绪反应，都被莎拉日记中的记述打破了。除了她深藏的故事，同样的事情也发生在电影中，通过多种叙述渠道呈现：日记的影像，本德里克斯阅读日记选段的声音，莎拉自己的画外音，用闪回上演的已经是从本德里克斯的视角看到的意外事件，用不同视觉语言编辑的镜头。此外，那个私家侦探，所谓"真相"报告的作者，通过他自己对基本事实的表达完成他的回忆。因此，本书意义明确的，或者最坏也是对位的权威的效果——其他人的声音试图插入，一直受到作家主观意识的压制——被影片用大杂烩式的（有时冲突，有时累赘）叙事破坏了。

大卫·波德维尔（David Bordwell）坚持认为"拟人化的叙述者最终必然要被影片的总体叙事进程吞没，这个过程不是他们制造的"（1985，p. 61）[①]。然而，在《爱到尽头》中，正如在无数黑色电影（*film noir*）的例子中——格林的小说从这类电影中受益良多——叙事权威的分散，是为了突出叙述者/主人公为了争取控制权而进行的斗争，正如它所破坏的一样。没有迷失方向，只有通过局限和盲点的形成，叙述者的功能才变得更加关键。从这个意义上讲，从小说到电影的转换，进一步质疑了个人自主（individual autonomy）的重要主题。通过颂扬作为历史主体的格林，乔丹给竞争性的资源和互本文（intertext）增加了一层结构。格林是一位热情的影迷、评论家、电影合作者，他的很多著作都已经被搬上了银幕——包括几部重要的黑色电影，《爱到尽头》是他最具自传性质的作品，同时也是最明显的现代主义小说。事实证

① 还可参见 Edward Branigan，*Point of View in the Cinema*，New York：Mouton，1981，pp. 40—49.

明，乔丹作为一个导演，对《疯狂的爱》（*l'amour fou*）情有独钟，迷恋它的精神，信仰超自然的力量。他声称自己与格林精神相通，尊敬作家后来的宗教信念，不惜放弃自己先前作为人文主义者的怀疑精神。当然，乔丹"转变"的工具就是电影，它天生更具穿透力以及分散的叙事结构。在这个过程中，格林苦苦思索、自我指责的实践，被转换成一个电影－现代主义者的镜子房（film-modernist house of mirrors），里面的叙述者、作者、类型和历史阶段，都在反射的平行角度相遇了。

在近期的作家电影（writer's film）中，至少可以发现两种基本的内在效度（internal validation）：全面肯定电影作为高级文学价值的伙伴、文化搭档或潜在的救世主；更个人化的或者范围有限的为具体作家、艺术规则或者产业实践保驾护航的潜在议程。阿尔伯特·布鲁克斯在电影《第六感女神》中的编剧，就像《解构爱情狂》中伍迪·艾伦的小说家一样，参与一场为了博取同情而不加掩饰的自传式"竞标"，围绕自我贬抑、滑稽的小冲突、市侩的品位以及不合理的商业期待展开。布鲁克斯与莫尼卡·约翰逊（Monica Johnson）联合编剧的影片，描写了一个既没有合同又没有畅销点子却在电影制片厂揽活的文人。受一个事业有成的朋友怂恿，他雇用了一个要求很高的缪斯，据说，她的血统可以追溯到古希腊的守护神。他发现，灵感的确是变幻无常的、不断耗散的，并且在很大程度上是偶然运气的产物。正如罗伯特·斯塔姆告诫我们的，"对于小说，物质基础的问题只有到了发行阶段才出现，而在电影中，这些问题早在文本生产阶段就进场了"（Stam，2000，p. 56）。因此，《第六感女神》在炫耀那些戏剧化的关于创作本质的陈词滥调时，不断受到商业压力的干预和打击。追求物质利益的念头，被证明类似于没完没了的体外射精（coitus interruptus）。这个作家听取了缪斯的每一个想法——从蒂芙尼的装饰品到美食再到豪华的四季酒店，但始终没有找到迷狂的灵感。在西方文化中，艺术"迷狂说"与艺术成果的联系源远流长。问题的关键不在于编剧家缺乏文学作者令人振奋的自由，而在于受当前大众娱乐体制的影响，自主创作的神话变成了空话。

菲利普·考夫曼（Philip Kaufman）的《鹅毛笔》，由道格·莱特（Doug Wright）根据自己的舞台剧改编而成，描写一种更有限、更急迫的争论。当萨德侯爵被关进沙伦顿精神病院之后，面对日益严厉的舆论压力、权势迫害与身体折磨，他继续写作那些令人丢脸的小册子。他得到了天真纯洁的乡下洗衣姑娘的大力支持，她把他的作品偷偷带出精神病院，拿到穷街陋巷里廉价出版。新任命的监管者言不由衷、滔滔不绝地对萨德的性变态进行宗教谴责，却掩饰自己在惩戒行为中获得的色情快感，以及对年轻妻子的残酷折磨。萨德被“打扮”成一个文学自由的战士，一个为自由表达事业献身的殉道者，他疯狂地写作，在一定程度上是为了替代性地践行他所描写的行为。影片的文化政治非常清楚。保守派的批评死灰复燃，攻击好莱坞向观众特别是年轻人宣扬性欲和暴力。这时候，考夫曼对经典作家的激烈捍卫，本质上是在捍卫电影表达的自由，要求开放地表现情欲，与色情暴力中被过度压制的放纵遥相呼应。虽然《鹅毛笔》张扬某种反独裁、反审查的策略，但还是难免痛苦的矛盾——至少，它对性欲的展示，隐含着精明的商业考虑。虽然如此，它强大的锋芒，仍是给投机主义的官僚预备的，他们悄悄变卖萨德死后留下的手稿并且从中牟利。

《鹅毛笔》是六部作家电影之一，它们利用文学史，是为了以寓言的方式诠释当代议题以及艺术创作的社会动力。在由汤姆·斯托帕德（Tom Stoppard）和马克·诺曼（Marc Norman）联合编剧、约翰·麦登（John Madden）执导的《莎翁情史》中，伊丽莎白时代的戏剧与当代电影之间的联系多得难以忽视。戏剧文学在向舞台表演飞跃时，给文学近亲提供的机会是小说得不到的。实际上，对巴德（Bard/诗人）的这种描写，如此彻底地现代化和去神圣化，非常适应市场的敲打和抵制，以至于莎士比亚可能被误认为是穿着天鹅绒无袖上衣的阿尔伯特·布鲁克斯。另外，舞台和银幕之间的滑移是一条双行道，当他们把莎士比亚式的戏剧还原为大众的娱乐时，蕴涵着电影革新的方法。剧院被歌颂为城市的竞技场，可以暂时地搁置演员和观众在阶级、年龄、职业、性取向等诸多方面的差异。剧院被称为1593年的“梦工厂”，里面充满了狡猾的出品人、强势的放款人、两败俱伤的对抗（莎士比亚和克里斯托弗·马洛之间友好的竞争），以及为了票房成功的帕特公式：“行动、罗曼司、喜剧……狗”——电影本身又增加了裸体、仰面朝天的丑态和卡通的恶行。

与斯托帕德在早期戏剧《君臣人子小命呜呼》（*Rosencrantz and Guildenstern Are Dead*）中采用的方式差不多，《莎翁情史》为《罗密欧与朱丽叶》（*Romeo and Juliet*）的叙事和主题的起源编织了一个复杂的幕后故事。在它的核心，有一种关于语言的结论：传神的语言可以激发强烈的情感，既然这样，直白地说，意味深长的语言可以创造浪漫爱情的条件。[①] 创造性的劳动，被证明是个人乃至集体进步的根源。在这里，剧作家最初因为缺乏

① 斯托帕德（Stoppard）最近一部戏剧的题目《爱的创造》（*The Invention of Love*）也适用于这部电影。

浪漫的刺激所以失去了创作的灵感，后来发现他的“鹅毛笔”的潜力不是商业性的要求，而是他的“女主角”表达爱慕的情话。不过，伊丽莎白时代的爱情小说和现代电影传统之间的相互作用——最根本的，莎士比亚和暑期大片的互换性——充满了免责声明和特殊的请求。不是每一种电影化的奇观都当得起伊丽莎白时代的遗产。无缘无故的暴力——以约翰·韦伯斯特（John Webster）青春懵懂、随心所欲的残酷行事为代表——被暗示有悖于人文主义的价值以及相应的社会凝聚力，并且归咎于莎士比亚的作品。此外，一点点民族主义的沾沾自喜，将17世纪的剧院以及伦敦的环境（滋养了剧院）与特别“文学的”银幕戏剧和雄辩的语言表现的英国传统联系起来了。

迈克·利（Mike Leigh）的《酣歌畅戏》也把故事背景设置在伦敦的剧院世界，虽然缺少乌托邦的社会要求。尽管《莎翁情史》的主人公接受了马洛提出的建议，照搬了一个街头巡回传教士的对话（a plague on both your houses），认真听取了戏剧密友的要求，但他基本上演的是一出独角戏。相反，迈克·利关注吉尔伯特（W. S. Gilbert）以及他和作曲家亚瑟·沙利文（Arthur Sullivan）之间有时烦躁易怒的关系，但重点还是放在全体合作/合奏的艰难过程上面。吉尔伯特不是完美无瑕的浪漫天才，而是一个复杂的、并非完全没有同情心的人：好奇、压抑、专制、没有安全感、受到厌女症和种族优越感的困扰。不过，这是维多利亚时代的通病。他那些孜孜不倦地排练的专注投入而且颇有才华的表演者们，也饱受酒精、毒品、双性恋和种族主义的折磨。《酣歌畅戏》平衡了私人和公众产品的重要性，揭示了由自传性因素和历史因素密集交织的网络，预示着像《天皇》（*The Mikado*）这样的格局有多么适应我们的文化，以至于它现在好像完全是透明易懂的。某种反身性的互本文指向了迈克·利自己具有充分证据的电影导演方法，一种劳动密集的战斗，为了民主社会的戏剧探索。就此而论，吉尔伯特和沙利文的戏剧过程的当代意义——包括演员、编舞者、服装设计师、剧场老板等——也是它并行和背离导演的美学理想和政治基础的方式。他的电影，像吉尔伯特的剧本一样，必然会反映、重申甚至潜在地抵制主流的意识形态。一定程度上，迈克·利有意识地暴露了被维多利亚剧院强加的社会关系，同时也含蓄地承认电影蕴含着盲目生产反动价值的可能性。

《乔的秘密》从一种更熟悉的、波希米亚的视角讨论电影和文学史的关系，由霍华德·A. 罗德曼（Howard A. Rodman）根据约瑟夫·米切尔（Joseph Mitchell）的两篇署名人物小传——发表在《纽约客》（*The New Yorker*）杂志上，时间相隔25年——改编而成，导演是斯坦利·图齐

(Stanley Tucci)。影片是关于两个作家的故事，他们有不可思议地相似的抱负，但他们的生活完全不搭调。米切尔作为新闻记者的职业优势需要密切观察纽约的边缘亚文化：吉卜赛人、街头颓废派、奇异收集者、酒吧男招待、脱衣舞者、“已经如此和可能已经如此以及将会如此的人”（the has-beens and might-have-beens and the would-bes）。利用第一人称的视点技巧、画外音叙述和嵌套的回忆，影片详细叙述了米切尔本人与一个贫嘴的、邋遢的格林威治村“异类”（misfit）乔·古尔德的纠葛。这个异类只能靠当地艺术家们的一点点“捐赠”生活，并且因为他自己数百万言的城市生活“口述史”而爆得恶名。古尔德的一切都不同于米切尔：逞强好胜、无法无天、穷困潦倒、完全不值得信赖并且可能精神错乱——除了古尔德难以释怀的事业与米切尔的写作，在内容和风格上有明显的相似之处（乱得一团糟的长篇对话，相信普通人的电影是历史纪录的“秘密”）。[①] 此外，米切尔承认想开创一种城市小说，完全存在于他的想象中，就像古尔德的幻想曲一样。

罗德曼和图齐拓展了米切尔故事的结构，纳入了作家稳定的家庭生活，其中一个关键的要素，就是他妻子作为一个城市街头风景图片摄影师的创作。他们还扩展了画家艾丽丝·尼尔（Alice Neel）的角色，画家对波希米亚形象的描绘，堪称另一种非正式的城市档案。这两个角色强调了开篇用“新纽约城”影像资料汇编而成的蒙太奇所表达的东西：电影不仅补充了用文字书写的历史叙述，而且可以吸收并融合散文、同期声、绘画以及图片摄影的特点。说来奇怪，《乔的秘密》的语调乐观而轻佻，坚信电影具有超越审美界线的能力，与米切尔写的人物小传截然相反，后者几乎是文学失败、自我欺瞒、心不在焉、晦涩难懂的堆积。

也算是结论吧，简略地关注一下近期的欧洲艺术电影，肯定大有裨益。对于逐渐淡化的传统而言，欧洲艺术电影无异于一首安魂曲。与吉勒·托朗（Gilles Taurand）合写并由劳尔·鲁伊斯（Raul Ruiz）导演的，根据马塞尔·普鲁斯特（Marcel Proust）的《追忆似水年华》（*Remembrance of Things Past*）改编的电影《重返岁月》（*Time Regained*，1999），摆脱了最近给欧美的作家电影赋予生气的商业切望和宗派理由。也许，因为这种相对

---

① 米切尔的作品以更精确的文学形式牵线搭桥。他长篇累牍地引用古尔德漫无边际的独白，显示米切尔文章风格中同样的句法、节奏和列表倾向；参见 Joseph Mitchell，“Professor Seagull” & “Joe Gould's Secret”，in *Up in the Old Hotel*，New York：Vintage Books，1993，pp. 52—70 and 623—716 respectively. 缺乏同样的话语工具，图奇却通过交叉剪辑、大量使用中景镜头以及偶尔从米切尔滑到古尔德的画外音朗读，创造了视觉上的平行性。

自由的必然产物，并且坚持原小说的历史背景，影片的寓言性完全专注于电影的本体论。作为对现代主义写作与电影相互依赖的一种调解，《重返岁月》含蓄地将孪生的现代小说和电影与1995电影百年纪念的余波联系起来。普鲁斯特的小说通常被认为对电影改编既无动于衷又有求必应。正如鲁伊斯先前作品清楚表明的，电影最适合捕捉普鲁斯特像迷宫一样缠绕的语言刻画的错综复杂的时间、想象与记忆。鲁伊斯通过顺滑绵延的镜头运动，唤起反复无常的记忆，实现了普鲁斯特式意识结构与连续飞逝的生动电影画面之间的相似性。在很多镜头中，单个镜头运动结合了不同的第一人称时间结构，就像普鲁斯特在一个句子中变换时态一样——正应了亨利·詹姆斯（Henry James）那句轻蔑的调侃："我"令人恐怖的流动性（the terrible *fluidity* of the "I"）。

马塞尔的角色被认为是典型的摄影机眼睛，他在颓废的环境里随意移动，身体上是分离、超然的，但心理上是投入、交织的。正如马塞尔断言往事的美与意义，同时承认往事的参与者下贱的动机，鲁伊斯称赞电影就像蓄水池，既是私密幻想和大众想象的源泉，也是倾倒20世纪记忆中有毒废物的场所。大量对法国文化非常巧妙的互文性参照，使立体主义和超现实主义绘画风格与雷诺阿、布努艾尔和阿兰·雷乃的共鸣相得益彰。但是，正如鲁伊斯电影中常见的情况，其中也有一些过于夸张的多愁善感和稍嫌荒谬的叙事策略，与电影情节剧和其他类型公式不无关系。

从历史的角度看，电影主张一种新的时间观念秩序——处于19世纪晚期哲学和科学探索前列的范畴——这是现代主义小说要不断开拓的。根据艺术史家阿诺尔德·豪泽（Arnold Hauser）的说法："电影的技巧方法和时间概念的新特点非常和谐一致，以至于让人觉得：所有现代艺术的时间范畴，可能都起因于电影形式的精神。"（1951，p. 253）[①]《重返岁月》承认电影与文字之间长期富有创造力的交流——尤其是所有的作家电影共同面临的个人主观表达的困境，以及为了让人们"看见"在作家脑海里闪过的念头而坚持不懈的努力——同时也表明了两种媒介固有的一些重要局限性。需要特别指出，被完满的视觉幻想掩饰的，以及相应地通过视觉幻想所表现的，正是普鲁斯特在追忆往昔时采用的非常卓越的触觉、嗅觉以及其他相互关联的感官印象。前面讨论的那些电影，对文字与影像的联姻持乐观主义的态度。相对而言，由于受到电影另一面的阴影世界（有害的现实）的困扰，鲁伊斯的影片就对

---

① 基思·科恩（Keith Cohen）在其有益的长篇研究报告中阐述了豪泽的见解，参见Keith Cohen, *Film and Fiction*, New Haven, CT: Yale University Press, 1979.

此有所保留。尽管随着时间的推移，文字和影像之间的相互接受会日益增强，虽然电影不言而喻地承诺会通过连续变换的影像实现对文学的救赎，但还是有很多小说一直在探索的经验领域（realms of experience）是电影无法触及的。正如鲁伊斯的让步，承认这一点，对两种媒介都更有好处。

引用文献：

Bordwell，D.（1985）. *Narration in Fiction Film*. Madison：University of Wisconsin Press.

Chabon，M.（1996）. *Wonder Boys*. New York：Picador USA.

Doctorow，E. L.（1999）. Quick cuts：The novel follows film into a world of fewer words，*New York Times*（March 15，1999），sec. E.

Greene，G.（1951/1999）. *The End of the Affair*. New York：Penguin Books.

Hauser，A.（1951）. *The Social History of Art*，vol. 4. New York：Vintage Books.

Maltby，R.（2000）. To prevent the prevalent type of book：Censorship and adaptation in Hollywood，1924－1934. In James Naremore ed. *Film Adaptation*. New Brunswick，NJ：Rutgers University Press.

Stam，R.（2000）. Beyond fidelity：The dialogics of adaptation. In James Naremore ed. *Film Adaptation*. New Brunswick，NJ：Rutgers University Press，2000.

作者简介：

保罗·亚瑟，蒙特克莱尔州立大学英语和电影研究教授，*Film Comment*、*Cineaste in French Cinema*、*Quarterly Review of Film and Video* 等期刊的固定撰稿人。

刘宇清，西南大学文学院教授，主要研究领域为电影历史、理论与批评。著有《中国电影的历史审思与当下批评》，译著有《纪录片导论》《让·科克托》《让·热内》《我们何以成为后人类》《电影与伦理》以及《他山之石：海外华语电影研究》（编译）等。

Author:

Paul Arthur, professor of English and Film Studies at Montclair State University. He is a regular contributor to *Film Comment, Cineaste in French Cinema* and *Quarterly Review of Film and Video*.

Liu Yuqing, professor at College of Literature, Southwest University. His major research fields include film history, theory and criticism. He is the author of *Historical Thoughts and Current Criticism of Chinese Cinema*, and the translator of *Introduction to Documentary* (1st and 2nd edition), *Jean Cocteau*, *Jean Genet*, *How We Became Posthumen* and *Film and Ethics*, *Stones from Other Hills: A Study of Overseas Chinese Cinema* (also the compiler).

Email: Liuyq@swu. edu. cn

基于“一带一路”民心相通的文化关系理论及策略新探

庄　严

摘　要： 文化关系体现人类群体为了生存和发展而进行的创造性互动及相互影响。“一带一路”民心相通合作为研究和促进当代国际文化关系提供了新思路。“一带一路”倡议提出了应对时代挑战、参与全球治理、推进改革开放的理论创新与实践探索的中国方案。基于此，本文首先从系统论的视角重新界定文化关系概念，随后分析文化关系的主要类型和特征，进而以“一带一路”合作为例，探讨文化影响力和主体选择之间的角力问题。本文认为，促进国际文化关系是“一带一路”合作的重要目标和手段；建立互利互惠的文化关系重在以新型人文关系为纽带共同应对全球挑战，推动构建人类命运共同体。

关键词：“一带一路”倡议　民心相通　文化关系　人文合作

New Theories and Strategies of Cultural Relations Based on People-to-people Connectivity in Belt and Road Cooperation

Zhuang Yan

Abstract: Cultural relations reflect human communities' creative interactions for survival and development. People-to-people connectivity in the Belt and Road cooperation provides new ideas for studying and promoting contemporary international cultural relations. The Belt and Road Initiative expresses China's proposal for coping with new challenges of the time, engaging in global governance, and enhancing theoretical innovation and exploratory practice for China's reform and opening-up. In this context, this article first redefines cultural relations from the perspective of system theory, and then discusses their major types and features, so as to explore the wrestling between cultural influence and actors' choices with the examples of the Belt and Road cooperation. This article concludes that promoting international cultural relations is a vital aim and measure of the Belt and Road cooperation; reciprocal cultural relations emphasize coping with global challenge with new bonds of cultural relations, and to promote the construction of a Community of Shared Future for Mankind.

Keywords: the Belt and Road Initiative; people-to-people connectivity; cultural relations; cultural cooperation

文化是人文领域和社会科学研究中最基本的概念之一，它指涉一种集体范畴（Den Boer，1995，p. 62），既包含同质和区别的共存，又涉及变化与不变的辩证关系。如果说，文化是“一种历史的、哲学的文本”，那么它也是“一种政治冲突的场所”。（Eagleton，2000，p. 19）从文化研究的理论视角来看，在全球化的语境中讨论“思想、文化和历史”的“权力组合”（吉布森，2012，p. 223），其实是在一个更大的开放场域中讨论各个文化共同体之间的主体间性。正如入江昭所述，一个国家就是一个文化系统（cultural system），而国际关系就是由这些文化系统交织而成的。（Iriye，1979，pp. 115—128）文化的产生、发展、表达和交流等归根到底是关系性的，是人类在一定的时间和空间中进行的具有创造性的群体实践。因此，文化关系本身也是人类社会关系的一部分，体现人类群体在生存和发展过程中的创造性互动状态。秦亚青也曾指出：“如果将世界看做社会性存在，将国际关系和跨国关系视为社会关系，那么，文化研究必然成为世界政治学中不可或缺的内容。”（2005，p. 172）笔者认为，这与其说是在讨论国际关系或国际政治研究的新范式，不如说是为文化关系的研究指引了跨学科的思路和方法。

由于涉及文化的问题大多边界模糊，诸多元素交错叠加，不确定性强且影响因素众多，加之动态性、多样性和偶然性是文化问题自产生之时就具有的特殊属性，为了减少由于不确定性或模糊性造成的分析偏差，我们只有划定了研究对象的理论观测范围，确定相关的分析条件并设定测评行为效度的理论标准，才可能捕捉到那些易被忽视但在一定的条件下确实存在的规律。

在这样的语境中，本文以“一带一路”民心相通合作和建设实践作为研究背景和语境，基于“一带一路”民心相通事业中已达成的丰硕成果（郭业洲，2018）和前辈研究者们富有见地的研究思路及观点，通过重新界定文化关系的概念、主要类型和特征，以“一带一路”合作为例，探讨文化影响力和本土文化对外来文化的选择等问题，以期为“后疫情”时代的全球治理和国际人文合作提供一些新的观点和研究思路。

2020年，新型冠状病毒肺炎疫情叠加世界百年未有之大变局。全球疫情导致国际人文交流与合作难以通过旅行及亲历造访等传统方式展开。人类社交途径和全球优先事项的变化使国际人文关系的有效推进成为一个新的现实难题和在这个特殊时期极易被忽略的问题。在“后疫情”时代，如何夯实文化间关系、建立新的人文纽带、筑牢国际合作的民意和社会基础？在“一带一路”国际合作的框架下，如何架设多维通道和桥梁，促进不同文明之间的互学互鉴，同时让各国人文智慧浸润政策沟通、设施联通、贸易畅通和资金融通的工程性架构，进而增加合作纽带的强度和韧性？这些问题不仅直击各类人文互动实践已然面对的现实挑战，同时也为重塑全球治理秩序提出了需要进行长远规划的重要议题。

2018年8月27日，习近平主席在推进“一带一路”建设工作五周年座谈会上的重要讲话中指出，共建“一带一路”正在成为我国参与全球开放合作，改善全球经济治理体系，促进全球共同发展繁荣，推动构建人类命运共同体的中国方案。“一带一路”不仅是经济发展倡议，更是民心相通倡议。中外人文交流的务实合作与理论研究相辅相成。共建“一带一路”需要理论建设、策略讨论和务实行动并驾齐驱，只有这样，才能不断加强“一带一路”合作的系统性和协同性，使“一带一路”倡议的中国方案不仅为各方交流合作提供更为宽广的平台，更为人类应对时代挑战和改善全球治理提供各类高质量的公共产品。

一、文化关系概念的界定

国之交在于民相亲，民相亲在于心相通。“一带一路”民心相通合作所提倡的“共、情、实、容”[①] 观念，一方面反映了中国新型人文外交思路的目标、方向、责任感和担当，另一方面反映了中国方案提出的以互学互鉴和互

① 详见宋涛：《同筑民心之桥 共建“一带一路”》，在2017年一带一路国际合作高峰论坛之“增进民心相通”平行主题会议上的主旨讲话，2017年5月14日。http://www. idcpc. gov. cn/ztzl/hylt/zjmxxt/jbzc/201705/t20170512_89728. html.

惠互促为基础的当代国际文化关系新思路。那么，何谓文化关系？

文化关系是人类社会关系的一部分，体现人类群体在生存和社会发展过程中的创造性互动状态及相互影响。从系统存在论[①]的角度来看，人类文化可以从宏观上被定义为一个整体系统；人类在不同时空维度中的多样性文化和表达方式是这一整体系统中的基本元素，即子系统或亚系统。这些子系统在微观上呈现出不断变化的状态或局部发展的趋势，它们使人类文化系统能够在宏观上维持动态平衡，并且在整体上保持延续、进化和发展的态势。因此，“一带一路”倡议中的民心相通合作也可以被视为人类文化关系网络中的一项子工程。

文化关系的系统性源于社会关系的系统性和文化发展本身所具有的系统性。不同文化群体之间通过各种互动途径产生接触并建立联系，进而相互影响，因此，全球化时代的各国、各地区以及每一个人都在以各种方式与外部世界不断发生各种类型的资源交换及信息沟通，文化间的这些互动实践共同构成了人类文化关系的宏观体系。这个宏观体系呈现出人们不易察觉的系统性、多样化的动态性、具有时代特征的创造性和整体上的前进性等基本特征。同时，这个宏观体系的变化趋势和发展潜力一方面受到人类社会中诸多因素之间交互作用的影响，另一方面也对这些影响因素产生反作用。人类文化关系的系统价值正是在这样的交互作用及反作用中得以体现的。基于此，下文将进一步探讨文化关系的属性，为后续的研究和讨论打下基础。

在文化研究理论和现代学术思想中，“文化”几乎可以指涉整个思想领域的成果和人类的所有生活方式及创造物；“关系”更是一种足以体现“存在性”和交互作用的哲学范畴[②]。因此，如果使用科学研究中常用的“属类+种差”的方法来定义“文化关系”，则可能遇到以下两种难题：一来有可能所指过泛，从而导致论述徒劳无功；二来也可能所述过狭，从而导致以偏概全。研究中的这些风险和难点也凸显了界定此概念的艰难性和必要性。于是，笔者换从构词法的角度重新审视“文化”和“关系”这两个词。这种方法能够帮助研究者更快锁定文化关系的两个基本属性：一是“文化”的本质属性即

---

① 系统存在论以唯物辩证法为指导，提出从哲学逻辑论证和经验论证两个方面论证“系统是一切事物的存在方式”。详见苗东升《系统科学精要》(2021) 一书，第 40～41 页。

② 古希腊哲学家亚里士多德在他的《范畴篇》里使用了“范畴”这个术语。在这本关于思维的形式和方法的逻辑学著作中，亚里士多德把“关系”和另外几个哲学概念一起，列定为意义广阔的“范畴”(categories)。参见 Aristotle (1991). *Categories* (B. Jowett, Trans.). In J. Barnes (Ed.), *The Complete Works of Aristotle*. Princeton: Princeton University Press.

人文性，二是“关系”表达出的社会性（或关联性）。

此外，这一概念在学术研究和社会实践中的使用情况也能透露出其深层次的属性。早在20世纪30年代，“文化关系”概念就已出现在了欧美一些经济发达国家的机构名称[①]（Cherrington，1939，pp. 136－138）、对外政策文件、行动计划以及一些地区组织（或国际组织）的行动议程中。针对当时出现的那些国际互动新现象和各国政府推动的文化外交实践，各国的政策分析者和研究者依据各自的学术理论背景，对他们所关注国家的对外政策、外交实践及其涉及的理论问题进行了不同程度、多种角度的分析和评述。（Fox，1950，pp. 489－495）有研究者指出，中国学者对国际文化关系问题的关注较早体现于对“文明冲突论”的批判，盛行于对“文化软实力”等问题的研讨。（姜秀敏，2011，p. 5）这些国际互动的实践和理论研究不仅赋予了国际关系中的文化问题愈加浓厚的政治意义和战略意义，同时也引出了文化关系在实践中的深层次属性：价值衍生性（或功能衍生性），即人文因素在不同交往目的之下衍生出的、具有某种功能的附加值。

在国际关系的理论语境下研究文化因素的战略意义或外交作用，虽然在很大程度上扭转了文化问题在国际关系研究中长期被忽视的窘境，但理论体系的局限加之研究者们的观测视角及其研究目标之间的差异，导致关于国际问题中文化关系的研究长期面临诸多问题。其中，最为明显的一个问题就是理论的发展滞后于实践。此外，历史上以征服和霸权为目标的“文化交流”实践还使早期的国际人文关系遭遇了三种“缺失”：第一是文化本质属性的缺失，即人文性往往被某种政治意图或战略意图取代；第二是人（作为文化主体）的缺失，即文化关系不是为人民服务，而是为利益服务；第三是平等互动关系的缺失，即强势文化吞噬弱势文化。结合笔者在上文中对文化关系三个基本属性（即人文性、社会性和价值衍生性）的归纳，也可以发现一个更具讽刺意味的问题，即文化关系其实一直存在于国际关系的研究和实践中，文化关系的价值衍生性和工具性也从未被欧美政治精英们忽视；被他们选择性遗忘的，其实是文化关系最本质的人文属性和各方平等互动的关系。这些历史教训也导致过各种危险，例如用文化关系的衍生功能挤压或淹没它的社会属性和人文属性，使得文化关系在实践中被异化，产生某些本末倒置的后果，进而破坏文化关系中本应保持的平等互促结构。特瑞·伊格尔顿曾呼吁，

---

① 在1938年8月19日，美国国务卿（the Secretary of State）宣布在联邦政府中成立两个新部门，即the Division of International Communication和the Division of Cultural Relations，此举表现出美国当局对于国际范围内交流沟通问题关注度的升级。

是时候让文化回归本位了。本文认为，这一呼吁对于当代文化关系的研究和实践仍有指导作用。对于“一带一路”民心相通合作而言，只有立足于自身的文化自信并且真正尊重对方的文化选择，才有可能形成让对方理解并心悦诚服地接受的话语，以此通过互学互鉴，形成沟通民心和夯实民意基础的真正纽带。

从发生和维系方式来看，文化关系属于人类社会关系中的一个特殊领域。社会学观点认为，文化亦即“人化”。本文认为，当人们在直接或间接、主动或被动、自发或强制等状态下产生或建立起各种文化关系时，文化因素既可能成为文化行为者的目标、资源或媒介，也有可能成为某种信息通道、权力手段或暴力工具；文化关系既有加强相互理解和建立互信纽带的一面，也有引起误解、引发冲突或激化矛盾的一面。因此，文化关系的性质和作用往往直接取决于参与其中的行为者的动机和行动，文化关系的效果也会因置身其中的行为者之差异而不同。从一方面看，文化表达的多样性和现代交往方式的多元化导致了文化关系的复杂性；从另一方面看，人的主观能动性能够在社会文化关系中起主导作用。当然，最基层的文化关系虽然可以被还原为人与人之间的个体交往关系，但它本质上仍然是不同文化群体之间的关系（或不同文化之间的群体关系）。

再结合史学、民俗学、文化人类学和文化社会学领域对于小型地域社会中、不同族群之间人们的文化交流和互动关系的丰富讨论和研究成果，本文已能够对广义的文化关系概念进行理论界定：文化关系，即异文化之间的人们，通过直接或间接的交往方式，借助一定的文化符号或媒介，产生的各种互动和建立的各类联系的总和。这一定义包含了建立和维系文化关系的四组基本限定因素：一是异文化之间的人们，二是直接或间接的交往方式（包括途径和方法），三是文化符号或媒介，四是互动和联系。经过进一步抽象概括，上述因素还可以被概括性地归纳为“主体、方式、中介、状态”四个方面，这些也是文化关系实践中的四项基本要素。

需要进一步指出的是，在各种文化关系中起决定性作用的要素是文化行为的主体，即人（以及由这些人组成的群体），而非文化的多样化表达方式或沟通途径。参与各类文化关系的人作为行为者（actor）使不同的文化符号和资源扮演了不同的“社会影响力角色”。这些文化行为者有意识或无意识地设定了他们的行为目标，对他们的行动方式做出了战略性选择，这使文化因素能够通过各种媒介和不同的符号形式出现在跨文化交流或国际事务中，进而产生各种作用或影响。譬如说，在文化交流与互动过程中，一些文化资源可能被塑造为特定文化族群、团体的符号象征或表意媒介，意在强化“我者”的辨识度，区隔“他者”；另一些文化资源可能被用作互动机制中的润滑剂或合作平台，通过一定的信息运作模糊原有的差异或边界，进而吸引“他者”；还有一些文化资源可能被赋予“规范性”的价值意义，意在彰显“我者”、改变“他者”。因此，文化表达的多样性和人们行为的目标差异性促生了人类文化关系类型复杂的多样性和差异性。当代全球化已呈现出融杂性（皮特尔斯，2016，p. 61），对于“后疫情”时代的“一带一路”民心相通而言，只有清楚地把握了这些推陈出新的多样性和变化，准确判断各种人文关系的类型及其特征，才能有效地运用各类人文资源，因地制宜地建好民心相通的桥梁。

二、文化关系的主要类型和特征

为了确保理论研究中的概念表述和对象所指具有相对的一致性，基于上文对文化关系的定义，笔者以建立和维系文化关系的基本要素作为划分因素，从文化关系的参与者、互动途径、状态及效果三个方面对文化关系的主要类型进行了大致划分。需要说明的是，下文对文化关系所进行的划分主要是为了对研究对象进行有效观测和讨论而提出的一种理论分析方法。这绝不是要对各种文化关系类型进行限定，也无意对文化关系的差异性做绝对化的描述。这些理论分类仅是研究中的一种辅助手段，其目的在于：尝试建立一套考察和讨论文化关系的理论标准，以此设立不同研究阶段的观测范围、角度及重点，为后文及后续研究提供一些相对显著且具有代表性的观测点和参考。

1. 按文化关系的参与者划分。

按参与文化关系的行为体及互动对象的数量可以进行如下划分：个人对个人、个人对群体、群体对群体等不同文化主体之间的交流互动类型。其中，文化群体既包括国家、国际组织、跨国机构，也包括民间的文化机构和团体等。在此基础上，按参与方的组合关系还可划分为双边或多边文化关系。如果按互动对象的优先级别，也可划分出优先性的文化关系和次级（或伴随性、从属性、衍生性的）文化关系。另外，如果文化主体之间的身份属性、交往目标或关系优先性不对等，还会产生一些“互动对象层级不对等”的文化关系，例如主权国家发起的与非国家行为体之间的互动，又如跨国机构（或民间组织）发起的与非组织性的个人之间的互动等。

按文化共同体的产生方式和相互差异可以进行如下划分：同源文化间的文化关系或非同源文化间的文化关系，对抗性的文化关系或非对抗性的文化关系，“原初差异可逆”的文化关系或“原初差异不可逆”的文化关系等。若按文化行为体在文化关系中的作用程度和力量对比划分，还可以分为“力量相互平衡”的文化关系或“力量不平衡”的文化关系等。

2. 按文化关系的互动途径划分。

按文化关系的互动途径可以进行如下划分：直接互动关系和间接互动关系，前者是指人们通过“面对面”的传统接触方式建立的文化关系，后者是指通过“中介辅助”而非直接接触方式建立的文化关系。随着信息与通信技术（ICT，information and communication technology）的发展，借助图书、音像制品、互联网和新媒体等各类媒介辅助建立的文化关系已极大地拓展了国际文化关系的实现手段和空间范围。虽然传统的文化关系更强调人与人直接接触的必要性，但在新冠肺炎大流行对人类生命安全形成直接挑战时，通过互联网平台进行的语音和视频交流成为全球“社交阻隔”期的主要互动途径，各类“云端”会议、研讨和交流以非传统的互动方式维系了全球互通。

此外，从发生、发展的目的及条件来看，文化关系还可以分为：通过民间的社会交往自然发生（或衍生）的文化关系，以及经过某种战略选择而建立的文化关系。从互动途径的规范性或机制化程度来看，既有机制化的文化关系，也有非机制化的文化关系。前者例如政府间官方机制下推进的人文合作项目，以及一些由国际组织、地区组织、行业团体或跨国机构推动的项目型的文化关系。后者既包括国家间外交性质的文化关系，也包括民间自发的文化交流和互动。自发性质的民间文化交流自古以来就存在，在人类文明发展史和文化交流史中占有一席之地。这类民间往来的影响力虽然有限，却是世界文化关系中不可忽视的一部分。需要指出的是，机制或项目性质的文化关系比各国民众自发产生的松散民间文化关系具有更强的目标性和功能意图，所以对它们的归类还不能一概而论，在今后的研究中需要依据不同的参与对象和具体情况来分析。

3. 按文化关系的状态及效果划分。

从文化关系涉及的地理空间和范围来看，可以按照地区内文化关系（例如一个地区或国家中不同民族之间的文化联系和互动）、地区间的文化关系（例如分属不同地区的各文化共同体之间的文化互动）、国际文化关系（主要指国家间的文化关系）、世界性的文化关系（主要指非国家的组织发起的世界范围内的文化关系）进行划分。从影响力扩及的地域范围来看，世界性的文化关系所涵盖的互动地域跨度最广，能够参与其中的文化共同体类型也最多。从信息传播密度和互动频率来看，互联网和新的通信技术支持下的数字化交流互动为21世纪的文化关系提供了更多新模式，突破了传统人文互动的时间和空间屏障，改变了文化互动的效率和影响效果。

按文化关系的存在形态，可分为相对稳定（或友好共生）的文化关系、不够稳定（甚至冲突性）的文化关系。在人类历史上，虽然有小范围内世代友好的互动关系，也存在既无历史冲突也无现实矛盾的文化共同体之间的关系，但是由于文化关系始终具有动态性，所以现实中不存在绝对稳定或完全无冲突的文化间关系。这就意味着，文化关系的存续和发展需要因地制宜、与时俱进的持续维护。

从文化行为体的目标或其驱动力来看，还有如下三类不同性质的国际文化活动。其一是为了促进文化多样性和文化间平等对话而组织开展的活动。其二是以强势文化影响弱势文化，以文化为工具或手段，或明或暗地推进某种政治目标的活动。其三是一些与文化相关的国际互动，它们虽然涉及文化竞争，但其重心不在文化，例如以文化内容为表现形式所展开的经贸往来等。最后这类国际文化互动的目标和价值属性介乎前面两类活动之间，不易完全划分开来，其互动途径或形式也常常与前两类活动叠合。

通过以上这些划分可以发现，文化关系的类型和潜力涵盖了“文化”概念的内涵和外延能够涉及的方方面面。虽然人作为交往主体对文化关系起着主导作用，但是在人文交流、跨文化对话及文化合作中，人们所运用的文化符号及其符号序列是对互动对象产生更为直接的影响作用的元素。在那些设定了明确目标的文化互动中，有经验的文化行为体往往会筛选、包装该文化共同体中最具特色的文化表达方式或最能传达某种价值信息的文化符号序列作为他们的文化资源。

除了上述三种分析维度，从文化社会学的研究视角来看，文化关系还存在于一些动态性的社会过程中，比如文化的生产与应用、文化的传播与增殖、文化的冲突与整合、文化的变迁与进步、文化的控制与管理，以及社会发展过程中的差异性互动等。因此，文化关系除了具有系统的普遍性、人文性、社会性和价值衍生性等特征，还具有动态性、多样性、相对的独立性、灵活性和选择性、蔓延性和扩展性等特征。文化关系的丰富特征也从侧面说明了当前“一带一路”民心相通合作的复杂性和任务的艰巨性。

三、文化影响力和主体性选择：以“一带一路”民心相通合作为例

重读爱德华·萨义德的“东方学”、塞缪尔·亨廷顿的“文明冲突论”、约瑟夫·奈的“软实力”及“巧实力”理论，以及平野健一郎的国际文化理

论，笔者发现：虽然这些分析和争论是从不同角度及立场探讨不同类型的文化力量在国际关系中的作用与影响，但是如果把这些观点都纳入国际文化关系的宏观系统框架中，它们能够一同勾勒出国际文化关系理论与实践的前身样貌，虽然敌对、征服、冲突和竞争是文化关系旧秩序的主要特征，但是促进融合共生的话语及实践已在旧话语体系中逐渐显现。进入 21 世纪第二个十年，中国提出“一带一路”倡议和人类命运共同体理念，为国际文化关系的理论创新与实践拓展提供了新的发展方向和可能性。

以“一带一路”民心相通合作为例。2016 年《文化部“一带一路”文化发展行动计划（2016—2020)》印发。根据中国文化网的统计，随着各领域合作的实施，中外文化交流已呈现出快速化、多元化、品牌化发展趋势，青年互动明显增多，教育合作为文化交流提供了可持续发展的支撑。然而，机遇与挑战并存，相较于政治、经贸和产业设施等已长期开展并且发展更为成熟的合作领域，人文合作的机制建设、规模和深度等仍显单薄。《“一带一路”民心相通报告》（郭业洲，2018）中就有中肯的提醒：“一带一路”人文交流虽然取得了丰硕成果，但还存在语言人才匮乏、民间交流不足、文化交流不平衡、文化产品质量和数量不足、人文交流方式单一等问题，影响“一带一路”人文交流的效果。在这样的语境中，“外来文化的影响力”和“本土文化对外来文化的主体性选择”这二者已然形成了一组不可回避的角力。

在国际互动中，各种文化因素和资源要素通过各类组合方式或途径在对外行动的实践中发挥不同程度的影响力。这种影响力通常被称为一个国际行为体的软实力。根据约瑟夫·奈的理论观点，一个国家用于发展它的对外文化战略、吸引他国民众的那些文化资源可以被称为“软实力资源”。（Nye，2004，p. x）奈认为，软实力并不仅仅是指影响力，也不仅仅是说服或以理服人的能力（尽管这是软实力的重要组成部分），它还包括吸引的能力，它的本质是通过可选用的各种方式达成自己一方的目标。从行为过程来看，软实力主要包括设定议程、吸引和吸纳等阶段，最可能使用的资源包括行为体的机构体制、价值观、文化和政策等。因此，奈认为国家的软实力主要来自三种资源：一是能够吸引他人的文化，二是能被他人接受的价值观念，三是能被他人视为合法和有道德权威的对外政策。

然而，由于不同的生存环境所塑造的文化模式其历史特征和价值取向等各不相同，所以不论选取何种软实力资源，任何类型的文化接触都会涉及相互适应的问题。当外来文化与本土文化相遇或交锋时，本土文化总会主动或被动地对外来文化进行选择，这也是“一带一路”民心相通合作中不可回避的重要问题之一。当外来文化与本土文化交汇时，前者能否在异文化环境中存在或发展，在很大程度上取决于它的表达是否与当地的文化模式相适应。姑且不谈历史上那些强势文化对弱势文化的“暴力吞噬”。在当代语境中，外来文化及其传达的文化符号序列，只有在适应当地文化模式并被当地民众接受时，才可能在新的文化环境和社会条件中存在和发展，否则外来文化极有可能被排斥或抵制。与此同时，一定数量的交流者们进入目标地域或文化空间，通过面对面的直接交流建立沟通纽带，能够促使文化关系以更加实在、稳固的方式扎根于目标群体的日常活动和社会实践之中。基于此，民心相通合作也需要植根于百姓的生活和生存环境中，同时反哺人的社会价值和发展需求，以此产生的良性循环才有可能实现真正有效的互学互鉴，搭建合作平台，扩展并优化各国人民的生存发展空间，进而创造出能够为各方所接纳的、更加丰富的文化表达方式。

文化表达方式不仅反映人们的思维能力和创造力，也依赖于人们在特定语境中的交流能力和理解能力，包括使用语言及其他文化符号的能力。在国际人文交往中，这些能力也是实现并促进跨文化交际的重要条件。它们一方面关乎“意义”的产生和传播，另一方面影响着人们对外来文化的选择。此外，人的创造力也是一种生产力，文化表现形式越体现创造力，越可能具有更大的潜力、突破性或超越性。在当今全球化和新媒体时代，意义的传播已经能够迅速突破传统的地理空间和语言限制，以各种具有创造力的方式传输到世界各地。由于创造力既能体现人类高级思维模式的某种共性，又能反映出个体或群体的独特差异，还能够从无数的细节中反映出一个国家或族群在特定社会历史条件下的特征和活力，因此多样性的文化表达方式所承载的创造力具有不可小觑的影响力和吸引力；反之，在各国对外交往历史实践中，那些失败或令人啼笑皆非的人文交流案例比比皆是。一些文化符号或文化表达方式之所以无法引起异文化交流对象的共鸣，甚至沦为仅被“一次性展示的景观”，其原因除了社会习俗、审美差异或文化模式抵触造成的排斥，也很有可能是由于它们无法展现人类思维的独特创造力，因而难以产生“满足期待”的吸引力或长期影响力，难以获得尊重，无法被认真对待，甚至还有可能产生负面影响。由于文化关系的基础作用和价值之一就在于消除误解并建立互信，所以只有凭借文化符号和媒介消除这些由异文化间的差异性产生的不确定性，并在文化互动和信息传递中增加共有知识、增强相互信任，才能在逐步优化文化关系的同时，实现深层次意义上的民心相通。

在对外影响力资源的组合途径方面，奈结合当代国际关系的新变化，提出了一套在实践策略中极具启发性的“巧实力”（smart power）理论。他在《论权力》（2011）[①] 一书中强调了网络权力（及其产生的舆论效应）的重要性，认为只有将硬实力与软实力相结合形成巧实力，才能在变化的国际环境中形成有效的战略能力。然而，笔者认为，奈的观点始终是以美国影响力优先为出发点的，其理论重心在于强势文化对弱势文化的影响，其实并未体现出国际文化关系本该具有的平等互构性。[②] 借鉴冯·皮尔森的观点，文化战略[③]就是人类的生存战略（皮尔森，1992，pp. 18－19）。在当今数字信息化时代（尤其是“后疫情”时期）的国际人文交流和互动中，发展国际人文关系需要以政治、经济、安全、文化和科技等领域各种资源的汇集为途径，搭建创新合作的平台。从这个角度来看，中国提出的“一带一路”民心相通合作注重实施民生工程、深化民间交流、加强文化合作，以此提供全球公共产品。中国方案中的中外人文交流是互学互鉴、互促共赢的，增进民心相通的目标在于形成相互欣赏、相互理解、相互尊重的人文格局，筑牢共建“一带一路”的社会基础[④]，因而能够更有效地促进文化多样性发展，维护合作伙伴和参与各方的共同利益。

根据中华人民共和国国家发展和改革委员会（简称为国家发改委）统计，到 2020 年 11 月，中国已签署 201 份共建“一带一路”合作文件。在全球新冠肺炎疫情肆虐的特殊时期，“一带一路”国际合作成为各国联合抗击疫情、保障人民生命安全的重要平台。在过去七年间，“一带一路”中外人文交流成果丰硕，兼具传统交流方式和各类创新途径及项目。以 2020 年为例，新冠肺炎疫情大流行对人类生命安全形成空前挑战，对世界经济造成严重冲击，世界进入动荡变革状态，这也导致大量人文交流活动不能按原计划和传统方式

---

① 也有研究者将约瑟夫·奈《论权力》的书名按其英文表述直译为《权力的未来》（*The Future of Power*）。

② 美国学者埃德蒙·格利恩（Edmund Gullion）曾指出，公共外交的核心是“告知、接触并影响”外国公众或“信息和观点的沟通”，与外国保持有效的“思想联系”。公共外交的目标是政治性的，而非文化性的；目的是形成有利于自身的国际舆论环境。关于格利恩对公共外交的定义和美国公共外交实践的目标（主要在于输出本国的文化价值观），可参见李智《文化外交——一种传播学的解读》(2005)，第 29、34 页。

③ 冯·皮尔森在《文化战略——对我们的思维和生活方式今天正在发生的变化所持的一种观点》一书中指出：文化是按一定意图对自然或自然物进行转化的人类全部活动的总和。自然界对人类始终是一种强大的威胁和力量。人类要在这种紧张的关系中对抗比他更强大的、显得神秘和不可知的异己力量，就一定要有聪明的、具有灵活性的战略，力图用人类自己的创造性的发明对自然环境实施反作用，赢得生存、自由和发展。所以，文化战略就是人类的生存战略。

④ 参见国务院新闻办公室（简称为国新办）于 2021 年 1 月 10 日发布的《新时代的中国国际发展合作》白皮书。

开展。面对这些困难和挑战，“一带一路”民心相通合作拓展了新途径，增加了新领域。比如，2020 年 12 月，中葡专家线上探讨植物药领域合作；中国同马来西亚签署疫苗合作协定，这是新冠肺炎疫情暴发以来，中国政府与外国政府签订的第一个政府间疫苗合作协定；中国支援埃塞俄比亚卫星交付（气候变化南南合作项目）；以“学习革命与高等教育变革”为主题的世界慕课大会。又如，2021 年 1 月，中国与巴基斯坦签署关于经典著作互译出版的备忘录；文化学者崔岱远的美食散文集《吃货辞典》俄文版线上首发；由两位巴西研究者撰写的《巴西首次环球航海暨对中国外交之旅（1879）》一书葡文版出版等。这些项目和活动使国际人文关系不再局限于狭义的文化领域，而是扩展到了与人类生存发展和创造性的实践密切相关的广义人文领域的方方面面。

综上所述，在“一带一路”国际合作中，文化关系既是目的也是手段；在应对全球挑战和促进各国发展的语境中，文化关系既可以作为解释性的原因或保障性的条件，也能够作为各方协同的必要支撑和解决方案。由于文化的所指是一个不断变化和发展的复杂集合体，所以人文交往虽然可以消除或缓解一部分认知壁垒或社会矛盾，但也有可能反过来被一些既有的差异制约。对此，在“一带一路”民心相通合作中，人文合作的广度和深度不仅需要与科学发展、思想进步和教育水平的整体提升保持同步，同时也要以人类共享的知识为纽带，关注全球共同面对的各种挑战，参与国际规则的制定和更新，加强跨领域的研究合作，促进联合创新。在提升人文关系的过程中，我们不仅需要熟悉各国政治家和精英的思维方式和行为模式，也需要知晓不同国家和地区各阶层民众的声音，促进与各国民众的思想交流和相互理解，重视公众和媒体舆论掌握的话语力量。

在文化领域，内蕴深厚的传统文化、多样化的文化表达形式、高质量的艺术创作和充满生机的创意产业等，是建立和发展文化关系的优质资源。发展文化事业、提升文化关系不仅是“一带一路”民心相通合作的目标和途径，同时也能够通过人文合作创造就业机会，带来经济和社会效益，增强行业和地区的竞争力，提升文化自信。在参与全球治理的行动中，应创造多元途径突破地理空间屏障，拉近沟通距离，加强青年学生的国际合作与交流技能，提高青年和学者们的跨文化沟通与适应能力，促进人文合作的可持续发展。此外，还应与联合国教科文组织等国际机构加强合作，在国际人文合作中有效地发出中国声音，提出中国方案，在一些已具优势的发展领域发挥引领作用；建立结构性的地区合作框架，促进旅游、环保和能源有效利用方面的地区间合作，把人文合作同地区产业与城市发展相结合，使对外关系中的文化行动成为跨领域民生合作的创新平台。在当前充满变化的全球语境中，宽领域的国际人文合作已逐渐成为国际合作中的一种常设机制和聚力核心，拓展以文化关系为基础的人文维度的全球治理模式可为“一带一路”民心相通事业和中国的外交创新汇集更多思路；促使人文合作平台在更多领域中形成机制连接，将有助于我们汇集资源，推进各方协同，在增强资源特色和机制创新等方面进一步提升中国的人文实力、话语力量、竞争力和国际合作水平，以新型人文关系为纽带共同应对全球挑战，推动构建人类命运共同体。

引用文献：

多洛，路易（1987）．国际文化关系（孙恒，译）．上海：上海人民出版社．

郭业洲（2018）．“一带一路”民心相通报告．北京：人民出版社．

吉布森，马克（2012）．文化与权力——文化研究史（王加为，译）．北京：北京大学出版社．

姜秀敏（2011）．全球化时代的国际文化关系研究．北京：中央编译出版社．

李智（2005）．文化外交：一种传播学的解读．北京：北京大学出版社．

苗东升（2010）．系统科学精要．北京：中国人民大学出版社．

奈，约瑟夫（2015）．论权力（王吉美，译）．北京：中信出版社．

皮尔森，冯（1992）．文化战略——对我们的思维和生活方式今天正在发生的变化所持的一种观点（刘利奎，蒋国田，李维善，译）．北京：中国社会科学出版社．

皮特尔斯，简·尼德文（2016）．全球化与文化：全球混融（王瑜琨，译）．北京：中国传媒大学出版社．

平野健一郎（2011）．国际文化论（张启雄，冯青，周兆良，等译）．北京：中国大百科全书出版社．

秦亚青（2005）．权力·制度·文化——国际关系理论与方法研究文集．北京：北京大学出版社．

王逸舟（2015）．国际公共产品：变革中的中国与世界．北京：北京大学出版社．

Cherrington，B. M.（1939）. The division of cultural relations. *The Public Opinion Quarterly*，3（1），136－138.

Den Boer，P.（1995）. Europe to 1914：The making of an idea. In van der Dussen，J. &Wilson，K.（Eds.），*The History of the Idea of Europe*. London：Routledge.

Eagleton，T.（2000）. *The Idea of Culture*. Oxford and Massachusetts：Blackwell Publishers.

Fox，B. L.（1950）. International cultural relations. *American Sociological Review*，15（4），489－495.

Iriye, A. （1979）. Culture and power：International relations as intercultural relations. *Diplomatic History*，3（2），115－128.

Nye, J. S. Jr. （2004）. *Soft Power: The Means to Success in World Politics*. New York：PublicAffairs.

作者简介：

庄严，文学博士，成都理工大学外国语学院讲师，四川大学欧洲问题研究中心成员，主要研究领域为西方文化、欧洲研究和中欧关系等。

Author:

Zhuang Yan, Ph. D. in Literature, lecturer at College of Foreign Languages and Cultures, Chengdu University of Technology, and member of the Centre for European Studies, Sichuan University. Her research fields mainly cover Western cultures, European studies and EU-China relations.

Email: zhuangyan315@vip. qq. com

Cultural Studies, Black Music and Race Problems—An Interview with Professor Paul Gilroy

Shen Ruoran, Paul Gilroy

Abstract: Paul Gilroy is a famous black British theorist, fellow of the British Academy, currently a professor and founding director of Centre for the Study of Race & Racism at University College London. He completed his Ph. D. at the Centre for Contemporary Cultural Studies at Birmingham University under the supervision of Stuart Hall, and is considered one of the most important theorists of race after Hall in Britain. The interview is divided into three parts: the first part is about professor Gilroy's academic backgrounds and works, the second part about black music and popular culture, and the last part is about race problems in Britain.

Keywords: Cultural Studies; black music; race problems

文化研究、黑人音乐与种族问题——访保罗·吉尔罗伊教授

沈若然　保罗·吉尔罗伊

摘　要：保罗·吉尔罗伊是英国著名的黑人理论家、英国国家学术院院士，现为伦敦大学学院教授、种族与种族主义研究中心创始主任。1986 年吉尔罗伊在伯明翰大学当代文化研究中心取得博士学位，是斯图亚特·霍尔的得意门生，也被认为是霍尔之后最重要的种族理论家之一。本次访谈主要分为三个部分，分别讨论了吉尔罗伊的学术背景和作品、黑人音乐和流行文化以及当前英国的种族问题。

关键词：文化研究　黑人音乐　种族问题

Part 1 Academic Backgrounds and Works

Shen Ruoran: Thank you very much for accepting my interview, professor Gilroy. Firstly, as the Chinese readers are not so familiar with your academic backgrounds and works, I think we can start our dialogues here. You went to the Centre for Contemporary Cultural Studies (CCCS) at the Birmingham University in 1978 to do your Ph. D. under the supervision of Stuart Hall. I wonder if you could talk about the student life and your relationship to Stuart Hall at CCCS, which has become the holy place for Cultural Studies.

Paul Gilroy: I owe a great deal to Stuart Hall, Richard Johnson and the wider community of the CCCS in Birmingham. I arrived there as a curious and enthusiastic twenty-two-year-old. The ethos of the place, for example the emphasis that was placed upon collective work, was remarkable and probably unique in Britain. Of course, there were deep political disagreements among the Left that are rarely spoken about. I was blessed by the inspiring cohort of my fellow students on the Centre's MA course that we all took as incomers. There was Michael Denning, Hazel Carby, David Batchelor, Ionna Nicolaidou, Guillermo Sunkel, Adam Seligman, Gary Whannel, Michael O'Shaughnessy and a number of other people who went on to have distinguished academic careers as well as others who achieved remarkable things in art and politics outside the walls of the university. This group comprised a stimulating and rather intimidating seminar. I learned a great deal from them and, as is well known, Stuart was a fantastic teacher. I found the focus of the course a bit limiting as my principal interests lay outside the field of "Cultural Studies" as they were inventing it but there was no opposition or hostility to the things that energized me. The students from previous years were also present: Charlotte Brunsdon, John Clarke, Roger Shannon, Bob Findlay and Bob Willis. They were generous and thoughtful interlocutors. I remain especially grateful to Paul Willis who really encouraged me and helped me to understand my own obsessions more clearly. From the top of the Muirhead Tower you could see a long way out across the "Black Country". From the Centre's library windows, we used to watch the Hawks hunting.

Shen Ruoran: You started the "race and politics" subgroup and finished the groundbreaking book *The Empire Strikes Back* with other friends at CCCS. Obviously, the book was greatly influenced by *Policing the Crisis*, which was published in 1978 by Stuart Hall, etc. *Policing the Crisis* focused on the mugging problem and related it to the crisis of British society in the 1970s. It discussed the articulation of race and class problems in a pioneering way, but didn't really consider race problems independently, which you did in *The Empire Strikes Back*. So, could you talk about how *Policing the Crisis* affected your study and how the group tried to analyze race problems then?

Paul Gilroy: *Policing the Crisis* provided great inspiration to me. I was not so excited by the "deviancy theory" components of the book, but the histories of the British state and the media, the critical anatomization of the pathology of our country's perennial crisis, all provided spurs to our work. The book's concluding section "The Politics of Mugging" pointed to things that I felt we had to accomplish but I was never completely convinced about the place of Marxism in that project. It wasn't only that the varieties of Marxism which were invoked most frequently were problematic for me, it was also that I was not wholly convinced by the need to articulate that story of conflict in the Marxist idiom provided by Louis Althusser. I knew it could be done, but I wasn't sure about the wisdom of that particular choice. In other words, I couldn't see what version of the Left was going to act on the basis of grasping that difficult narrative. After the Thatcher victory in May of 1979—which caused Stuart Hall a great deal of amusement—it was clear that the old world of the industrial Left was being dismantled around us. It was being undone beneath our feet. We watched that cruel operation sweep through the car factories in Birmingham. Sometimes I feel as though we have been watching it ever since.

Shen Ruoran: In 1987, you published *There Ain't no Black in the Union Jack*, which has become a classic in analyzing race problems in Britain. In this book, you criticized the ethnocentrism of British Cultural Studies, including the discourses of figures like Raymond Williams and E. P. Thompson. Could you elaborate on it more? How would you define your work in relation to British Cultural Studies? And do you think that race problems are seriously considered in Cultural Studies now?

Paul Gilroy: I don't think Cultural Studies exists any longer. Elements of it have passed over into the mainstream of academic humanities. But the institutional spaces and the technological tempo of universities today are not hospitable to those varieties of critical study. At the moment, scholastic discussion of race and racism are dominated by what I call generic approaches sourced in the history and culture of the USA. Of course, they can be inspiring and incredibly valuable, but those lessons are not applicable everywhere in the same way. They do not yield a universal recipe or strategy for transformation. Fresh thinking has to be undertaken. This is a new conjuncture. In the late 1970s I had been disturbed by the quiet, culturalist nationalism evident among the best of the Left. It bothered me because in our country, racism and nationalism fitted tightly together and the resulting mixture was potent and corrosive. The Brexit vote is an outcome of that historic fusion and shows how enduring—resilient—that formation has been. Thompson and Williams were from the generation that had fought against Fascism. Their wholesome nationalism was shaped fundamentally by that experience of warfare. To me, that conflict was an obvious and significant source of the project that eventually became Cultural Studies. I did not like the way that, for younger writers like Dick Hebdige, black life was always burdened by being considered exotic and exciting. I wanted black life to be able to be ordinary and boring not always to be considered as alien and transgressive.

Shen Ruoran: Looking back on *There Ain't no Black in the Union Jack* today, I find it striking how similar the race problems you discussed then were to the dilemma we face today, like black criminality and police violence, the connections of nationalism and racism discourses. Do you have anything to say about that?

Paul Gilroy: There are significant continuities. We still suffer from a strongly xenological racism and the Brexit vote showed that the matrix of racism and nationalism is still a potent, irresistible factor in UK politics. On the other hand, the mediation of identities and movements through computer technologies changed things decisively. Activists here became overly dependent upon US codes and symbols. The anxious young have sometimes appeared to lose the ability to imagine a world that is different from this one. The importation and popularity of so called "afropessimism" show how depressed and powerless people have become.

Shen Ruoran: Let's move on to your next book, *The Black Atlantic: Modernity and Double Consciousness* in 1993, which was a really influential book. In the preface, you wrote that the book developed from your attempts to show that the experiences of black people were part of Western modernity. In your opinion, the Atlantic could be seen as one single, complex unit of analysis which can produce an explicitly transnational and intercultural perspective. Can you explain more about the concept of the Black Atlantic? How can it change our understandings of important black writers, like Phillis Wheatley, W. E. B. Du Bois and Richard Wright?

Paul Gilroy: The concept of "The Black Atlantic" did not originate with me. It was part of the Herskowitz-ian anthropology of my sometime colleague Robert Farris Thompson. He, like many, saw African survivals in the habits of diaspora blacks in the Western hemisphere. I merely tried to query the assumption that those cultural motifs were intact. I wanted to approach them as a syncretic outcome, shaped by the violence and counterculture of centuries of modern enslavement. Wheatley, Du Bois and Wright were all travelers. Phillis is the only one of that group who was seized in Africa and taken westward as a slave. She never went back to Senegal. The other two moved more freely—electively but they moved in the opposite direction. They went eastward, and after that they went to Africa itself. Du Bois ended his life as a proud citizen of newly-independent African nation of Ghana. What connects these iconic figures together is their genius and their role as intellectuals—an impossible condition for a black person. Wright interested me because he was aportal between the anglophone and the francophone intellectuals' worlds. Like Du Bois he passed through Marxism and was sensitive to its limits as well as its insights. All of the figures that you mention were writers who shaped the larger cultural life of a broader, trans-national community. Their creative work helped it to acquire a distinctive political mentality that would be articulated in a long sequence of demands for freedom, dignity, justice, recognition, and sometimes rights. Their itinerant lives do not fit easily into the methodological templates yielded by routine privileging of national states.

Shen Ruoran: In *The Black Atlantic*, I particularly like your analyses of master-slave relationships. In history the black slaves would rather die than work in the plantations, so they were actually quite different from what Hegel and others thought about them. Also, the fact shows the intimate association of modernity and racism, which was not considered enough by enlightenment thinkers like Habermas. I think that's a very profound critique.

Paul Gilroy: These aspects of my argument were built upon and extended significantly by other scholars especially by Susan Buck Morss, Ronald A. T. Judy, Emmanuel Eze, etc. They are all much cleverer than me. The freedom struggles of the new world slaves were part of the history of European modernity. They are legible in its philosophical and anthropological archives. Of course, Hegel knew about what the slaveshad accomplished. Buck Morss reading of the journal Minerva demonstrates that. But what about the black voices of The Enlightenment? Amo, Equiano, Wheatley, David Walker, Douglass? What does contemporary theory have to say about their critiques and their affirmations of enlightenment universalisms? Building upon what we needed to think about racism itself as a formative, constitutive factor, these people believed in racial hierarchy even as they became architects of democracy and human rights. How that could happen requires serious reflection and detailed analysis. Kant had elaborate views about what sort of instrument should be used to punish the Negro. It is not possible to divorce those "anthropological" and "geographical" enquiries from his writing on other topics. The connections have to be understood.

Shen Ruoran: Your next book is *Between Camps: Nations, Cultures and the Allure of Race* in 2000, also known as *Against Race: Imagining Political Culture beyond the Color Line* in America. It is a controversial book firstly because you put forward that we should get rid of all racialized conceptions and thinking, I think it's quite different from what you wrote before. Could you explain why you came up with this idea? And how do you think about it now?

Paul Gilroy: My title for that book was "Between Camps". That was not the title that the US publisher would accept. That book got me in to lots of trouble but people are looking at its arguments in a different way nowadays. The arguments about Fascism have, for example, acquired a new resonance. It's too easy for antiracism to become frozen in its critical postures. We need to be able to articulate the things we favour to put flesh on the bones of the world we want to build. My argument required a shift away from reified race as a mode of political ontology. We should engage more deeply with the complex dynamics of racism. Racism produces the groups we view as races. The racial ordering of the world is not an effect of natural differences.

Shen Ruoran: The book is controversial also because you discussed the disturbing traces of Fascist aesthetics in the present black Atlantic cultures, pointing out that black men could also be Fascists. What are the links you saw between Fascist cultures and black popular cultures?

Paul Gilroy: The desire for perpetual innocence is a perennial problem. The victim is a sacred figure in the mainstream world of ideas. Black and brown peoples are not inoculated against the allure of Manichaeism, militarism and stupidity by virtue of what we have suffered. Indeed, the lingering effects of that protracted suffering can even nudge us in those directions. We can be drawn towards those political technologies because we are modern people.

Shen Ruoran: Your thinking on camps benefited a lot of from Jewish thinkers, like Primo Levi, Jean Améry, whose works are mentioned frequently in your recent works. Why do you find their ideas so meaningful? In *Darker than Blue*, you also criticized Giorgio Agamben and Hannah Arendt for their apparent distaste for analyzing racism. Could you explain more?

Paul Gilroy: In that book, I argue they are unable to identify the racialised human even when they stumble across it. Arendt in particular misrecognises the naked, vulnerable human as a natural or abstractly, essential human being. She cannot connect her view of the abject racialised body with her wider perception of the power of what she calls race imperialism. She was peculiarly generous in her interpretations of racism. I interpret that generosity as a trace of her love for Heidegger who had his own kinks about race, nation and political ontology. Arendt was friends with the African American painter Romare Bearden. I suppose he and Ralph Ellison set her straight eventually.

Shen Ruoran: You used the term "Postcolonial Melancholia" in the homonymic book to describe the symptoms that Britain showed in continually memorializing its past glory, like the success of World War Ⅱ, which showed that Britain didn't really accept its loss of the empire. Obviously, the empire mentality didn't just disappear with the collapse of the real empire, so I see this conception as your deimperialization efforts within the empire. Do you see any connections between your works and other postcolonial theorists' works? I think your later books are more related to postcolonial and anti-imperial studies than cultural studies. Would you agree with this?

Paul Gilroy: I have been greatly inspired by the humanistic, lucid writing of Edward Said. My dear friend and intellectual brother Achille Mbembe has stimulated my thinking for ages. I have learned a lot from the writing of several generations of African thinkers in various disciplines: Ato Sekyi Otu, Pumla Gobodo Madikizela and of course the brilliant Felwine Sarr. They stand on the shoulders of Fanon, Senghor and Cabral. I'm not really interested in the quarrels between posh Latin Americans and posh Indians that have shaped the warring fields of post- and de-colonial studies in elite, north American universities.

Shen Ruoran: In contrast to "Postcolonial Melancholia", you put forward "convivial culture" as another possibility of multiculture. It's based on your living experiences as a child in London, and you regarded the fictional role Ali G as the embodiment of this culture. I wondered how "convivial culture" can be possible or realized in reality.

Paul Gilroy: It is already realized. You must come to London more often. I wasn't writing about the past and my childhood. I was affirming things that are unfolding around us now. Come to Grahame Park. Look at the range of cultural and linguistic references that flow through the public work of the estate's notorious ambassador Troopz on AFTV. That gives a glimpse into our everyday, creole reality. We must fight to value, restore, maintain and preserve that vital hybrid in the horrible circumstances which have accompanied the revival of Fascism in new xenological and populist guises. Another example would be the mixed, respectful crowds who have marched silently around the Grenfell Tower on the 14th of every month. Look also at the mixed character of the ♯BLM demonstrators. These are visible signs of that convivial process. Of course it needs to find the right political vectors, but the moral import of that easy mutuality should be clear. The social dynamics are also eloquent: old divisions no longer apply.

Shen Ruoran: In your later works, you also talk a lot about "planetary humanism". What do you mean by this conception? And since you criticized a lot about the intrinsic racism of Western humanism and enlightenment project, why do you still think these concepts could be used even after revision?

Paul Gilroy: Much more than a simple revision of these concepts is required. The history of Racism demands a significant conceptual detour. The pandemic may be seen in retrospect as a planetary event of a new kind. It has also referred us to the limitations of existing humanitarian perspectives. We need to build a new way of looking at these issues of inequality and injustice, to see them on a global scale. An expansive, totalizing critique of the formation, reproduction and the effects of racism promotes exactly that possibility. We must actively work through the violence and exploitation associated with the imperial and colonial past. Another world is waiting on the other side of that process.

Part 2 Black Music and Popular Culture

Shen Ruoran: Black music has always been your concern and is a continuous topic in all your works. Is that related to your growing experiences in London? The Birmingham School did important work in subcultural studies, for example, Dick Hebdige's *Subculture: The Meaning of Style* analyzed a lot about the resistance meanings of music. Are you influenced by their researches?

Paul Gilroy: The Atlantic world's militant movements for freedom, recognition and rights have been able to challenge, and partially undo, the racial nomos bequeathed by slavery. Those ongoing efforts have relied upon the conspicuous power of black cultural and aesthetic practices. The intensity of their communion with political mobilization has fluctuated, but it has endowed notable moral and artistic resonance in struggles against racialised hierarchy and inequality, even those that were formed far from the terror and violence of enslavement on the plantations of the New World. This distinctive relationship between art, culture and politics has taken the influence of black Atlantic freedom culture to all the corners of our planet. Music has been at the centre.

Shen Ruoran: You had very high evaluations on black music. In *There Ain't no Black in the Union Jack*, you described the hybrid and anti-capitalist characteristics of British black music. In *The Black Atlantic*, you called black music "jewels brought from bondage", and used it to discuss the politics of authenticity. Why is black music so important in your opinion?

Paul Gilroy: In this vexed but forgotten history—what the reggae singers call "the half that has never been told"—the separation of political consciousness from lived culture cannot be assumed. That conventional division does not identify the best starting points for critical analysis and commentary. Instead, attention must be directed towards a different set of interpretative problems which emerges from considering the persistent, mutual articulation of social and political movements with expressive forms and rituals in collaborative, performance settings typically centred on sound, music and dance.

The resulting patterns do not conform to the expectations and habits associated with Europe-centred analysis which have too often been premised upon the easy separation of truth from beauty and right or the adoption of nationalist methodological approaches to culture, time and history. To begin with, these minor, insubordinate aesthetic and political forms were typically concealed. Their downpressed makers were wary and ambivalent about literacy which could only be acquired riskily, on the pain of death. The elaborate countercultures they unleashed still retainfeatures that initially appeared amidst traumatic conditions. Their non-progressive evolution from spiritual registers to secular and profane idioms, requires careful periodization and the wholesale disaggregation of the category "religion". The creative repetition, recycling and adaptation of pre-colonial, African forms, simultaneously offered both accommodation to and transcendence of slavery. This complex and delicate pattern of responses to the enduring racial nomos continued during slavery's half-life.

What became traditional connections between expressive culture and liberationist political consciousness have been repeatedly rediscovered and joyously reinvented. They have shaped a sequence of reactions against the successive waves of cruel modernisation that flowed through the plantation system and ran onwards from capitalism's brutal origins, through its colonial phases and into the overdeveloped, catabolic condition that can be seen today. Sometimes compressed, sometimes attenuated, those vital links were maintained when the peculiar institution gave way to the industrialisation it had fostered. They created a space for vernacular interrogation of the theodicy of slave suffering. That curiosity endured even after enslavement was legally abolished. They institutionalized critical commentary as economic, social and cultural life was recomposed on the dubious bases provided by formal, modern freedoms designed so that they could coexist easily with aggressive assertions of racial hierarchy.

In those embattled circumstances, these unruly, expressive arts acquired a threefold character. They reconciled their producers to their ineffable predicament and offered a measure of compensation for it, while also providing refuge from some of its most malevolent effects. This mixture resulted in creative traditions that combined what Adorno called the "laments of unfreedom with its oppressed confirmation". However, that aporetic blend established self-conscious traditions of culture-making that resisted the verdict of redundancy to which their bleak and bitter history points. These fragmentary observations are as near as the study of modern, black expressive cultures gets to providing a meta-theory of its own functioning. Even in a provisional condition, they can be helpful in circumstances that admit no sentimental celebrations of pure alterity mechanistically producing purified culture as an authentic variety of resistance.

The living, non-traditional traditions of black vernacular self-fashioning, culture-making, linguistic play and antiphonic communal conversation are complex and complicated by their historic relationship to the covert, public worlds of a subaltern modernity. The African slaves, like many other conquered and colonised peoples elsewhere, were gradually and not always reluctantly, drawn into the world that their owners defined and regulated by more than merely coercive means. As they internalised the new languages, causal and purposive understandings, spiritual codes, spatial and temporal perceptions upon which their survival depended, and absorbed the orientation towards nature and the natural world that their masters and mistresses required, they did not necessarily abandon the non-European habits that were condensed into living memories of an anterior history and an alternative sociality. Those residues were often reproduced in customary form even when their earlier meanings had been forgotten, changed or were no longer immediately relevant. Nowhere were the masters, mistresses and other beneficiaries of slavery and colonialism successful in insulating their own lifeworlds from the disruptive and contaminating effects produced by those they dominated but upon whom, perversely, they were dependent.

The patterns of communication found in that unstable colonial world were governed by radical contingency. The enforced civility of the slaves, the colonised and their descendants remained sly. Their signifying and shape-shifting could be tactical as well as playful; contestatory as well as compensatory. Their creolised creativity eventually entered the arterial system of the modern body politic via the channels of popular culture. It made resistance and accommodation into inseparable twins: different possibilities that correspond precisely, but are not manifested in a simple mechanism which specifies that more of one necessarily means less of the other.

Shen Ruoran: I think your analyses of black music are a bit different from the subcultural studies, as you wrote a lot on the philosophical meanings and historicity of music itself. Is that because of the influence from people like Theodor W. Adorno? I was a bit curious about your attachment to Adorno, because usually the Birmingham School are considered to have few connections with the Frankfurt School.

Paul Gilroy: Adorno has stimulated me since I studied him at Sussex University under the instruction of Gillian Rose. She showed me how to read him and explained how his projects connected with the writings of Marx, Nietzsche and Freud. His essays on Fascism, occultism and authoritarianism as well as on music, on Heidegger, on Kafka, Beckett and on writing itself, have provided me with a constant source of provocation and inspiration. Of course, I don't agree with everything he says. His view of African American music is deeply problematic but there is also much to learn from. There was another student in my year at CCCS called Dick Bradley. He wrote a Ph. D. thesis on music that was very good. It was published as *Understanding Rock and Roll: Popular Music in Britain 1955—1964* . I used to talk to him about Adorno endlessly.

Shen Ruoran: In *Between Camps*, you were obviously disappointed about the current black music, namely hip-hop. With its rapid popularization and the development of MTVs, hip-hop showed characteristics like body-centrism, gender inequality and commercialization. Do you believe that some fundamental changes have taken place in black music? Why so? And are you optimistic about the future of black music?

Paul Gilroy: In recent years, black American music has been partly captured by the military entertainment complex. It became a military and diplomatic asset in the consolidation of "soft power". We must liberate it again. Our insurrectionary campaign can be marshaled by General Congo Natty, king of the Junglists.

Part 3 Race Problems in Britain

Shen Ruoran: In May, the death of George Floyd in the US sparked anti-racism protests around the world. On the one hand, we saw how racism remains a big problem in the contemporary society. On the other hand, we also witnessed the rise of Black Lives Matter movement in many countries and large numbers of people discussing race problems. I wondered what you think about this moment.

Paul Gilroy: It's too soon to know whether this amazing mobilization can become a sustainable movement. If Trump can be defeated electorally, then a new settlement may become possible in the USA. That will have consequences in many other places. However, we cannot predict that outcome from here. The crowds of protesters have brought black and white together in new ways. They have provided a concrete image of the future that is within reach—a world in which the colour of skin is of no more significance than the colour of eyes.

Shen Ruoran: In Britain, some protestors tear down slave trader statues and throwed them in the river. The act has aroused heated discussions. What do you think about it? Do you think it's helpful to tackle racism by toppling former statues? In history, there used to be a long period when almost every famous white man had black slaves, so I don't think it's possible to destroy every statue that had relations to racism.

Paul Gilroy: The freedom project must not get stuck in the work of statue disposal. That carnivalesque dumping of the Edward Colston's statue into the harbour produced an amazing, global discussion which was only positive. Those symbolic actions can be powerful and inspirational. Obviously, taken on their own those gestures are not sufficient to remake the racialised world. They are just pointers, welcome encouragement to enter into the difficult work of working through the past. It really is time to put the venerated slave traders into storage.

Shen Ruoran: In such chaotic times, nationalism and identity politics seem to be more popular than ever. The Right are greatly supported by common people, while the Left's influence is relatively small and remains largely in universities. What do you think an intellectual can do in the present situation? And do you believe that Cultural Studies can play a role now?

Paul Gilroy: Here, the Left has been defeated. There is no Cultural Studies left in the universities. The Humanities are fighting for their institutional lives in the centre of a dysfunctional system corrupted by consumer mentalities and dedicated to the reproduction of inequality in increasingly severe and cruel forms.

References:

Centre for Contemporary Cultural Studies (2004). *The Empire Strikes Back: Race and Racism in 70s Britain*. London: Routledge.

Gilroy, P. (1987). *There Ain't no Black in the Union Jack*. London: Hutchinson.

Gilroy, P. (1993). *The Black Atlantic: Modernity and Double Consciousness*. London: Verso.

Gilroy, P. (2000). *Between Camps: Nations, Cultures and the Allure of Race*. London: Penguin Press.

Gilroy, P. (2004). *After Empire: Melancholia or Convivial Culture?* London: Routledge.

Gilroy, P. (2011). *Darker than Blue: On the Moral Economies of Black Atlantic Culture*. Massachusetts: Harvard University Press.

Hall, S. et al. (1978). *Policing the Crisis: Mugging, the State and Law and Order*. London: Macmillan.

Author:

Shen Ruoran, Ph. D. candidate at the Department of Chinese Language and Literature in Fudan University, and a visiting researcher at the University of Leeds. Her research fields include cultural studies and literary theory.

Paul Gilroy, a famous black British theorist, winner of the Holberg Prize in 2019. He is currently a professor and founding director of the Centre for the Study of Race & Racism at University College London.

作者简介：

沈若然，复旦大学中文系文艺学专业博士生，英国利兹大学访问学者，研究方向为文化研究和西方文论。

Email：srr016@163. com

保罗·吉尔罗伊，英国著名黑人理论家、英国国家学术院院士，2019年人文社科领域的重要奖项霍尔贝格奖的获得者，现为伦敦大学学院教授、种族与种族主义研究中心创始主任。

书 评

一柄实用的叙事理论之刀：评赫尔曼、维瓦克《叙事分析手册》

舒凌鸿

作者：〔比〕吕克·赫尔曼（Luc Herman），巴特·维瓦克（Bart Vervaeck）
译者：徐强，等
书名：《叙事分析手册》
出版社：中国人民大学出版社
出版时间：2020 年
ISBN：9-787-3002-8166-7

吕克·赫尔曼（Luc Herman）、巴特·维瓦克（Bart Vervaeck）2020 年在中国最新翻译出版的《叙事分析手册》为初涉叙事学研究者提供了一柄锋利的理论之刀。当一名研究者开始学习叙事学理论的时候，通常会遇到两种困难。困难一：无法理解这些理论，认为其云遮雾罩，术语众多，逻辑严密又繁复，难以全面掌握。困难二：叙事学理论对具体文本分析精细绝伦，但当自己面对文本时，却不知道该用哪一把“手术刀”，也不知道该如何操作这把叙事学理论之“刀”，更不清楚对文本“做手术”的最终目的是什么。这本书正是为读者解决这两个困难提供了一个可供参考的范本。该书所参照的叙事文本较为简短，并运用了不同的理论和视角来进行分析，为读者提供了一种叙事学理论启发式的阅读体验，并为规范的研究性学习提供参考。

一、关注研究者的思考过程

中国叙事学界关于叙事学研究特定术语界定、解释和说明的翻译书籍已有珠玉在前：杰拉德·普林斯的《叙述学词典》（普林斯，2011，p. 1）。这本书主要针对叙事学应用最为广泛的术语，尤其是以语言为媒介的叙事学术语，提供一些具有概貌性质的定义和观点。用赵毅衡先生在中文译本代序中的说法，这是一本“派用场的词典”。

吕克·赫尔曼和巴特·维瓦克的《叙事分析手册》是在这颗珠玉之后的另一枚珍宝。两位作者都是比利时叙事理论学者，安特卫普大学教授。除本书外，他们还合作主编了《故事与心思：文学叙事的认知方法》，并合作撰写了多篇叙事理论论文。

译者徐强一直躬耕于域外叙事学著作的翻译，在该领域经验丰富，成果卓著。目前已经翻译了挪威学者雅各布·卢特（Jakob Lothe）的《小说与电影中的叙事》、美国学者西摩·查特曼（Seymour Chatman）的《故事与话语：小说和电影的叙事结构》和杰拉德·普林斯的《叙事学：叙事的形式与功能》与《故事的语法》叙事学著作的共约 104 万字。这一本是他的第五本叙事学研究译著，其选书眼光和翻译质量都相当有保证。

对于学习过叙事学理论，但未曾进行叙事学研究的读者来讲，到底需要什么样的书籍帮助他们进行叙事学理论的思考，进行叙事作品的文本分析？基础的叙事学理论更多集中在叙事学理论的探讨，旁征博引，批判前人，构建自己的理论系统，阐明自己对某一叙事学研究问题和术语的观点。这是一种常规的学术研究路径，系统性强，逻辑严密，层层深入。《叙事分析手册》则是从读者思考的顺序和逻辑出发，提出疑问，解决疑问，并陈述自己的观点，似乎漫无边际，却又非常契合读者思考和阅读的实际。

赫尔曼和维瓦克从叙事理论读者认知的角度，生动还原了叙事研究中读者对叙事学术语、理论进行理解的认知过程，反映了认知叙事学所具有的关注作品阐释和接受过程的特征。它在内容上关注叙事文本的读者的接受过程，在形式上关注叙事学理论著作的读者的接受过程。从对叙事学相关理论的文本研究转向对叙事学理论文本与读者之间关系的研究，呈现了读者对叙事学理论、术语以及在文学文本分析过程中的所思所想，更接近对叙事学理论著作接受者进行的民族志式的研究，对理论著作的读者认知过程和阐释心理进行生动而全面的呈现。

《叙事分析手册》立足于对叙事学理论的灵活运用，其他学者并不是不做这样的研究，而是在写作中更多关注自己观点呈现的逻辑主干，通常会对发散出去的思想枝叶进行修剪，乃至为了更清楚地呈现自己的逻辑主干，更突出自己的观点，将枝叶都剪掉了。这样做可以更好地呈现学者自己的观点，是学术写作最常见的一种方式，但思考的过程在写作中是被简化或者被略去了的。这本《叙事分析手册》则反其道而行之，主要关注思考的过程，呈现叙事学研究过程中不同概念所激发的点点思想星光。

二、囊括“传统问题”和“新问题”

后经典叙事学家往往确定某一个特殊的角度对叙事学理论进行研究，如詹姆斯·费伦《作为修辞的叙事：技巧、读者、伦理、意识形态》的修辞性叙事学，J. 希利斯·米勒《解读叙事》的解构主义叙事学理论，S. 苏珊·兰瑟的《虚构的权威：女性作家与叙述声音》的女性主义叙事学，戴卫·赫尔曼《新叙事学》对跨学科属性的强调，布莱恩·理查森的《非自然叙事学》对后现代主义文本的关注，帕特里克·科尔姆·霍根的《情感叙事学》从认知情感角度出发的叙事学问题探讨，等等。叙事学研究已经从经典叙事学发展到后经典叙事学，因此，要谈《叙事分析手册》，其文本的指导功能就必须要囊括传统与现代两个部分，必须显现为一种结合经典叙事学和后经典叙事学的综合性特征。

作者将叙事学基本问题分为“传统问题”和“新问题”两部分，既关注传统的经典叙事学问题，也关注当代后经典叙事学的问题。在“传统问题”中，涉及“叙述者问题”“叙述者的范围”“叙事与解释”“《地图》中的叙述者与人物”“《翼马》中的叙述者与人物”“故事内部与故事外部”“内部与外部：解释”。“新问题”包括“文学语境”和“读者和语境”等。

“传统问题”关注文本内部问题，尤其是叙述者问题，将其视作一个核心内容予以讨论。叙事学之所以得以确立，一个重要原因就是经典叙事学家对作者和叙述者进行了重要区分。因此该书作者也在思考这样的问题：一个文本是由一个特殊类型的叙述者叙述出来的，这是否可能？或者是否存在一种持续不断的变化？提出了特殊类型叙述者存在的可能性，尤其是在文本随科技发展而剧烈变化的今天，我们习以为常的很多叙述者都已经发生了变化，比如机器叙述者，或者不存在稳定实体的非自然叙事作品中的叙述者。作者对传统小说中所涉及的最为常见的第三人称叙述者也提出了问题：一部传统的19世纪的长篇小说，是由一个第三人称叙述者叙述出来的，这是否正确？这些对传统问题的反思和再思考恰恰是叙事学不断泛化之后，向叙事学经典文本理论的回归。

作者并不满足于对经典叙事学的反思与拓展，他也没有放弃对纯粹的形式主义叙事学研究的批评，认为其中缺乏对意识形态的研究。他认为结构主义者将意识形态简化为一个代码或者一个系统，实际上是对读者地位的贬低，可以说："对意识形态的关注几乎在热奈特式的叙事学中完全缺席。"（p. 146）因此，语境化叙事学也就顺理成章地成为本书要重点进行讨论的内容。这样的问题既发散，又层层深入，常常伴随着读者阅读叙事学理论的过程。在对两篇小说进行大致分析之后，作者明确提出了一个重要观点："叙事学，只有当它同时处理被叙述的世界（内容）和呈现这一世界的方式（形式）时，它才对文本阐释有实用性"（赫尔曼，维瓦克，2020，p. 9），强调叙述与世界的关系，将语境放在一个至关重要的位置。该书不局限于对其中一个方向进行深入拓展，而是在不断向前的研究中展现自己的个人思考，看起来是发散的，不乏真知灼见。

三、内容和结构

该著作分为四个部分，第一部分是导言，随后是著作的主干部分，由三章组成："结构主义之前及其周边""结构主义""后经典叙事学"。本书的写作方式强调了批评的示范性，并试图涵盖各个时期叙事学研究主要理论模式和概念范畴。对夏洛特·穆瑟斯的《翼马》和格利特·克劳尔的《地图》这两篇短篇小说，作者既运用经典叙事学理论对作品展开了全方位的解析，又强调了后经典叙事学的语境化，将读者放在尤其突出的位置。

第一章"结构主义之前及其周边"，意在处理具有二元关系的六个话题："故事与情节""讲述与显示""作者与叙述者""叙述者与读者""意识与言语""感知与言语"。本章解释了部分结构主义的经典概念，并呈现了更晚近的一些理论。这些理论并不真正符合结构主义者的标准，但常常能引发与结构主义之间的有趣讨论。例如对故事与情节的讨论，赫尔曼从读者认知的角度出发，提出时间联系和因果联系不容易区分。人们显然倾向于认为按照时间顺序发生的事件存在因果联系。但实际上，一个最小故事存在有意义的联系就足以成立。这些联系甚至可以是隐喻性的、转喻性的抑或是主题性的，只要读者认为这些联系足够重要就可以了。在"感知与言语"一节，针对视点问题，既谈及热拉尔·热奈特和米克·巴尔，又详尽地讨论了弗里德曼的七种视点。他们分别通过处理叙述行为和感知行为来解决视点的问题，对弗兰兹·斯坦泽尔的叙事情境、递变等进行讨论。在此章节中，赫尔曼认为弗兰兹·斯坦泽尔视角标尺相对于弗里德曼的视点更明确，但是仍然比热奈特和巴尔提出的解决方法更模糊。作者肯定了斯坦泽尔圆环式图解的优点，认为可以让各种叙事方法的关系得以清晰展现，并且这些方法之间有着密切联系，是“相互间渐变的”（赫尔曼，维瓦克，2020，p. 42）。在对几位叙事研究者的讨论中，作者既展现各自的特点，又表达了自己对这些理论的看法。

第二章“结构主义”，属于叙事学著作绕不过去的话题。正如导言强调了经典叙事学理论的重要性，在进行新的叙事学理论及领域的拓展过程中，作者再次强调不要把“叙事学‘婴儿’与结构主义‘洗澡水’一起泼出去”。这一章接着上一章所涉及的六个单独的话题继续深入，将这些话题融入一个包罗万象的、分层的体系之中。这样就将叙事分析的不同方面转换成了一个统一的整体。这一章里形式上的亮点是图表，内容由“故事”“叙事”和“叙述”三部分组成，每个部分分别用一个图表进行说明。“故事”的图表内容分别探讨了故事的三个组成方面：动作/事件、行动元和背景。这些术语总是混合在一起，但是通过讨论，其边界可以变得更加清晰。“叙事”的图表同样由三个主要部分组成：时间、人物塑造和聚焦。该部分主要集中于事件展现给读者的具体方式，而不关注序列的抽象逻辑，相关内容一目了然，对这些概念相互之间的联系进行了一个清楚的划分和呈现。“叙述”部分的图表则集中于“叙述的两大中心调查领域”，对叙述和代理人呈现人物意识所用的方法进行集中呈现，如对叙述者类型、属性和意识呈现方式都进行了术语展示和概括。叙述作为结构主义叙事学最具体的层面，涉及事件被词语化的表达方式。这个部分更加关注叙述声音、言语和叙述，而不是感知和聚焦。

最后一章是“后经典叙事学”，也是重点体现语境叙事学特点的一章。在“叙事学与意识形态”中，作者明确提出结构主义叙事学方法与当代意识形态批评完全不同，主要表现在两方面：“第一，结构主义者经常将意识形态简化为文本中内在呈现出的一个代码、一个系统，因而也就贬低了读者的地位。与此相对立，当代的方法则强调了读者的重要性。第二，对意识形态的关注几乎在热奈特式的叙事学中完全缺席。”（赫尔曼，维瓦克，2020，p. 146）如热奈特用技术方法区分了聚焦类型，但没有注意到主体确定了这些类型。多重聚焦虽然可能暗示了主体在文本中被表现为碎片化或成分复杂的实体，但从读者研究的角度去看，这与在社会及历史语境中的人类的特定观点相关。

在“后经典叙事学”这一章中，还有大量的篇幅重点进行性别叙事研究的分析，结合文本讨论了女性主义叙事学的种种问题，如是否存在一种具有普遍性的女性写作的规律？作者认为女性作家并不企求一种普遍的规律或具体化的女性写作。以此为基点，作者提出这种建构“是不自由的，受语境影响”，并导致了“叙事技巧与意识形态之间的一种近乎辩证的关系”。正如兰瑟所言：叙事技巧可以看成是“意识形态的产物，而且还是意识形态本身”

（兰瑟，2002，p. 4）。女性主义叙事学分析是抵抗性与复杂性的结合。“许多女性主义分析将男性一端与非模糊性关联起来：清晰描画好传统、追求和身份。相反，女性一端的特征是模糊性：模糊的传统、隐蔽的（因为被压制）追求和越轨的身份。”（赫尔曼，维瓦克，2020，p. 166）

最后，重点关注后现代叙事理论，主要对“叙事学与可能世界”和“叙事学与读者”进行了讨论。作者认为读者被吸引到叙事作品的游戏中来。游戏最后的结果将受到读者极大的影响，包括读者既有的意识形态，读者对于可能性与现实性的观点，读者的框架和脚本，以及对自然叙事相关知识的准备。作者强调后经典叙事学具有将不同理论整合进一种理论的优点。但叙事学深受结构主义的影响，在过去很长一段时间里，这些问题被忽视了。这并不意味着经典叙事学就不再适用，相反，它通过新的叙事学研究得到进一步加强。

四、面向语境化叙事学的思考

在经典叙事学基础上发展起来的后经典叙事学，其核心就是打破文本的疆界，引入了作者、读者和社会文化语境。“后经典叙事学的诞生与政治批评、文化研究直接相关，也受到了认知科学等其他学科发展的影响。”（申丹，王丽亚，2010，p. 7）这部著作强调语境化叙事学研究的重要性，力图结合多种理论，并身体力行，将这一理念付诸实践。在“其发展过程中，它（叙事学）逐渐纠正了将自身限制在文本之内的倾向，改变了纯粹形式研究的意图，延伸了此前未曾触及的领域……在保持这一理论自身特点和优势的基础上，与其他理论形成有机融合，不断增强其分析与阐释的有效性”（霍恩，基弗，2020，p. 1）。该书对《翼马》和《地图》的后经典解读也证明了这一点。这些叙事学阐释依赖读者和语境。虽然“叙事学所建基于其上的确定性比结构主义所希望的要少，但是这或许就是叙事理论具有如此巨大的潜能之原因”（赫尔曼，维瓦克，2020，p. 216）。

尤为难得的是，这本著作特别注重展现这个理念实施的过程，虽然就其发散性的特点而言，的确较难对一个观点展开集中、全面的讨论，但频频闪现在著作中的思想火花，对读者的启发作用却不容忽视。正如作者所言，本书的目的是让那些有兴趣对叙事文本进行意识形态批评的读者，能够运用叙事学理论，更好地进入深度阅读。他们试图通过这本书提出一种“可验证、可争辩的可能性”，而不是采取一种非此即彼的解决方法。

毋庸置疑，《叙事分析手册》在语境化叙事学视野下，紧密结合叙事文本进行叙事学理论的系统分析。它像一柄锋利的理论之刀，切下叙事学理论肌体的精髓部分，进行端详和研究。这是一本旨在激发叙事研究者进行思考的研究论著，同时也体现了叙事学理论发展进行语境化研究的重要方向。作者将自己对叙事学的思考融入其中，就像天空中的点点繁星，虽不能完全照亮前路，却足以点亮希望。

引用文献：

普林斯，杰拉德（2011）. 叙述学词典（乔国强，李孝弟，译）. 上海：上海译文出版社.

赫尔曼，吕克；维瓦克，巴特（2020）. 叙事分析手册（徐强，等译）. 北京：中国人民大学出版社.

兰瑟，苏珊（2002）. 虚构的权威：女性作家与叙述声音（黄必康，译）. 北京：北京大学出版社.

申丹，王丽亚（2010）. 西方叙事学：经典与后经典. 北京：北京大学出版社.

霍恩，彼得；基弗，詹斯（2020）. 抒情诗叙事学分析（16—20 世纪英诗研究）（谭君强，译）. 北京：北京师范大学出版社.

作者简介：

舒凌鸿，云南大学文学院副教授，主要研究方向为叙述理论。

Author:

Shu Linghong, associate professor of School of Chinese Language and Literature, Yunnan University, whose research mainly focuses on the narrative theory.

Email: shulinghong@126.com

文本与阐释者的对话：评拉斐尔·巴罗尼《叙述张力：悬念、好奇与意外》

刘梦琴

作者：拉斐尔·巴罗尼
译者：向征
书名：《叙述张力：悬念、好奇与意外》
出版社：外语教学与研究出版社
出版时间：2020 年
ISBN：978-7-5213-2052-7

听故事、阅读小说、观看电影是绝大多数人最喜爱的活动之一。我们在虚构的叙事中欲罢不能，焦急地等待着情节的进一步发展，期待见证故事的结局。虚构叙事为何能够长久地吸引我们的注意？叙事的魅力在何处？情节为何会有如此牵动人心的力量？瑞士的叙述学专家拉斐尔·巴罗尼（Raphaël Baroni）在他的著作《叙述张力：悬念、好奇与意外》① 中向我们提供了一个答案——叙述张力。《叙述张力》一书源于巴罗尼在 2007 年用法语写作的博士毕业论文。在此书中，巴罗尼将张力定义为“叙事的阐释者被鼓励去等待结局时，倏忽而至的现象，这种等待以带有不确定性色彩的预测为特征，赋予接受行为某些情感特征”（p. 6）。巴罗尼认为，叙述张力具有架构叙事的诗学效果，而这种诗学效果则表现为悬念、好奇与意外。因此，在本书中，他主要探讨的话题就是叙述张力与情节诗学的实现问题，即虚构叙事文本如何通过情节编排带给阐释者审美体验？阐释者自身如何参与文本的解读？

《叙述张力》体现了后经典叙事学的典型特征。受形式主义和结构主义的影响，经典叙事学强调叙事文本的内在结构，而随着接受理论与认知科学的发展，后经典叙事学不仅极大地扩宽了叙事文本的研究范围，还更加关注文

① 以下简称为《叙述张力》。

本对阐释者的作用过程。因此，不同于经典叙述学关注文本的内在结构，《叙述张力》强调文本与阐释者的对话互动，将情节编排与阐释者的“内在叙述”能力联系起来，分析虚构叙事的张力以及带给人的审美体验，从而“给经典叙事理论通常的内在视野带来了重要修正”（p. 3）。

在导论部分，作者巴罗尼点明了自身研究的背景、理论基础、研究方法、研究对象以及研究意义。书的主体分为四个部分：第一部分讨论叙述张力和情节编排的相互依存关系，通过对理论的梳理和完善，总结出叙事的根本特征。第二部分从阐释者的角度出发，分析叙述张力在不同的“内在叙述”能力模式以及不同文本体裁中的表现，突出情节编排旨在创造明显的不确定性的方式。第三部分着眼于叙事的情绪功能，检视阐释者接受行为情感特征的主要类型。最后一部分为案例分析，作者通过分析属于不同符号系统的叙事，如海报、连环画、电影、小说等，检验了自己的分析模式，并成功地体现了叙述张力现象跨越体裁的特征。结论部分是对全书的总结与升华，将叙述张力与人的主体性、叙述与日常生活联系起来，体现叙事对人的重要意义。

关于叙事与人的认知和情感的关系，自亚里士多德起就有所讨论。亚里士多德在《诗学》中指出，悲剧通过引起人的恐惧和怜悯而起到净化的作用。梅尔·斯腾伯格（Meir Sternberg）从叙事的情绪功能中区分出三种主要模式：悬念、好奇与意外。汉斯·罗伯特·姚斯（Hans Robert Jauss）从接受理论出发讨论审美快感和陶冶的问题。让-马里·舍费尔（Jean-Marie Schaeffer）强调情感与认知的不可分离。让-保罗·布隆卡特（Jean Paul Bronckart）提出外部张力与内在张力。弗朗辛·西屈雷尔（Francine Cicurel）建议用“使行动”“使知晓”“使感知”三种语用类型划分文本。《叙述张力》在前人的理论基础上进行继承和发扬，提出了许多新的关键词与类型，如情节诗学、预判、简单意外与完全意外等，丰富了对张力的理论研究途径。

一、叙述张力与情节编排：表现不确定性

巴罗尼认为张力与情节之间存在必然关联，“张力和情节不可分割地联系在一起，它们是从情绪视角和构成视角相互定义叙事的两个维度”（p. 34），因此必须从情节编排出发理解张力达成的效果。在情节的定义上，巴罗尼对比了列瓦兹（F. Revaz）与保罗·利科（Paul Ricœur）的说法，并以列瓦兹对情节的定义为自己的理论基础。与保罗·利科提出的广义概念相对，列瓦兹捍卫一种狭义的情节概念，认为情节主要由纽结与结局构成。利科将情节编排看作一种塑形过程，包含“整体、开头、中间、结尾的标志，以及篇幅

和完整性”（p. 32）。在张力的基本模式上，斯腾伯格认为，根据叙述言语的目的论与行为的时间顺序的关系，从功能方面来看有三种基本特征——好奇、悬念与意外。巴罗尼基于斯腾伯格的区分，将悬念与好奇作为叙述张力的两种基本模式，而认为意外是预测失败产生的效果。

通过梳理普罗普、拉雷瓦伊（Larivaille）、让-米歇尔·亚当（J. -M. Adam）等结构主义学家的叙述序列，罗兰·巴特的阐释符码与布局符码，鲍里斯·托马舍夫斯基（Boris Tomashevsky）的情节模式等以往的理论，巴罗尼向读者呈现了几个关键词：纽结、结局、序列、情节、张力。巴罗尼这样解释它们之间的关系——“通过纽结与结局这样的基本链接点，情节以序列的形式组织叙事的结构，从张力上引导对叙事的阐释”（p. 24）。由此可以看出，纽结与结局构成情节序列，情节序列基础上的情节编排作用于阐释者身上产生情节诗学，即达成悬念、好奇与意外的效果。

巴罗尼进一步分析了接受理论视域下的悬念与好奇，主要以翁贝托·埃科（Umberto Eco）和伊泽尔（Walfgong Iser）为例，解释了埃科提出的“可然性的分离”与伊泽尔的文本非连续性问题。巴罗尼表示，张力是文本“缄默”加强法的产物，通过间断、拖延、曲解等方式令读者焦急地等待延迟出现的信息。这种焦急是阐释者认知参与的体现，最终会表现为引人注目的询问和不确定的预测形式。巴罗尼由此总结出悬念的经典问题——“将会发生什么?”和好奇的经典问题——“谁干的这事?”然而，巴罗尼认为埃科和伊泽尔的不足之处是没有弄清悬念与好奇这两种预测的不确定形式与叙事的情节编排和序列性问题之间的关系。

通过总结情节的张力研究和叙述学家关于叙述序列的研究，巴罗尼指出，以斯腾伯格为代表的“修辞学”方法没有充分考虑“跨文本”和“内在叙述”能力，而以贝朗特·热尔韦（Bertarnd Gervais）为代表的“行为”理论和“跨文本性”理论则未能很好捕捉情节编排在修辞学方法上的丰富性和复杂性。热尔韦的上行和下行阅读模式只关注计划维度，没有注意情节编排的复杂性，因而具有局限性。斯腾伯格的三种展示模式“意外、好奇、悬念”则忽视了阐释者的能力。因此，巴罗尼认为有必要将二者结合起来理解叙事的结构与运作。他提议用“预判”与“判断”来重新命名“悬念”与“好奇”这两种张力的基本模式。预判是“对我们只了解前提的某行为发展的不确定性预测”，而判断则是“从线索出发，根据对暂时描述不完整的叙述语境的理解，做出的不确定性预测”（p. 80）。

结合情节理论、认知心理学以及广义诗学来分析情绪功能的运作和复杂性，巴罗尼认为情绪功能可以组织叙事结构，并对叙述事件进行情节编排。情节的预测是情节编排引发的焦虑表现，它具有认知功能与情绪功能：认知功能鼓励以预判或者判断形式预测结局，情绪功能则可以带给人“激动人心的不悦”以及“结论性的愉悦”。由此，巴罗尼认为，情节编排具有情绪功能、言语功能以及行为功能，因而引起的叙述张力在言语互动层面以及塑造行为层面都发挥着结构性的作用。

由此，巴罗尼表示，经验世界种种行为的不可捉摸性、不可预见性或偶然性，都能以情节为中介得以转化。情节编排同时可以构建言语互动和被述行为。而在情节编排达成的张力效果中，悬念表现主体的不确定性与不确定的未来有关；好奇建立在被感知或被描述的客体的不确定性基础之上。因此，从根本来说，叙事就是通过情节编排表现命运和世界的不确定性。

二、阐释者的“内在叙述”能力

在讨论完叙述张力与情节编排的内在联系之后，巴罗尼进一步审视接受视域下阐释主体解读叙事文本的能力。海德格尔、伽达默尔、姚斯、利科都提出过这方面的理论，学者们的表述虽然不同，但都聚焦于读者的预先判断。例如，姚斯的“期待视野”、埃科的“百科全书式的能力”、巴特的“符码”、利科的“预塑形”、热尔韦的“内在叙述”等。这些理论的立足点在于肯定阐释者对文本的期待、预判，而且这样的预判在加深对文本的理解上有积极作用。巴罗尼结合了埃科和热尔韦的理论，将阐释者对文本的预先判断称为“内在叙述”能力。他指出，理解文本就需要同时考察两个视域，即“文本的视域与阐释者预先判断的视域”（p. 119）。

因此，巴罗尼认为有必要检阅不同研究者构建的不同内在叙述图式，尤其是序列性质的图式，以此来界定阐释者的预先判断所采取的形式。从以往的研究看，文学方向的图式强调冲突结构，认知心理学家建构的图式更强调计划行为的逻辑结构，而当代人工智能方面的研究发展了脚本和计划-行动的概念。巴罗尼则强调这些方法之间的共同点和互补性。他认为对叙述张力不同模式的分析要考虑不同的能力。为了揭示情节诗学的适用性，巴罗尼从脚本、互动矩阵、跨文本性等多方面考察悬念、好奇与意外的作用模式。脚本是一个有组织的日常行为序列，对它的违反可以造成悬念，引发张力；互动矩阵则强调互动行为的重复性，具有一定的组织框架；而跨文本性则包含了副文本、互文性与承文本性、广义文本性等类型。叙事的跨文本语境，如体裁的规律性、承文本或互文本关系，以及可能从副文本中出现的“接受协议”，都会影响阐释者的阅读期待、对故事发展的预测以及结局带来的意外。据此，巴罗尼对悬念、意外、好奇等情节诗学产生的效果提出了自己的新定义，将悬念视作“违反常规及不确定的预测”，将意外看作“互文本、体裁规律性或行为规律性的改变”的结果，而好奇则由“行为概念网络的不完整再现”引起（p. 122）。

三、叙事的情绪功能与跨媒介张力

为了进一步探究叙述张力对阐释者影响的表现，巴罗尼从认知维度细化了叙述张力的范式。巴罗尼对叙事的情绪功能做了大量的归类工作。基于对叙述语境的判断，他将好奇分为理性型好奇、参与性好奇、情绪上的好奇等；基于对叙述语境的预判，将悬念分为初期悬念、经典悬念以及认同性悬念。在悬念与好奇的基础上，他还提出了“重温”——一种由叙事的重复带来的“非正常悬念”。叙事的重复让阐释者不断重温同一个叙事语境，他们知道会发生的事与想发生的事之间形成了对立，产生了“知”与“想”的矛盾，张力便由此产生。与悬念和好奇相比，意外是一种短暂的情绪，但它是叙事的基础。巴罗尼将意外分为两个大类（简单意外、完全意外）和三个子类（文本的意外、百科全书式的意外、开放的意外）。不同的情节编排与叙述语境导致了悬念的出现，致使阐释者表现出好奇、意外等情绪。通过对上述情绪下定义、划分类别，巴罗尼全面细致地分析了阐释者在接受叙事作品情节时可能出现的情感态度，体现了叙事的情绪功能，从而极大拓宽了叙事张力效果研究的视野。

《叙述张力》除了讨论以文字为媒介的叙事作品，还对海报广告、连环画、电影等类型的叙事文本进行了实例分析，从而验证叙述张力模式在不同媒介的叙事作品中的适用性。在这个部分，巴罗尼研究了海报广告的“缄默”交际策略、连环画中叙事片段化的特征。他用戏剧金字塔、张力曲线等模式解释电影《泰坦尼克号》中叙述张力、情节、序列之间的关系，从新的角度解读《格林童话》，分析博尔赫斯侦探小说中违反经典叙述图式的完全意外，从而区分了长期张力、中等张力、短期张力的特征。考虑到叙事作品的多样性，巴罗尼在论证过程中借助了文化研究的理论和方法，并运用数字和图表来展现分析过程，更为直观地体现了叙事文本的张力形成过程与效果。

结　语

巴罗尼指出，叙事学的关注点已经从对叙事文本内部结构的描述转向了探索叙事表征和读者之间的互动，这种转变，用申丹的话来说就是叙事现象的“再语境化”（recontextualization），即从作者与读者的互动关系出发考虑叙事文本（Baroni，2020，p. 11）。《叙述张力》不仅生动地展示了后经典叙述学强调的文本与阐释者的对话关系，还体现了跨学科、跨媒介的特征。巴罗尼综合运用了符号学、语用学、心理学（认知和情绪）的研究方法呈现了叙事、情节编排以及阐释者的互动对话。同时，通过对以往理论的继承和发展，他提出了关于情节诗学的新概念，并对诗学效果进行了细致的分类，用图示与归类的方式将认知与情感领域的概念具体化。在论证的过程中，巴罗尼的举例对象涵盖了海报广告、《格林童话》、阿加莎和博尔赫斯的侦探小说以及电影《灵异第六感》《泰坦尼克号》等。《叙述张力》讨论的叙事文本体裁多样，并且选取贴近生活、为大众所熟知的作品来解释专业理论与术语，给本书增添了趣味性和可读性。

通过对叙述张力、情节编排、阐释者“内在叙述”能力的讨论，巴罗尼向我们描述了叙述将我们的日常生活环境陌生化的过程，一方面体现在由计划、希望、恐惧带来的未来的不确定性，另一方面在于我们与世界关系的不确定性。但正是在这种不确定中，阐释者才能始终保持好奇心，充满激情地去探究叙事作品蕴含的未知的可能性。正如巴罗尼在书中的结尾处所说：“聚焦叙述张力，就是强调情节编排所产生的塑形的不纯洁性，就是强调序列展示的不和谐，但人们反而将其体验为激情，体验为精神的松弛，不和谐反而在计划的最完美的行为的中心展开。”（p. 323）

引用文献：

巴罗尼，拉斐尔（2020）. 叙述张力：悬念、好奇与意外（向征，译）. 北京：外语教学与研究出版社.

Baroni, Raphaël（2020）. Pragmatics in classical French narratology and beyond. In J. Pier（Ed.）, *Contemporary French and Francophone Narratology*（pp. 11－30）. Columbus：Ohio State University Press.

作者简介：

刘梦琴，四川大学外国语学院研究生，主要研究方向为英美文学和文学理论。

Author:

Liu Mengqin, M. A. candidate of College of Foreign Languages and Cultures, Sichuan University. Her research focuses on English and American literature and literary theory.

Email: liumengqin1997@163. com

论小说叙述中的“世界”：评《小说叙述理论研究》

郭 烁

作者：谭光辉
书名：《小说叙述理论研究》
出版社：商务印书馆
出版时间：2019 年
ISBN：978-7-100-17600-2

谭光辉先生新作《小说叙述理论研究》是一本集众多作品例证及理论深度于一体的前沿性叙述学专著。作者结合中西方文学史及符号叙述学理论，重新对叙述学的核心问题查根溯源，或征引或评说不同理论家的论述，试回答叙述过程中的意义生成方式。正如赵毅衡先生在荐言中说道，本书是“理论的理论，研究的研究”，拥有“一览众山小的高度”。阅读本书，既可以帮助读者快速梳理经典叙述学与后经典叙述学的研究成果，也可以助推我们对不同叙述文本的新发现。

本书共分为五个部分。第一部分主要讨论了中西方小说定义的发展历史及现代小说基本义素以及对其核心义素“虚构”的理论探究。本书作者清晰定义“小说是被理解为过去向度的以叙述学意图为解释中心的散文体语言虚构叙述文本”（谭光辉，2019，p. 11），但是文本的虚构性判定是一个世界难题，作者建议判断者在伴随文本的佐证下，从被叙述的主体是否落实于实在世界判定文本的虚构性，同时强调发挥读者主动性，鼓励读者去判定文本虚构与否，成为能动性的意义建构者。第二部分主要聚焦于叙述者形态及其在叙述中所起的作用。作者质疑将叙述者默认为单一人物或人格的学界公理，明确各种叙述者是一个文化指令集合，其本质就是一个为完成叙述任务而设的框架。但叙述者附身于作者、文本及读者等能够发出叙述声音的叙述组件，任何两个叙述声音之间可能造成的叙述者内部的主体冲突便形成了叙述修辞。

此外，作者概括了叙述分层、跨层与回旋跨层等叙述现象，趣味性地将回旋跨层比作莫比乌斯带上的分层，突出元叙述层与叙述层相互叙述，始终处于统一曲面。最后，作者对叙述者在叙述中所表达的态度抒发感想，总结出叙述与叙述干预之间实际上不存在绝对的界限，叙述本身就是干预，二者在解释社群的自然化作用中不断运动。但文本总需要“刺点”所带来的惊喜，否则缺失“新鲜而真切的情趣”（朱光潜，1946，p. 96）。第三部分主要涉及叙述文本中的“世界”，包括人物、环境与时间。作者肯定普罗普（Vladimir Propp）的功能主义人物论，承认人物由叙述者叙述，同时为叙述服务，继而逐一分析历史进程中的人物分类方法。除人物外，作者表示环境在叙述中同样占据相当重要地位，小说可以分别以自然环境、社会环境及叙述环境为中心。最终，作者回归对叙述学的本质问题——时间的探讨，认为故事时间与叙述时间在叙述过程中的相互干扰所造成的错位与变形是推动情节的重要手段，更为叙述增添了无尽的魅力。1980 年西方学术界所掀起的“空间转向”似乎将空间问题研究推向高潮，但作者认为空间叙述学的发展并未改变叙述的时间本质。另外，叙述的完整性离不开叙述者和被叙述出来的内容，因此叙述内容的合理安排异常重要。第四部分主要整合了情节的构成、类型和动力以及特殊的情节构成方式，即元小说。本书作者将情节定义为“心灵整理有变化性的事态结构”（谭光辉，2019，p. 255），认同赵毅衡先生在《苦恼的叙述者》中将情节结构归结为在现代叙述学中讨论者最多却取得一致最少的领域的说法（p. 172），尝试用话语的时间对事件的因果进行处理，将情节分出 21 种类型，并辅以案例论证以期让读者获得更好的理解。作者指出情节发展的基本动力是连续否定。最后，作者将元小说单独列为一个章节，从元故事与故事的虚构及纪实搭配出发，组合出纪实型叙事、暴露型叙事、讽喻型叙事及游戏型叙事四种元小说类型，启示我们体会现实世界与虚构世界之间的差异，提醒我们为自身存在做出更理性的注解。第五部分转向伴随文本及小说解释的相关问题，作者认为文本与伴随文本互为存在的前提和证明，叙述的区隔框架的张合使得虚构世界与实在世界交融充实，推动文化发展。此外，作者对不可靠叙述的判定方法提出怀疑，因为隐含作者与叙述者的身份界定未统一，作者从古代陆机和刘勰的言意之辩受到启发，认为“意”突破“言”的文化程式束缚是文学叙述的追求，凡是文学化的叙述都是不可靠的，小说叙述便是不可靠的。

简而言之，作者对古今中外的叙述学理论信手拈来，并敢于创新术语，有侧重点地发出独特声音。作者认为，在小说叙述中，人物、环境及情节是主体内容性因素，搭建起相对独立的叙述“世界”，此部分占据本书的最大篇幅。其中人物是叙述内容的核心，无人物卷入的叙述只能称为陈述，由于承担一定的叙述功能，人物常常与叙述者混淆。小说除人物外，最重要的就是环境，为表现人物发挥了积极作用。情节是具有时序关系的因果，因此可以还原成时间问题。理解三者的重要内涵及发展历程有助于我们更好地解读文本。

一、小说人物的功能和类型

小说中的人物，一般被理解为一个性格（p. 157）。从俄国形式主义对人物功能的关注伊始，人物便具有复杂而丰富的人格特征，协助叙述者完成叙述人物。普罗普把人物功能细化成 31 种，但其研究模式局限于神奇故事中角色与角色之间的关系，忽视人物层与叙述层之间的联系。随后，国内对人物功能论的讨论走向泛化，使得人物功能特征和人格特征界限模糊，叙述意图与人物功能有所混淆（p. 159）。为简化明晰问题，本书对人物的讨论限于叙述功能和人格特征两方面。

作者表示，虚构文本中的叙述者均为全知，在叙述过程中“借用”人物的各种感觉器官和表达器官，伪装成纪实叙述的体裁，增强叙述的真实感。同理，叙述者可采用人物视角说出自己想说的话，人物因此分裂出叙述功能。人物是叙述者创造的，无法拒绝叙述者的任何叙述需求，因此，我们可以这样理解：人物通过角色显现叙述动作，而叙述动作是叙述者的抽象与置换，人物便显现了叙述者。

追求认同感和统一性是人在成长过程中的天性，古往今来的文学理论家自成体系，依照品质或功能等对叙述文本中的人物进行不同分类。古希腊哲学家亚里士多德在其著作《诗学》中以道德为基准，将人物划分“或者比我们更好，或者不如我们，或者与我们一样”（p. 6）三种类型，诺斯罗普·弗莱（Northrop Frye）模仿其分类方法，以行动能力为基准认为人物分属于神话、浪漫故事、高模仿、低模仿及反讽模式五类。但作者表示这种分类方法令人迷惑，十分不恒定、不可靠、不适用，因为毕竟读者的道德和行动能力不处于平均状态，更何况不同读者有不同的道德和行动能力标准。具有代表性的第二次尝试是福斯特（E. M. Foster）提出用性格分类法将人物分为“圆形人物”和“扁平人物”，但这种分类过于简单，将复杂却没有发展的及简单却有发展的人物排除在外。相较而言，希伯来文学者约瑟夫·伊文（Joseph Ewen）提出的复杂性、发展和内心世界三种连续统一体延伸了福斯特的分类法，但作者评价因为其间微弱的渐变性难以把控，也就算不得严格意义上的分类。而后，申丹老师将人物放在两种大的人物观背景下讨论，但申丹老师的功能性人物观和心理性人物观与其说是分类方法，不如说是分类的出发点。功能性人物观大致可以将人物分为“典型人物”和“一般人物”、“主要人物”和“次要人物”，但将多部作品同等类型的人物进行横向比较，似乎并没有什么意义。总之，作者认为人物分类不具有一个恒定的衡量方法，需要对应分类者的需要及创作的变化及时做出调整。

二、小说环境

环境是相对于人物而言静止的一切事物和状态。我们一般将叙述中的环境理解为自然环境和社会环境，但学者龙钢华在《论小说环境构成中的时间艺术》中提出时间是小说环境的构成要素之一。既然我们已知叙述的本质是时间性，那么是否就能得出叙述就是环境的结论呢？其实，任何叙述的产生都必然寄生于一定的生产环境和消费环境，挂靠于作者的生存环境和思想环境，受制于叙述者的叙述环境，并且在叙述者的叙述过程中，存在一个人物所生活的故事环境。作者认为最后一点便是该著所谈论的环境。然而故事环境不能一概而论，作者将其分为“内在时间”与“外在时间”（p. 191）。前者指的是人物性格发展的时间，后者指的是情节所在时间，解释人物的生存环境和时代特色。我们着重讨论的是后者，因为“内在时间”是人物的本质规定性，没有参照价值。

环境和人物又可以相互转化。黑格尔将“环境”分为“外在环境”和“情境”两种类型。“外在环境”与人没有互动，本身便没有意义，而“情境”与人的动作发生关联，成为有定性的环境和情况。这里所说的“情境”可以细分为三种，即“无情境”“有定性的情境处在平板状态”及“冲突”的起势。总之，相对于人物而言，“外在环境”与“情境”是静止的。运动和静止的相对性同样适用于人物与环境的关系，如在曹禺的话剧《日出》中，金八从未露面，没有行动，却悄无声息地对剧中的每个人物产生影响，此时，金八是环境而非人物。再如卞之琳名诗《断章》中所描述的“你”可以是看风景的人物，当在被人看的时候，“你”又成为环境。但是，本书表达的意思并不是环境一定是静止的，电影特写时，人物身后的环境可能就是动态的，只不过想要突出的仅仅是人物。再者，除去自然环境和社会环境，在情节发展过程中，前部分的情节还可以称作后部分情节发展的静态文本环境。并且叙述环境不可颠覆或忽视受述者的感受与需求，小说中人物即使处于虚构文本之中，也要服从叙述环境的文化规则。

环境在小说中的地位在学界并没有固定的说法，人类历史上曾出现过四种不同的叙述中心。以黑格尔为代表的古典哲学家及其之前的诗学理论认为人物优先于环境，环境是表现人物性格的手段；恩格斯和马克思则强调社会环境的地位高于人物，塑造人物是为表现社会环境；而生态文学和环境文学认为人物只是环境的一个元素；在“元叙述”中，核心既不是人物也不是环境，而是叙述环境。

本书作者认为从叙述学的角度来说，各成一派的叙述中心论都未脱离对人物的讨论，但此时人物并非人类，而是“有灵之物”（p. 8），环境在二次化叙述中可被赋予灵性，将成为“有待人格化的环境”，因此我们所讨论的环境都是出于“人类共同体”中“人化”的环境。虽然叙述者看似在以环境为中心的叙述中隐去了其存在的痕迹，其对待环境的态度却体现在字里行间，作为空间存在的环境在文本中转化为作为时间存在的情节，客观的环境描写其实是在叙述叙述者。

三、小说叙述的时间与空间

时间随人类心智产生而安身处世，一直是自然哲学家及人文哲学家的研究主题。首先将叙述和时间问题直接结合的思想家是法国叙述哲学家保罗·利科，其三大卷著作《时间与叙事》气势恢宏地论证了人类经验是在时间中被叙述的，人类所经历的时间就是被叙述的时间（高宣扬，2004，p. 151）。任何叙事作品所展现的世界总是时间的世界，因为一旦进入叙述，我们便开始以时间的方式进行思考，事件与事件之间呈现出有时间连续性的因果关系才成为有情节的叙述。时间包裹着叙述的各个层次。时间是叙述及其意义存在的条件和归宿，叙述的本质就在于其时间性，因此，我们有必要将时间作为最重要的问题来讨论。

作者在本书中将故事层面的时间理解为客观时间（p. 213）。叙述文本由含有因果关系的事件组合成的丰富情节所构成，在二次叙述化中被还原成故事，内含一个“世界”，但虚构世界总需要依赖现实世界的时间经验，这是一种自然化的意向性努力。即使在时间穿越的故事中，时间的前后关系似乎与我们的认知相悖，但仔细思考，穿越前与穿越后的故事仍然遵循实在世界时间的发展规律，呈线性按照恒定的时间速度向前发展，而这个恒定的时间速度无疑就是读者所在世界的客观时间。在古装电视剧中我们常听到用“天上一日，地上十年”来表示时间速度的差别，在科幻小说中不乏某星球时间与地球时间的对比，事实上，我们只是将两种不同的时间放在一起比较，时间仍以我们理解的正常速度客观、匀速地流逝，叙述时间的变化不会影响到故事时间，故事时间正是虚构世界通达现实世界的桥梁。

情节时间不同于故事时间，是一种主观时间，具有可变形的特点。正如略萨在《给青年小说家的信》中表述小说中的情节时间是由心理时间建构的而非计时顺序时间，由作者设计的主观时间决定（p. 67）。情节时间是叙述时间的一个部分，叙述时间与故事时间、情节时间相较更为复杂，我们知道时间元素在叙述中无处不在，叙述分层的多元性加剧了叙述时间的理解难度。本书作者认同赵毅衡先生所划分的叙述时间的四个范畴，即被叙述时间、叙述行为时间、叙述内外时间间距、叙述意向时间。其中被叙述时间等于情节时间；叙述行为时间具有较强的可塑性，可以是漫长的过程，也可能只是一瞬；第三类范畴叙述内外时间间距指的是将相对固态化的叙述行为时间转化为动态化的时间；叙述意向时间顾名思义。因此，叙述时间所讨论的时间范畴都是可加工、变化的主观时间。

由于在上文所讨论的三种时间类型中，除了故事时间是客观时间，情节时间和叙述时间均为主观时间，可能造成相互之间在时长、时向等方面的错位和变形，这正是叙述成立的原因。热奈特提出了顺序、时距与频率的概念，对此话题进行系统的讨论。作者总结顺序问题是情节时间相对于故事客观时间的时向变形，时距问题是情节时间相对于故事客观时间的时长变形，而频率问题是叙述行为时间相对于情节时间的变形，时长的变形可能发生在不同叙述层面，热奈特仅用“叙述时间”和“被讲述的事情的时间”来解释时长的各种变形是远远不够的（p. 229）。总之，处于故事层的时间必然被意向性努力还原成客观时间，处于叙述层的时间为主观时间，叙述层有不同层次，各层次时间之间的错位是解析叙述层次的着手点和证据。

传统叙述学的研究并未对叙述的空间问题予以重视，后来保罗·利科及马蒂厄·克拉等只将叙述的时间性作为研究的对象，有意无意地忽视了空间。巴赫金的“时空体”理论与约瑟夫·弗兰克的著作《现代小说中的空间形式》可谓“空间叙事”理论的开天辟地之作，随着广义叙述学的蓬勃发展，空间赢得了更广泛的关注，但多数以挖掘小说环境为主。在上文中，我们曾经概括环境其实是人化的环境，除了表达本身具有的空间意义，同时也揭露作者的描写意图，这是小说空间意义的拓展。谭君强和龙迪勇为“空间叙事”研究的两位主力，注重对小说“非线性叙事”和“空间意象”的探讨。“空间”一词存在滥用的倾向，其讨论的对象并不统一，如经典叙述学将叙述行为时间称作“空间”，而空间叙事学讨论叙述的空间对象。“空间转向”这一说法似乎挑战了叙述的时间本质，厘清叙述与空间之间的关系势在必行。

作者认为空间叙述学的研究思路不外乎五个方面的内容，即文字叙述中的空间元素，文字叙述结构的“非线性”，图像、雕塑等“空间叙述方式”，戏剧、电影等“时空叙述方式”及任何叙述的“想象空间”（p. 235）。在第一种类型中，空间是描写对象，在小说叙述中化身为“环境”出现，是当前国内研究的热点话题。事实上，叙述者对空间的观察所做出的叙述附着了叙述者的意见倾向，已经转化成时间化的叙述，而读者的阅读恰好是相反的过程，那就是将时间化的叙述转化为空间想象，再经由二次叙述化整理，从而理解叙述者的意图。因此叙述者的“空间叙述”以及读者对空间的分析解读都是时间化的过程。在第二种类型中，将小说结构或形式视为空间是一个比喻，“非线性”叙述的本质依然属于时间层面。读者通过“妥协式二次叙述”或“创造式二次叙述”进入时间化的情节，从而追溯其内涵。第三种类型是对图像和雕塑等具有叙述功能的空间形式的思考，在叙述文本的组合轴上，我们容易根据叙述的先后顺序即时间关系理出因果，类似前两种类型，需要潜在的、默默的、自然的二次叙述时间化得到叙述的意义，但在聚合轴上犹如空间关系，因为聚合轴是未被选择的各种选项的集合，因果同时存在，不由时间流决定，这时叙述不处于时间之中。大眼睛农村小女孩手握铅笔叙述出渴望读书的心愿，因此，在共时性因果关系中，选择就是叙述。第四种类型戏剧和电影是我们并不陌生的时空叙述方式，存在于时间中的“事件”总是大于存在于空间中的“实存”（p. 245），因为“时间化的情节”是所有情节构筑方式的目的地，空间不过是为时间服务，时间还是主线。尽管叙述只能被理解为时间，但这是否就说明空间没有存在的必要呢？康德在《纯粹理性批判》中对时间与空间做了清晰的说明，沿用到叙述学则为叙述内部直观为时间，外部直观为空间，二者相互依存、缺一不可。对此，谭光辉建议我们倒不如将空间理解为脑海中无法直观理解的抽象的理论概念；布朗肖给出更明朗的答案，即叙述空间不过就是对文本不同解读过程中的意境问题。

综上所述，空间叙述学所讨论的五个方向都无法脱离对时间维度的讨论。叙述不可能转向绝对的空间，而需要在双轴上操作。叙述的存在好像人的存在，人既存在于空间之中也存在于时间之中，存在于前者中的人转瞬即逝，存在于后者中的人生生不息，因此，人才有叙述的需要，时间是叙述永恒的形式和目的。

结　语

《小说叙述理论研究》收录了国内外不断发展变化中的叙述学理论，剖析推进叙述学的相关问题，如小说虚构理论、小说叙述主体、小说叙述内容及小说外围框架等，捕捉各个叙述学理论流派的特性，并逐一提出作者的独到见解，是中国学者对世界叙述学研究的贡献。通读全书，我们会发现，作者赋予小说内容世界即小说叙述中的人物、环境、时间与空间的构造极其重要的意义。小说人物由叙述者创造，为叙述者服务，依据读者需要完成分类。小说中的叙述环境是有灵性的人化的环境，始终与小说人物交融于一体。最后，时间是叙述的本质，存在于时间中的人与叙述生生不息，这正是我们阅读解析小说文本的重要内容和核心意义。

引用文献：

高宣扬（2004）. 利科的反思诠释学. 上海：同济大学出版社.

略萨，马里奥·巴尔加斯（2004）. 给青年小说家的信（赵德明，译）. 上海：上海译文出版社.

谭光辉（2019）. 小说叙述理论研究. 北京：商务印书馆.

亚里士多德（1996）. 诗学（陈中梅，译注）. 北京：商务印书馆.

杨有庆（2011）. 空间批评的话语范式：现象学、形式论与西方马克思主义. 符号与传媒，2，133－143.

赵毅衡（1994）. 苦恼的叙述者. 北京：北京十月文艺出版社.

赵毅衡（2013）. 广义叙述学. 成都：四川大学出版社.

朱光潜（1946）. 谈美. 上海：开明书店.

作者简介：

郭烁，四川大学外国语学院研究生，主要研究方向为英美文学及文学理论。

Author:

Guo Shuo, postgraduate of College of Foreign Languages and Cultures, Sichuan University. Her research fields include British and American literature and literary theories.

Email: 15575871128@163.com

叙述——自我“待在”之栖居：评文一茗《叙述与自我》

张高珊

作者：文一茗
书名：《叙述与自我》
出版社：四川大学出版社
出版时间：2019 年
ISBN：978－7－5690－3114－0

“主体”的秘密似乎是一个长久以来困扰人们的命题。自亚当和夏娃偷食“知识”禁果，“便开启了依照个体之小我，而非神的意志所区分的善恶世界”（文一茗，2019，p. 5）。然而，这个看似拥有自我意识的主体，又在多大程度上主宰着自己的命运呢？无论是启蒙时期完全自给自足的自我，还是后现代意义上在语言中构建的“伪自我”，在历史长河中，“自我何在”的探索从未停止。在《叙述与自我》一书中，作者文一茗从自我的哲学转向含义谈起，把自我看作一个通过言说而形成的过程，“一种符号构建、一个意义过程”。基于此，文一茗从符号的角度，以“自我—符号—意义”三项式关联为钥匙，为读者打开了一扇“叙述与自我”世界的大门。

从其表面框架来看，《叙述与自我》共分为四大部分。第一部分“理论·缘起”从自我的故事谈起，定义了自我的主体特性，即一种指涉自我，通过向他者的辐射，从而通达世界的话语能力（p. 6）。接着，作者详细借用皮尔斯符号三分法：“再现体—对象—解释项”三元关系（以解释项的无限衍义为论证核心），将自我代入叙述与符号化的语境中，探讨了符号的自我卷入叙述表意之路的理论逻辑。第二部分“推进·小说”主要关注小说文本，探讨了符号自我在叙述过程中的分化、自反以及与叙述主体、接受主体与文本意义的动态关系。同时，作者从文本的虚构性、情节以及元叙述三个方面谈论了说者自我经由叙述形式而进入文本内涵的路径。第三部分“类比·电影”把视角再一次转换为电影文本，谈论了电影符号中主体的三分以及意义的获取，即电影文本是符号再现体的叙述主体，隐含意识形态下被询唤的观众是符号指涉对象的构建主体，而对电影二次叙述、形成元话语的主体则是符号解释项的释义主体。最后，在第四部分“文本·演绎”中，作者借用不同文本，升华了对叙述与自我的思考。《时间中的孩子》深化了读者对时间的认知：不仅是叙述得以展开的符号载体，也是被赋予意义的对象本身。《踩影游戏》证明了文本，即符号示意本质上的缺失焦虑：符号越多，暴露出来的意义缺失越多。《欲望教授》将欲望符号化，揭示了欲望的符号在自我存在之旅上的演变，以及自我渴望成为他者欲望的欲望的本质悲剧。《黑天鹅》则向读者展示了彼此否定的身份如何在符号自我中达到统一。最后，《玫瑰之名》揭示了符号示意的根本属性——无限衍义。

通过对《叙述与自我》的仔细阅读，本文发现，看似彼此分割、主题各异的四大部分之间，其实是从理论到实践到反思环环相扣的逻辑论述，暗含着“问题的提出—问题的探索—问题的回答”这一深层逻辑。以“自我何在”为探索方向，此书仿佛一条自我与叙述的探寻旅程，而作者文一茗是带领每一位读者的导游，唱着歌谣《红蜻蜓》，手中持有皮尔斯符号三分法的旗帜，带领读者先后途经“小说”和“电影”两个场域，最后找到了问题的核心：主体通过叙述，为自我找到了“待在”的栖居之所，在世界“迎着我的意向性产生的持续而充沛的意义之流中”（赵毅衡，2017，导论），凭借无限衍义的解释项，生生不息地产生意义。本文以此为逻辑，分三部分（提出—探索—解答）论述本书的内在逻辑，对书中的理论与实践做简要探讨。

一、走进自我的叙述秘密：自我—符号—意义

本书一开始，作者以自己儿时喜欢的歌谣《红蜻蜓》为引，开启了主体对这个世界追问意义的旅程。接着，通过简单的一句话，作者巧妙地瓦解了自我意识的权威大厦。“Three years’ experience as a salesperson enables me to communicate with people from different walks of life.”这是简历中常见的句式，“我”感谢这三年的工作经历，感谢它成就了今天的“我”。通过这个例子，作者向我们说明，看似拥有着强烈主体意识的自我，其实只是“谦卑的受益者，并非发起行为的主体”（p. 6）。因此，作者揭示了主体存在的悖论：主体似乎总是陷于主动与被动之间，“总是通过控制与依赖而受制于他人”。通过纵观十几年的文学文化研究，作者发现了学界对自我的认知转向：并非一个完全自给自足的经验实体，而是一个通过言说自居的过程，“一种指

涉自我、向他者辐射，由此通达世界的话语能力”（p. 6）。自我总是同时处于“说”与“被说”两个层面，通过叙述，自我符号化将自身建构为一个主体。作者认为，在这种自我符号化的进程中，皮尔斯的符号三分法为意义的阐述提供了源源不断的动力，从而打破了自索绪尔以来明确的能指—所指的二元封闭意义系统。

以中国经典名作《红楼梦》中林黛玉一句“留得残荷听雨声”为例，作者正式将自我分析引入符号三分的场域。此句中，核心意象“残荷”是皮尔斯意义上的符号再现体（即我们通常意义上的符号）；林黛玉眼中凄凄惨惨的荷塘残叶是再现对象；更重要的，她体会出的那一番独特韵味与丝丝惆怅则是意义产生的关键——解释项，由此“开启了新一轮的符号示意”（p. 8）。作者认为，在这样一个意义阐明的过程中，动态的“解释项”成为自我示意的关键，也为自我在叙述中的“待在”过程提供了最基本的理论保障。

皮尔斯将“解释项”精确地概括为“意指效应”（significance effect），即“符号再现体在解释者心中所创造的东西”，一种主体在接触符号之前没有意识到的东西，一种符号的“涵义”（significance），换言之，一种符号自身的转换与翻译，具备“无限转换”（endless commutability）的属性（p. 14）。而符号之所以为符号，就是因为其本身再现或者代表了某物。因此，从这一意义上来说，解释项成为一个原初符号，是主体下一轮释义的开始，即作者阐述的解释项的无限衍义属性：每一个符号的解释项都会成为下一个符号的再现体。解释项永远不可能达到终极理解，而主体永远是一个随着符号释义之链向前无限滑行的谦卑主体。

因此，在这个追求真知、无限逼近真值的探索之路中，自我的秘密本质上在于“自我—符号—意义”的三项式中。自我总是处于不停地感知、阐释、叙述、交流的动态过程中，将自己文本化，通过对过去“我”（对象）的经验的整合，时刻追寻着未来“我”（解释项）的期望，在这个过程中，得以成为“主体”，成为一个自觉谦卑的“符号自我”。换言之，主体就是在符号化进程中形成的自我意义。解释项作为一种无限衍义的话语延续，为自我的不断示意提供了基本的栖居之所。而意义本身，就是自我朝着完美的“终极解释项”挺进的过程。

经过上述探讨，作者从理论层面向我们揭示了自我经过文本化叙述，无限逼近真知、探寻意义的过程。在理论缘起之后，是作者在实践层面的思考。自我是如何在具体实践层面通过叙述而栖居的？叙述之内，自我何处安身？为了回答这些问题，作者引入了自我符号化的两个途径：小说叙述中的符号自我以及电影符号中的主体三分，进一步探寻了自我与叙述的关系。

二、小说叙述中的符号自我

基于之前的分析，作者展示了“自我—符号—意义”三项式在把握叙述与自我关系中的重要性。至此，我们得知，自我只是处于“互动”中的话语能动性，而叙述行为，则是自我最根本的表意行为与存在方式。作为叙述中非常典型的一种话语行为，写作或者讲故事本身也成为自我释义的重要一环。在一部小说中，形式本身就代表着文化，表层的文本叙述言说着说者的意图。因此，笔者发现，作者以叙述主体为切入点，以其三种分化为线索，进一步探讨了小说中的主体性问题。

作者认为，叙述主体是小说作者自我在文本层面的分化，是一个“随着文本叙述展开，而正在形成并确立自身的自我”（p. 62）。通过分裂成隐含作者、叙述者、人物（说者）多个视角，叙述主体携带着精心设计的符号编码与格局，包裹着明确的价值导向。然而，意义的终点却不是只有叙述主体一方，而是一个“叙述主体意图、接受主体释义、文本携带信息三方之间来回试推的动态过程”（p. 62）。在这个过程中，叙述主体通过与接受主体对话，不断抛出信息点，不断丰富其符号自我的内涵。而接受主体，从一定意义上说是叙述自我拟定的接受主体，是符号文本发出后遇到的另一个自我，是叙述主体以他者自居的自我。因此，在这种对话交互中，叙述主体是双层面的自我，一方面与接受主体（受述者）对话，一方面通过复制一个自我，“在元层面与自己对话”。在这种同时存在的“叙述”与“被述”过程中，卷入叙述的自我一方面讲述“自我的故事”，一方面讲述“自我被构建的故事”（p. 69）。作者总结道：“叙述主体成为多棱镜中的影像，成为动态的符号自我，成为扑朔迷离，游离于文本发出与接受两端的‘隐含作者’。”（p. 62）此处，“隐含作者”特指文本身份引申所得的类自我，是作者自我在创作过程中的第一次分化。

然而，在隐含作者飘忽不定、游走在意义的发出与接受两端的语境下，自我究竟如何落实呢？对于这个问题，作者回答道，任何的叙述都源于那个说事的“我”，即作者自我在文本层面的另一个分化——叙述者。从叙述者认知自我限制切入，作者详细讨论了文本中叙述视角在隐性“框架”与显性“人格”之间滑动的三种可能性：框架叙述、人格叙述以及人物叙述，从而论证了“谁在看”与“谁在说”的基本问题。而叙述角度本身，就是小说作者选取的某个特定的身份，由此来认知世界，是叙述者价值选择的指示，是一个符号化的自我视角，并“将其投射于认知对象的形象之中”（p. 72）。

在小说创作的过程中，叙述者的不同视角为自我的外部投射提供文本语境。与此同时，引语模式与话语权威为自我的反思提供可能。通过分析小说文本中存在的四种引语模式，作者揭示了叙述者与角色之间存在的不同程度的话语竞争，从而分析了叙述主体在文本层面的第三次分化：角色（人物）。作者认为，角色本身就是“自我文本符号化投射”（p. 94），而在不同情节中与不同说者“抢话”的过程，则体现了自我不同的存在模式。

进一步，作者引入“元叙述”的概念，阐释了当叙述机制彻底暴露后，自我通过与文本世界分离而进行的反观与深入。叙述的“元化”，体现为叙述者的自我暴露、叙述机制的自我揭示以及叙述意图的自我批评。在这种建构本身遭到揭露的情况下，“我”不仅在说，而且“深知自我为何言说、言说何物，并且在‘述说’的一刻，使自我言说的意义得以明确”（文一茗，2019，p. 108）。简言之，叙述的“元化”所带来的，是自我的“元化”以及自省的“元化”。正如作者引用所言：“我们赖以生存的，不仅是自我的故事，别忘了，还有一点更为致命——我们知道，自我是被叙述构建的。”（文一茗，2019，p. 69）

三、电影符号中的主体三分

在上述讨论中，作者在文本层面讨论了自我在叙述层面的分化，重点关注了小说文本中“谁说”“说什么”“怎么说”的问题，从而为自我栖息叙述提供了一种解释思路。紧接着，作者用电影镜头类比文字文本，关注电影文本中“看哪里”“怎样看”以及“看到了什么”的问题。以电影中最基本的视觉叙述单元——镜头为指示符，作者带领我们进入电影的世界，寻找自我存在的秘密。

类似于文字文本中的叙述干预，电影文本中的镜头作为一个最基本的叙事单元，通过对元素的选择与规范，使得文本的传播与观影者的交流成为可能（p. 113）。在具体的电影文本中，镜头往往多种多样，根据拍摄距离，分为长镜头、中景镜头以及特写镜头等，根据摄影角度分类，又可以分为仰拍、俯拍和荷兰角镜头等。各种镜头下确立焦点的方法也可以分为景深或者镜头的运动。本书揭示了这些复杂镜头后的本质：在电影这个视觉文本类型中，镜头以其特有的符号性，进行着更为隐蔽的叙述干预，而自我在这个过程中，通过“将世界陌生化，从而获得反观世界的能力与努力”（p. 122）。正如作者引用导演阿巴斯的话所言，镜头绝不来源于“固定在横冲直撞的牛角上盲拍的摄影机”，其每一帧都是经过了选择的，在这种选择下，本质的真实会暴露。

在谈论了电影镜头的基本功能以后，作者承前启后，通过进行文字文本与电影文本的类比，揭示了在文本叙述与镜头叙述中，自我符号化过程的差异。作者认为，“文字叙述重在‘塑形’，而电影叙述重在‘体验’”（p. 147）。因此，作者建议，我们将文字与电影叙述分别理解为意义的“内在化”与“外在化”文本。文字叙述是自我对世界的概念化还原（conceptual reduction），而电影则是一种自我体验的再现（experience representation）。然而，无论是“内化”还是“外化”，主体总是与示意彼此依存。因此，将电影看作一个自我叙述的符号，要理解其示意机制，就必须关注电影符号的主体三分。

根据作者的分析，在电影符号中，电影文本是作为符号再现体的叙述主体（the speaking subject），电影观众是作为符号指涉对象的建构主体（the spoken subject），而意义则是最终作为解释项（the interpreting subject）的示意主体。作者认为，电影文本的本质在于其“双重缺席”的特性。演员在场时，观众不在，而观众在场时，演员不在。作为一个能指本身，电影是缺席的，而符号的意义在于指涉缺席。因此，电影符号是一种“双重缺席”，是一个缺席的符号再现体，使得接受主体（观众）的“自我认同在文化象征域和自我想象域之间来回替换”（p. 158）。故此，电影一方面是“我”所喜爱的，另一方面也是“我”所释放的。根据电影缝合理论（suture），电影文本召唤观看主体进入某个话语位置，“并以此赋予主体一种幻觉，即有一个稳定和持续的身份”（p. 159）。然而，作者揭示道，这种电影文本所召唤的只是一个虚假的完美和一个虚假的主体，因为观众能看到的，都是经过电影文本授权去“看碰巧属于另一人（且此人是缺席的）的目光所能企及的范围”（p. 160）。电影文本所暴露出来的，是其基于缺失主体欲望而展开的根本动力。对于观众来说，电影的示意在于观众发现自身缺失的那一刻，而电影符号本身指向“一种无限延伸，且不可弥补的欲望”（p. 161）。基于此，作者总结道，电影文本的意义，在于其抛出之后必然形成的二次叙述，形成新的元话语。正如在看完一部电影之后，人们将其还原为对自我而言有意义的一个叙述、一个故事一样，通过电影叙述，“自我被包含在自己的画面中，使自我既外在于也内在于自我的画面中”（p. 164），最终见证自我的存在。

结语：叙述——自我的“待在”栖居

在前两部分的探讨中，作者分别在小说文本和电影符号的层面，对自我与叙述的关系进行了分析实践。至此，我们更清楚地知道，自我利用叙述，将自己文本化，在不停地感知、传达与叙述话语构建中成为主体。正如作者所说，“主体，是一个‘待在’的过程”（p. 60），而叙述就是主体“待在”的栖居之所，在这个叙述的家园里，自我在与外界动态的话语中不断生成、更新。

而在一开始的引言中，作者有一句充满诗意的发问：“自我应该明了：叙述，哪里有尾声？文本，何曾有边际？”（p. 1）笔者认为，这无疑是一个伏笔，也是一种升华。作者在将叙述具化为小说和电影后，启发读者进行更加深入的思考。对于自我来说，整个世界就像一个大文本。尤其是在意义更加飘忽不定的后现代社会，叙述形式多样而复杂，自我“待在”的栖居之所在无形地扩大之中，自我存在的意义也更加多元和丰富。正如作者借用对《黑天鹅》的分析想要告诉读者的，当代社会语境下自我分裂已常态化，甚至彼此否定的身份都可以在符号自我中获得统一，而自我的终极意义，永远不会固定，永远在无限衍义的过程中。正如《玫瑰之名》所告诉我们的，自我永远都在向意义（真相）无限逼近的旅途中。

引用文献

文一茗（2019）. 叙述与自我. 成都：四川大学出版社.
赵毅衡（2017）. 哲学符号学：意义世界的形成. 成都：四川大学出版社.

作者简介：

张高姗，四川大学外国语学院研究生，主要研究方向为英美文学。

Author:

Zhang Gaoshan, postgraduate of College of Foreign Languages and Cultures, Sichuan University. Her research fields are English and American literature.

Email: 1041796788@qq. com

致　谢

本书在编辑过程中，得到了四川大学中央高校基本科研业务费期刊资助项目与四川大学外国语学院的支持，特此感谢！

著作权使用声明